SAUERLÄNDER

KAI MEYER

SERAFIN

Das Kalte Feuer

SAUERLÄNDER

Der Merle-Zyklus von Kai Meyer:
Merle. Die Fließende Königin (Buch 1)
Merle. Das Steinerne Licht (Buch 2)
Merle. Das Gläserne Wort (Buch 3)
Serafin. Das Kalte Feuer (Buch 4)

MIX
Papier aus verantwortungsvollen Quellen
FSC® C083411

Originalausgabe
Erschienen bei FISCHER Sauerländer

Umschlaggestaltung: Jana Heidersdorf
Covertypographie: Birgit Gitschier

Satz: Dörlemann Satz, Lemförde
Druck und Bindung: CPI books GmbH, Leck
Printed in Germany
ISBN 978-3-7373-5678-7

Merle folgte Junipa hinaus in die Labyrinthe der Spiegelwelt, dorthin, wo es so vieles zu sehen, zu erkunden, zu finden gab. Ihren Vater. Das andere Venedig. Und dort wiederum, wer weiß, eine andere Merle, eine andere Junipa.

Einen anderen Serafin.

Das Gläserne Wort

Ein anderes Venedig,
ein anderer Serafin.

1

Bei Neumond, in der Nacht der leeren Kanäle, wartete Serafin in seinem Versteck am Ufer, bis die Patrouille der Stadtgarde vorbeimarschiert war. Erst als die Schritte der Soldaten nicht mehr zwischen den Häusern widerhallten, huschte er hinaus auf die schmale Steinbrücke, verknotete das schwarze Seil am Geländer und begann seinen Abstieg in den ausgetrockneten Kanal.

Der schlammige Boden lag gut drei Meter unter ihm. Serafin hätte springen können, aber das Risiko, mit dem Aufprall die Gardisten zu alarmieren, war zu groß. Falls sie zurückkehrten und ihn bemerkten, würden sie ohne Vorwarnung das Feuer eröffnen. Auf das Plündern der leeren Kanäle stand seit Jahren die Todesstrafe.

Seine goldene Katze Cagliostra schwebte aus dem Nachthimmel herab auf das Brückengeländer, legte ihre gefiederten Schwingen an und blickte Serafin mit glühenden Augen an.

»Die nächste Patrouille wird in drei Minuten hier sein«, erklang ihre Stimme in seinem Kopf. *»Sie kommen von Westen.«*

»Wie viele sind es?«, flüsterte er. Damit Cagliostra ihn verstand, hätte es ausgereicht, die Frage zu denken, doch dabei vermischten sich die Worte oft mit anderen Dingen. Er hatte die Hoffnung nicht aufgegeben, dass klare Ansagen die Katze eines Tages dazu bringen könnten, ihm wenigstens gelegentlich zu gehorchen.

»Nur drei. Alle tragen Gewehre. Es sind dieselben, die vorhin auf den Dummkopf im Rio de San Anzolo geschossen haben.«

»Kannst du sie ablenken?«

»Damit sie mich abknallen? Träum weiter.«

»Komm schon, Cagliostra.«

»Auf keinen Fall.« Mit wenigen Schwingenschlägen flog sie ans Kanalufer, ließ sich geschmeidig auf der Steinkante nieder und leckte sich die Vorderpfote. *»Ich bin Kundschafterin, keine Kämpferin. Meine vordringlichste Wesensart ist Eleganz, nicht Gewalt.«*

Er seufzte. »Was verlangst du?«

»Ein eigenes Kissen.«

»Wir haben nur zwei. Mama ist krank, sie kann nicht –«

»Ihres will ich gar nicht.«

»Das ist Erpressung.«

»Dein Kissen. Einen Monat lang.«

»Lieber lass ich mich erschießen.«

»Tu dir keinen Zwang an.« Vordergründig lenkte sie ihre Aufmerksamkeit von der rechten auf die linke Pfote, doch ihre grünen Augen blickten immer wieder wachsam zur Brücke und zur Gassenmündung hinüber. Irgendwo in der Ferne peitschten Schüsse.

»Eine Woche«, wisperte er aus dem Kanal zu ihr hinauf.

»Abgemacht.« Schlagartig verlor sie das Interesse an

ihrer Körperpflege, breitete die Schwingen aus und stieß sich ab. In einer sanften Kurve segelte sie über Serafin hinweg, stieg steil nach oben und bog in die Gasse.

»Eine Woche«, wiederholte sie.

Pass auf dich auf!, dachte er.

Hier unten im Kanal war es nahezu stockfinster. Serafin tastete sich ein Stück weit nach Süden vor, der Einmündung in den Canal Grande entgegen. Seine Stiefel versanken bis zu den Knöcheln im Morast, bei jedem Schritt bestand die Gefahr, dass sie stecken blieben. Wenn sich sein Rucksack in den nächsten ein, zwei Stunden mit Fundstücken füllte, würde er noch tiefer einsinken. Um in dem stinkenden Schlick überhaupt etwas zu finden, musste Serafin allerdings seine Lampe anzünden, und das war nur möglich, solange keine Gardisten in der Nähe waren. Lichtschein inmitten der Finsternis war noch immer die beste Zielscheibe.

In den Canal Grande, Venedigs breiteste Wasserstraße, zog es die meisten Schlammsammler. Er war tiefer als die übrigen Kanäle und übersät mit Unrat und Wrackteilen, die Deckung vor den Kugeln vom Ufer boten. Andererseits hielten sich am Canal Grande die meisten Soldaten auf, und ihre Schüsse bellten die ganze Nacht hindurch.

Einmal im Monat, wenn sich der Neumond hinter dem Horizont verbarg, verschwand mit seinem Licht auch das Wasser aus Venedigs Kanälen. Ein paar Stunden lang wurden die Schneisen zwischen den Häusern und Palästen zu Straßen aus schwarzem Morast und gaben preis, was auf ihrem Grund lag: Berge von Abfällen, aber auch die Überreste versunkener Boote und Gondeln; verlorene Kleinode, die über Bord gegangen waren; fortgeworfene Schmuckstücke enttäuschter Liebender; und immer wieder Knochen, manche uralt, andere von erschossenen Schlammsammlern.

Nicht die Gezeiten waren der Grund für die leeren Kanäle. Anders als bei Ebbe zog sich das Wasser bei Neumond nicht allmählich zurück. Vielmehr löste es sich von einem Augenblick zum nächsten buchstäblich in Luft auf. An den Rändern der Stadt, wo Venedigs Kanäle in die offene Lagune mündeten, stand das Wasser dann wie abgeschnitten als wabernde Wand am Ende der tiefen Schneisen.

Niemand kannte den Grund für dieses Phänomen, obwohl sich Generationen von Gelehrten die Köpfe darüber zerbrochen hatten. Berechnungen waren angestellt, magische Traktate konsultiert, Beobachtungen vorgenommen und Bücher darüber geschrieben worden – ohne überzeugendes Ergebnis.

Keiner konnte vorhersagen, wie lange das Wasser verschwunden blieb. Mal nur zwei Stunden, mal die halbe Nacht. Derweil wagten sich Dutzende Schlammsammler hinab in die sumpfigen Kanäle, um nach Gegenständen von Wert zu suchen. Legenden rankten sich um Bootsladungen aus Gold und Edelsteinen, um kostbare Gläser und wertvolle Waffen, die einst im Labyrinth der venezianischen Kanäle versunken waren. Meist jedoch fanden Sammler wie Serafin nur billigen Tand, mit viel

Glück ein paar Münzen. Selten reichte die Ausbeute, um bis zum nächsten Neumond davon leben zu können.

Doch anders als die übrigen Schlammsammler hatte Serafin es nicht allein auf versunkene Schätze abgesehen.

»Hier wirst du die Windklinge nicht finden«, sagte Cagliostra.

Serafin sah kurz auf, bemerkte über sich das vertraute Flattern in der Dunkelheit und hob die kleine Glaslaterne von dem Haken an seinem Gürtel.

»Die Gardisten sind geflohen«, sagte die Katze. *»Ich hab sie in die Flucht geschlagen.«*

»Natürlich.« Er schmunzelte verstohlen. »Sie sind vorher abgebogen, oder?«

»Der Anblick meiner Zähne war zu viel für sie.«

Cagliostra hatte zwei makellose Reihen menschlicher Zähne. Wenn ihre katzige Zungenspitze darüber hinwegglitt, sah das in der Tat beunruhigend aus.

»Ich mach jetzt die Lampe an«, flüsterte er. »Bleib in der Luft und halt die Augen offen.«

Das Gefieder an ihren Flügeln raschelte, als sie die Richtung wechselte. Serafin hoffte, dass sie sich nicht von Ungeziefer ablenken ließ. Sie sei nicht mehr in dem Alter, in dem man jedem Wollknäuel hinterherjage, hatte sie einmal erbost erklärt. Angeblich war sie hundertundsieben Jahre alt.

Mit links hob er die Laterne vor sein Gesicht, hielt die rechte Hand neben das Glas und schnippte mit den

Fingern. Der Docht glühte kurz auf und fing Feuer. Fahler, gelber Schein fiel über Serafins Züge. Vor ein paar Jahren hatte er herausgefunden, dass sein Fingerschnippen Kerzen und Laternen entzünden konnte. Eines seiner nützlicheren Talente, fand er, obwohl er gelegentlich Albträume davon hatte: Dann sah er sich beim Schlammsammeln hilflos von Hunderten Flammen umgeben, und aus allen Richtungen prasselten die Schüsse der Gardisten auf ihn ein.

»Die Luft ist rein«, meldete Cagliostra aus der Dunkelheit über ihm.

»Los geht's.«

Ein paar Minuten lang stapfte er durch den Morast und schwenkte die Laterne knapp über dem Boden. Abgesehen von ein paar toten Fischen war die Schlammfläche leer. Rechts und links gab es bald keinen Gehweg mehr, die hohen Fassaden der Häuser wuchsen unmittelbar aus dem Kanal empor. Ohne das Wasser waren die engstehenden Pfahlreihen zu sehen, auf denen ein Fundament aus Backsteinen und istrischem Marmor ruhte. Darauf wiederum waren die Gebäude errichtet worden; die übliche Bauweise auf den Inseln der Lagune.

Falls jemand hinter ihm auf der Brücke auftauchte, gäbe es für Serafin nur noch die Flucht nach vorn. Keine fünfzig Meter entfernt lag die Mündung des Canal Grande.

Stimmen wehten heran.

»Woher kommen die?«

»Bleib, wo du bist. Und mach die Laterne aus.«

Er öffnete den Glaskäfig und löschte die Flamme. Sofort verschlang ihn die Finsternis.

»Sie können dich nicht sehen.«

Sagst du, dachte er.

»Sie sind im Canal Grande, aber ziemlich weit draußen.«

Jetzt meinte er, die Katze schemenhaft über der Einmündung flattern zu sehen, gleich darauf hörte er wieder das hektische Schlagen ihrer Flügel. Cagliostra war nicht besonders geschickt darin, wie ein Greifvogel in der Luft zu verharren. Einzig aus Sturheit versuchte sie es trotzdem immer wieder.

»Ich glaube, das sind Offizielle.«

»Mist.«

»Aber sie biegen nicht in deine Richtung ab.«

Offizielle Schlammsammler arbeiteten für den Stadtrat und die Glasbrennergilde, wurden von den Gardisten nicht behelligt und hatten die Erlaubnis, jedem illegalen Sammler die Kehle durchzuschneiden. Nur verurteilte Mörder erklärten sich bereit, für die Gilde in die leeren Kanäle zu steigen; es gehe ihnen nicht ums Sammeln, hieß es, sondern einzig darum, ungestraft ihre Grausamkeit auszuleben. Schauermärchen, höhnten manche, aber Serafin hatte schon aus der Ferne mitangesehen, wie andere Schlammsammler den Offiziellen in die Hände gefallen waren. Auch davon träumte er bisweilen, vor allem in den Nächten unmittelbar vor Neumond.

»Wie viele?«, fragte er.

»Fünf oder sechs.«

»Nicht gut.«

»Sie ziehen weiter den Canal Grande hinauf. Warte noch eine Minute, bis sie wirklich weg sind.«

Das tat er, weil das Wasser noch keine Stunde lang verschwunden war und noch nie innerhalb so kurzer Zeit zurückgekehrt war. Die ersten beiden Stunden galten als einigermaßen sicher. Erst dann wurde jede Minute zu einem Glücksspiel auf Leben und Tod. Kam das Wasser zurück, tat es das innerhalb von Sekunden. Niemandem blieb dann Zeit, um ans Ufer zu klettern. Wer sich bei der Rückkehr des Wassers im Kanal aufhielt, schaffte es nicht lebend ins Trockene.

»So«, sagte bald darauf Cagliostra, *»jetzt sind sie weit genug entfernt.«*

Serafin schnippte mit den Fingern, und die Flamme erwachte wieder zum Leben. Eine Weile suchte er ungestört den schwarzen Morast nach Gegenständen ab, für die ihm seine Hehlerin ein wenig Geld und vor allem Medizin für seine Mutter geben würde.

Dass er die Windklinge an diesem Ort finden würde, hielt er für unwahrscheinlich, trotzdem gab er die Hoffnung nicht auf. Eines Nachts mochte sie vor ihm im Dreck liegen: ein unscheinbarer Dolch, dem die Macht innewohnte, die Stürme zu teilen. Jeder Kapitän würde ihm dafür ein Vermögen bieten. Aber Serafin hatte andere Pläne.

»Was treibst du, Cagliostra?«

»Ich fange Mäuse und fress mich fett.«

»Und wirklich?«

»Bin ich über dir und pass auf dich auf.«

Er blickte kurz nach oben, sah ein goldenes Schimmern zwischen den Backsteinwänden vorüberziehen und schenkte ihr ein Grinsen. Sogleich konzentrierte er sich wieder auf seine Suche, jetzt mit Hilfe einer kleinen Harke. Sie brachte etwas zum Vorschein, das ein Armreif sein mochte, außerdem zwei Kupfermünzen und ein verbogenes Brillengestell. Alles landete unsortiert in seinem Rucksack.

»Ich schau mich noch mal da draußen um.« Cagliostra schwebte aus der schmalen Mündung hinaus über den Canal Grande. Irgendwo ertönten wieder Schüsse. Sie gehörten zur Neumondnacht wie Düsternis und Modergeruch zum Labyrinth der engen Gassen.

Serafin hielt inne, streckte seinen verspannten Rücken und legte den Kopf in den Nacken. Kurz schloss er die Augen und dachte an seine Mutter, die mit jedem Tag ein wenig blinder wurde. Die Medizin, die er von seiner Hehlerin bekam, verlangsamte das Fortschreiten der Krankheit, konnte sie aber nicht aufhalten. Einmal im Monat stieg er in die Finsternis der Kanäle hinab, um seine Mutter so lange wie möglich vor *ihrer* Finsternis zu bewahren. Er hatte ihr nie gesagt, woher er die Medizin bekam und was er dafür tun musste, und wenn sie ihn danach fragte, dachte er sich Ausflüchte aus und hatte dennoch das Gefühl, dass sie die Wahrheit ahnte.

Abermals Schüsse. Irgendwo ein Schrei. Dann plötzliche Stille.

Serafin öffnete die Augen.

Die Umgebung hatte sich verändert, die Sicht war seltsam diffus. Als ein Fischschwarm an ihm vorüberzog, verfiel Serafin in Panik, wollte sich vom Boden abstoßen, nach oben schwimmen – bis ihm klarwurde, dass er atmen konnte. Das hier war nicht die Wirklichkeit. Das Wasser war keineswegs zurückgekehrt, auch wenn seine Augen ihm das vorgaukelten. Tageslicht fiel in die Kluft zwischen den Häusern und brach sich glitzernd auf dem Schuppenkleid der Fische.

Wie in einem Traum – denn das *musste* es sein – setzte er einen Fuß vor den anderen und näherte sich der Mündung. Das Wasser war viel zu klar, er konnte fast hinaus in die Weite des Canal Grande blicken, sah noch mehr Schwärme und wogende Pflanzen und dahinter das Wrack einer Gondel, halb versunken im Schlick. Sein Herzschlag raste vor Aufregung, während er durch silberne Lichtkaskaden wanderte, Strahlen, die ihn wie Finger berührten und sich seltsam vertraut anfühlten. Und dann zog genau über ihm der Rumpf eines Segelschiffs vorüber, mit algenverkrustetem Kiel und Schaum vor dem Bug wie ein Ungeheuer aus den Tiefen der Adria.

Auf genau so einem Schiff war einst sein Vater als Kapitän in See gestochen und nicht zurückgekehrt. Serafin, damals noch keine zehn Jahre alt, hatte am Kai gestanden und darum gebettelt, ihn begleiten zu dürfen. »Ich mache dir einen Vorschlag«, hatte sein Vater mit breitem Lächeln gesagt. »Wenn du mir die Windklinge bringst und ich mit ihr die großen Stürme teilen kann, nehme ich dich beim nächsten Mal mit.«

Es hatte kein nächstes Mal gegeben. Heute war Serafin siebzehn, und wenn er ehrlich zu sich war, glaubte er nicht mehr an die Windklinge und an ihre Macht über die Stürme. Trotzdem suchte er weiter danach, suchte sie in jedem verdammten Kanal, weil sie mehr war als irgendein Zauberdolch – das Symbol seiner Hoffnung auf ein anderes Leben. Eines mit einer Aufgabe, die über Schlammsammeln und Taschendiebstahl hinausging.

»Stehen bleiben!«, rief Cagliostra.

Über ihm glitt das Schiff weiter stadtauswärts, und wieder wurde Serafin von grellem Licht umfangen. Wärme durchflutete ihn, und die Fische umtanzten ihn in wirren Schleifen, brannten leuchtende Spuren in sein Sichtfeld.

»Keinen Schritt weiter!«

Abrupt kehrte die Finsternis zurück, schmerzhaft fast und wie ein Gewicht auf seinen Schultern. Die Vision vom Wasser verblasste mit den Fischen und der vagen Erinnerung an ein Schiff, das wieder einmal ohne ihn hinaus in die Welt gesegelt war.

»Du kannst nicht einfach mit der Laterne in den Canal Grande spazieren«, wies Cagliostra ihn zurecht, die offenbar nichts von alldem gesehen hatte.

Katzen hatten ihre eigenen Träume, und vermutlich galt das erst recht für geflügelte, sprechende und goldgefiederte Exemplare.

Ihm wurde bewusst, dass er am Ende des Seitenkanals stand, einen Schritt von der Stelle entfernt, an der die Schneise in den Canal Grande überging. Der Boden war leicht abschüssig, der Schlamm schien schwarze Stufen zu bilden, die träge ineinanderflossen.

Er blies die Flamme aus und war für Sekunden blind, während sich seine Augen allmählich wieder an die Dunkelheit gewöhnten. So kurz vor dem Südende fächerte der Canal Grande ein wenig auf, an dieser Stelle war er fast hundert Meter breit. Sein schlammiger Grund war eine Landschaft aus Schwarz und Grau. In vielen Palästen am Ufer brannten Lichter. In ihren Fenstern sah Serafin die Silhouetten von Schaulustigen, die trinkend und feiernd darauf warteten, dass einmal mehr das Feuer auf ein paar arme Schlucker im Kanal eröffnet wurde. Allzu viel erkennen konnten die Herrschaften in der Finsternis bestimmt nicht, aber als Nervenkitzel reichte ihnen die Gewissheit, dass dort unten im Schlamm wieder einmal jemand um sein Leben kämpfte.

»Ich hab was gefunden«, sagte Cagliostra in seinen Gedanken.

»Was Brauchbares?«

»Eher was Interessantes.«

»Wo ist es?«

»Draußen im Kanal. Du musst nach rechts gehen, an den Fundamenten der Häuser entlang, ungefähr vierzig Schritt weit.«

Serafin verhakte die Laterne an seinem Gürtel, stapfte

ein Stück weit die Schräge hinunter und wandte sich nach rechts. Der Schein aus den Fenstern reichte nicht so weit herab, und weiter oben gab es an dieser Stelle keinen Gehweg, auf dem Gardisten hätten lauern können. Seine Stiefel verursachten schmatzende Geräusche, deshalb bewegte er sich so langsam und vorsichtig wie nur möglich. Der Schlamm schien gierig an seinen Füßen zu saugen.

Erzähl, bat er die Katze wortlos.

»Du kannst es gleich sehen. Und dann entscheide selbst.«

Was denn entscheiden?

»Was davon zu halten ist. Und was du tun willst.«

Katzen und ihre Geheimniskrämerei, dachte er, ohne den Gedanken direkt an Cagliostra zu richten. Sie fing ihn trotzdem auf wie eine der Fliegen, nach denen sie so gern am offenen Fenster schnappte.

»Es ist –«, begann sie.

»Ich seh's schon«, fiel er ihr flüsternd ins Wort.

An der Wand aus Pfählen, auf der die Fassade des Palazzos stand, lehnte ein mannshoher Spiegel. Einer von der Sorte, wie sie in den Ankleiden feiner Damen hingen, groß genug, um sich von Kopf bis Fuß darin zu betrachten, in Abendgarderobe und mit Hut. Der barocke Rahmen war mit üppigen Verzierungen geschmückt, schlammverkrustet wie alles, was auf dem Grund der Kanäle gelegen hatte. Unter dem Schmutz lugte abblätternde Goldfarbe hervor, auf der sich der Schein ferner Lichter brach. Die Spiegelfläche selbst reflektierte trüb die erleuchteten Fenster des gegenüberliegenden Ufers, leicht verzerrt von Haarrissen im Glas und Schlieren aus Dreck.

Der Spiegel war viel zu schwer, als dass Serafin allein ihn hätte tragen können. Darum richtete er sein Interesse auf das, was davor im Schlamm lag, eine Erhebung, nein, zwei. In der Düsternis konnte er auf diese Entfernung keine Einzelheiten erkennen.

Ich brauche Licht, dachte er.

»Keine gute Idee«, sagte Cagliostra. *»Ich kann dir beschreiben, was da liegt.«*

Er ahnte es bereits und wollte trotzdem Gewissheit haben. Statt die Laterne anzuzünden, stapfte er durch die Dunkelheit, bückte sich und streckte behutsam die Hand nach einer der Wölbungen aus.

Trockener Stoff. Darunter ein schmaler Körper.

Hastig zog er die Hand zurück und sah sich nach anderen Schlammsammlern um, entdeckte aber nichts als Finsternis. Er ging in die Hocke und entzündete mit einem Fingerschnippen den Docht. Die Flamme sprang zappelig aus dem Nichts empor und beschien seinen Fund.

»Eigentlich mein *Fund«*, sagte Cagliostra.

Da lagen zwei Mädchen, beide leblos, das eine hellblond, das andere dunkelhaarig.

2

Die Mädchen trugen enge Hosen und Hemden, so schwarz wie die Umgebung. Man hätte meinen können, sie wären geradewegs aus dem Spiegel in den Schlamm des Canal Grande gestolpert und auf der Stelle zusammengebrochen.

»Schusswunden?«, fragte Cagliostra.

»Ich kann keine sehen.«

»Dann untersuch sie.«

Er löschte die Lampe und richtete sich auf. »Nein. Das hier geht mich nichts an.«

»Ernsthaft?«

»Das müssen Schlammsammlerinnen sein. Die Garde hat sie erwischt, oder sonst wer. Traurig, aber ich kann's nicht ändern.«

»Ganz schön kaltschnäuzig. Und ihr Menschen rümpft die Nase, wenn wir ein paar Mäuse totspielen.«

Bedrückt, aber entschlossen machte er sich auf den Rückweg zum Seitenkanal. Cagliostra blieb hinter ihm zurück. Als er sich umsah, saß sie oben auf dem Spiegel, ihr Körper so golden wie der alte Rahmen.

»Vielleicht gestrandete Meerjungfrauen«, sagte sie.

»Dann wären sie nackt und hätten einen Fischschwanz.«

»Verwandelte gestrandete Meerjungfrauen.«

Er ging weiter, mit einem schuldbewussten Rumoren

im Bauch, aber froh, dass sie ihn nicht um Hilfe bitten konnten. Denn die hätte er ausschlagen müssen, gemäß den ungeschriebenen Geboten der Neumondnächte: Kümmer dich um deinen eigenen Kram. Verschwende keine Zeit. Heb nur auf, was sich verkaufen lässt.

Cagliostra stieß sich vom Spiegel ab und folgte ihm. Ihr Schweigen erschien ihm fast vorwurfsvoll.

Missmutig erreichte er die Mündung in den schmaleren Kanal, blieb stehen und überlegte, ob er nicht doch einen Abstecher hinaus in den Canal Grande machen sollte, weiter zur Mitte. Seine bisherige Ausbeute war kläglich, er musste dringend noch mehr finden. Aber da draußen war es zu gefährlich, und die Lust am Risiko war ihm fürs Erste vergangen. Die beiden Mädchen hatten ihn an das erinnert, was auch ihm eines Nachts blühen mochte, wenn nicht heute, dann womöglich in einem Monat oder einem Jahr. Er wollte sich keine Kugel einfangen, nur weil er ziellos im Schlamm gewühlt hatte wie eine der großen Kanalratten.

Er stapfte zurück zu der Stelle, an der er seine Suche abgebrochen hatte, löste die kleine Harke von seinem Gürtel und ließ die Laterne aufleuchten. Dabei spürte er Cagliostras vorwurfsvollen Blick in seinem Rücken. Auf keinen Fall würde er nachgeben und sich zu ihr umschauen.

Eine Minute lang blieb er eisern.

»Zum Teufel nochmal!« Mit einem Ruck wirbelte er herum. Doch wo er sie vermutet hatte, war sie nicht mehr. Nirgends in der Nähe schimmerte es golden.

»Serafin!«

»Wo steckst du?«

»Draußen vor der Mündung. Irgendwas tut sich hier.«

Er ballte die Hand zur Faust. »Das ist nicht unser Problem.«

»Da sind jetzt Männer bei ihnen.«

»Sammler?«

»Offizielle, glaube ich.«

Fluchend blies er die Flamme aus – zum wievielten Mal eigentlich? – und schwor sich, dass er hier warten würde, bis die Gefahr vorüber war. »Seit wann kümmern die sich um Tote?«

»Sie schleppen den Spiegel weg.«

»Das alte, kaputte Ding?«

»Vielleicht ist er vergoldet.«

Verflixt. Er hätte etwas von der Beschichtung abschaben sollen, um sich zu vergewissern.

»Jetzt heben sie die Dunkelhaarige auf und nehmen sie mit.«

Widerwillig setzte er sich in Bewegung und schlich geduckt zurück zur Mündung. Cagliostra war ein gutes Stück in Richtung der Fundstelle geflogen. Drei Laternen standen dort im Schlick. Nur die Schlammsammler der Gilde und des Rates gingen so leichtfertig mit Licht um, weil sie nichts von der Garde zu befürchten hatten.

Er konnte Bewegungen erahnen, aber nichts Genaues erkennen.

»Da ist eine Treppe«, sagte Cagliostra, *»ungefähr hundert Meter weiter den Kanal hinauf. Sie führt hoch auf einen Weg am Ufer. Da bringen sie sie hin.«*

Er sah etwas aufblitzen, wahrscheinlich den Spiegel, der gerade die Stufen hinaufgetragen wurde.

»Sie haben nur einen einzelnen Mann als Wache bei dem anderen Mädchen zurückgelassen.«

»Weglaufen wird sie ja nicht.«

»Ich glaube nicht, dass die beiden tot sind.«

»Was?«

»Würden die sie sonst mitnehmen?«

»Vielleicht Leichenräuber.«

»Hast du ihren Puls gefühlt?«

»Sie lagen reglos im Schlamm, wer weiß, wie lange schon!«

»Hast du?«

Hatte er nicht, und sie wusste das genau. Wären sie noch am Leben gewesen, hätte er sie nicht liegen gelassen. Also mussten sie tot sein. Ganz einfache Logik. Auch besser für sein Gewissen.

»Da beißt sich die Katze in den Schwanz«, sagte Cagliostra geringschätzig.

»Was werden die mit ihnen machen?«

»Totspielen?«

Er fluchte wieder und sah ein, dass Nachdenken ihn nicht weiterbrachte. Hier war eine Bauchentscheidung vonnöten.

»Nur ein einzelner Wächter, sagst du?«

»Im Augenblick, ja.«

»Kannst du ihn mit deinen Zähnen in die Flucht schlagen? So wie all die anderen?«

»Blödmann.«

An Serafins Gürtel hing ein Messer, mit dem er sich viele Male verteidigt hatte. Aber einem Mann hinterrücks die Kehle durchzuschneiden, und sei es einem verurteilten Mörder im Dienst der Glasbrennergilde, war nicht seine Art. Ein paar Schritte weiter hob er ein Stück Holz auf und wog es prüfend in der Hand. Ein ziemlich armseliger Knüppel.

»Du willst doch nicht mit diesem Ding auf ihn losgehen?«

»Hast du einen besseren Vorschlag?«

Sie schwebte vor sein Gesicht und präsentierte ihm ihre Krallen. *»Kratz ihm mit der Harke die Augen aus.«*

»Eher nicht.«

»Ich weiß nicht, warum ich dir überhaupt gute Ratschläge gebe. Du tust eh nie, was ich sage.«

Gebückt pirschte er weiter, bis er den Mann zwischen den drei Laternen sehen konnte. Der bullige Kerl trug weiße Kleidung, damit ihn die Soldaten am Ufer als einen der Ihren erkannten. Sie war über und über mit Schlamm bespritzt.

Gerade ging er neben dem hellhaarigen Mädchen in die Hocke. Ihre Position war verändert worden, ihr Gesicht nach oben gedreht. Der Mann sah sich nach den anderen um, die noch an der Treppe zugange waren, dann blickte er wieder auf das Mädchen hinab und strich ihr mit seinen schmutzigen Fingern über die Wange. Sein Atmen war fast so laut wie das Schmatzen von Serafins Stiefeln im Schlamm.

Der Mann bemerkte, dass jemand näher kam. Blitzschnell richtete er sich auf.

Das Stück Holz krachte gegen seine Stirn, warf ihn aber nicht zu Boden, wie Serafin gehofft hatte. Stattdessen zersplitterte es in tausend Späne. Der Mann stand einen Moment lang benommen da, überrumpelt von dem Schlag. Dann öffnete er den Mund, um einen Warnruf auszustoßen.

Cagliostra prallte im Sturzflug gegen sein Gesicht und hielt sich an seinem Schädel fest, als er nach hinten stürzte. Sogleich begann sie, ihn mit ihren Krallen zu bearbeiten, so schnell, dass die Bewegungen zu einem einzigen Wirbel verwischten. Ihre Schwingen schlugen auf und nieder und verdeckten, was sie anrichtete. Der Mann kam nicht dazu, einen Schrei auszustoßen, nur blubbernde Laute drangen über seine Lippen. Das Letzte, was Serafin hörte, war ein herzhaftes Zubeißen, ein scheußliches Reißen und dann das zufriedene Schnurren der Katze.

Drüben an der Treppe wurden die Stimmen lauter. Jemand rief herüber und fragte, was los sei.

»Alles in Ordnung!« Serafin versuchte, seine Stimme tiefer klingen zu lassen. »Nur 'ne dumme Katze!«

»Hah«, machte Cagliostra, setzte sich auf die Brust des Toten und säuberte sich mit der Zunge das Fell.

»Das war nicht Gino«, sagte ein Mann am Ufer.

»Auf keinen Fall war das Gino«, bestätigte ein anderer.

»Gut gemacht«, sagte Cagliostra.

Fluchend hob Serafin das Mädchen vom Boden. Ihr schulterlanges weißblondes Haar fiel über seinen rechten Arm. Sie hatte noch immer die Augen geschlossen, doch jetzt spürte er, dass sie atmete. Hastig drehte er sich um und rannte den Weg zurück, den er gekommen war. Hinter ihnen trampelten mehrere Männer in Weiß die Steintreppe herab und nahmen die Verfolgung auf.

Cagliostra flatterte voraus und erreichte die Mündung des Seitenkanals.

»Nicht hierher!«, rief sie in seinen Gedanken. *»Auf der Brücke sind Gardisten!«*

Im selben Augenblick erklang hinter ihnen eine schrille Pfeife. Tief im Seitenkanal antwortete eine zweite, schließlich eine dritte am gegenüberliegenden Ufer. Serafin sah in der Finsternis keinen einzigen Soldaten, aber er wusste, dass sie in diesem Moment ihre Positionen bezogen. Er konnte nun weder auf dieser noch auf der anderen Seite an Land gehen. Der einzige Fluchtweg führte weiter durch den Canal Grande, dem offenen Gewässer der Lagune entgegen.

Er konnte nur beten, dass das Wasser heute Nacht nicht früher als sonst zurückkehrte. Manchmal kündigte es sich ein paar Sekunden vorher durch einen heftigen Druck in den Ohren an, so als verdrängte es die Luft, bevor es wirklich da war. In anderen Nächten füllten sich die Kanäle ohne jede Warnung innerhalb eines Herzschlags.

»Ich fliege dann mal ein bisschen höher«, verkündete Cagliostra. *»Nur für den Fall.«*

»Du hast mir das hier eingebrockt!«

»Aber es würde nichts ändern, wenn ich mit euch ertrinke.«

Schüsse krachten irgendwo rechts von ihnen, und im Dunkel schrillten wieder die Pfeifen. Serafin hörte das Klatschen der Einschläge in einigen Metern Entfernung.

»Du solltest etwas schneller laufen«, riet ihm Cagliostra.

Das Mädchen war sehr schlank und nicht groß, und unter normalen Bedingungen wäre sie ihm wohl federleicht erschienen. Beim Laufen durch knöchelhohen Schlamm und in stockdunkler Nacht wurde sie jedoch mit jedem Schritt schwerer. Und hinter ihnen kamen die Verfolger näher. Die Männer schwiegen, aber er vernahm ihr Schnaufen und das Patschen ihrer Schritte. Hundert Meter, schätzte er, eher weniger. Er war nicht sicher, ob sie ihn sahen oder auch nur hörten – gegen beides konnte er ohnehin nichts tun. Nur weiterlaufen, immer weiter, der hohen Wasserwand am Ende des Kanals entgegen.

Er hatte die verzweifelte Hoffnung, dass ihre Verfolger vorher aufgeben würden, weil sich in der Neumondnacht kein Mensch bei klarem Verstand so weit vom Ufer entfernte. Cagliostra hatte einen von ihnen getötet, doch er bezweifelte, dass diese Halsabschneider dicke Freunde waren. Dass sie sich dennoch so weit hinaus auf den Kanal wagten, konnte eigentlich nur eines bedeuten: Sie folgten dem Befehl von jemandem, der ihnen aufgetragen hatte, auch das zweite Mädchen unter allen Umständen an Land zu bringen. Und das machte ihm *wirklich* Sorgen. Wer war sie? Und warum hatte es jemand auf sie abgesehen?

Sie regte sich in seinen Armen. Serafin trug sie gerade am Wrack einer Gondel vorbei, als sie aufstöhnte. Womöglich erfasste sie gerade, was mit ihr geschah.

Im nächsten Moment schlug sie ihm mitten ins Gesicht. Gut gezielt und sehr schmerzhaft.

Instinktiv schrie er auf, geriet ins Schlingern und ließ sie fallen. Sie stürzte mit strampelnden Beinen in den Schlamm, orientierte sich blitzschnell und versuchte, auf die Füße zu kommen.

»Wo ist Merle?«, fragte sie mit brüchiger Stimme.

»Ruhig!«, flüsterte er ihr zu, rieb sich die pochende Wange und ging in die Hocke. »Keinen Laut mehr, sonst finden sie uns!«

»Sie finden euch auch so«, sagte Cagliostra.

Das Mädchen rutschte rückwärts von ihm fort, aber als er keine Anstalten machte, ihr zu folgen, hielt sie inne. Dass er sich nicht von der Stelle bewegte, hatte allerdings wenig mit ihren Verfolgern zu tun. Dafür eine ganze Menge mit den Augen des Mädchens.

Sie waren aus Spiegelglas. Keine Pupille, keine Iris, kein Weiß. Nur blanke, blitzende Spiegel.

»Hör zu«, sagte er leise. »Da sind Männer, die nach dir suchen. Und sie werden jeden Moment hier sein.«

»Wo ist Merle?«, fragte sie erneut.

»Falls so deine Freundin heißt – die haben sie mitgenommen. Ich konnte euch nicht beide retten.«

»Du wolltest gar keine retten«, bemerkte Cagliostra spitz.

»Ich muss zu ihr!« Sie wollte sich aufrappeln, hatte aber Mühe, im Morast genug Halt zu finden.

Serafin spähte zu ihren Verfolgern. Ein Pulk aus hellen Silhouetten kam durch das schwarze Kanalbett vor der Lichterkette Venedigs näher. Wahrscheinlich hatten sie ihre Stimmen gehört.

Er sprach noch leiser. »Wie heißt du?«

»Junipa.«

»Gut, Junipa, hör zu. Da vorn kommen fünf Männer und –«

»Sieben«, korrigierte sie ihn, als sie seinem Blick den Kanal hinab folgte. »Es sind sieben. Und sie haben eine Menge Waffen dabei.«

»Offenbar kann sie im Dunkeln sehen«, sagte Cagliostra missmutig. *»Natürlich nicht so gut wie ich.«*

»Sieben«, wiederholte er, gab sich einen Ruck und stand auf. Dann streckte er Junipa seine Hand entgegen. »Kannst du laufen?«

Nach kurzem Zögern ließ sie sich auf die Beine ziehen. Sie war voller Schlamm, auch ihr Gesicht, und gerade deshalb fiel ihm auf, wie hell ihre Haut war. Das ferne Licht der Paläste am Ufer zerfloss darauf wie Milch. Als Kontrast dazu reflektierten ihre Spiegelaugen die Helligkeit mit gläserner Schärfe. Sie waren nicht gerundet wie Augäpfel, sondern flach, und sie bewegten sich nicht, so als könnten sie zugleich in alle Richtungen blicken.

»Da sind sie!«, brüllte einer ihrer Verfolger.

»Gleich haben sie euch«, warnte ihn Cagliostra.

Junipa zog etwas aus einer länglichen Tasche, die auf eines ihrer Hosenbeine genäht war. Es sah aus wie ein

Stab, zweimal so lang wie ihre Hand. »Stell dich hinter mich«, sagte sie.

»Was?«

»Ich kann uns vor ihnen verstecken.« Sie machte eine Handbewegung, und der vermeintliche Stab klappte zu einem weiten Fächer auseinander. »Nicht hineinsehen!«

Er erkannte gerade noch, dass auch der Fächer aus einem spiegelnden Material bestand, da packte sie ihn am Oberarm und bugsierte ihn hinter sich. Serafin war einen Kopf größer als sie, seine Schultern anderthalbmal so breit. Ebenso gut hätte er sich die Augen zuhalten können, in der Hoffnung, ihre Verfolger würden ihn nicht mehr sehen.

»Wir sollten besser weiterlaufen«, sagte er.

»Nein. Vertrau mir.«

Er blieb stehen.

»Mir vertraust du nie«, maulte Cagliostra.

Im nächsten Moment holten die Männer sie ein.

3

Junipa hielt sich den Fächer mit rechts vor die Brust, die Vorderseite ihren Verfolgern zugewandt, während die Finger ihrer Linken Serafins Hand umklammerten und fest an ihre Seite pressten.

»Nicht bewegen«, raunte sie ihm zu.

Die Männer blieben keine zwei Schritt vor ihnen stehen. Alle sieben trugen weiße, lange Jacken über hellen Hosen. Sie waren groß und grobschlächtig, ihre Gesichter hart und von den Narben früherer Kämpfe übersät.

Junipa stand vollkommen reglos, zuckte nicht einmal, als mehrere Männer in ihre Richtung sahen – und ihre Blicke sofort wieder abwandten. Nur einer drehte sich halb um und machte einen weiteren Schritt auf sie zu, blieb unmittelbar vor ihr stehen und schaute auf den spiegelnden Fächer.

Serafin glaubte, sein Trommelfell müsste platzen, so laut schlug sein Herz. Schweiß stand ihm auf der Stirn. Es kostete ihn alle Überwindung, nicht auf der Stelle loszulaufen. Sogar Cagliostra schwieg, was selten genug vorkam. Wahrscheinlich flatterte sie hoch über ihnen und beobachtete mit ihren grünen Katzenaugen jede Regung der Männer.

»Wo sind die hin?«, fragte einer.

»Vielleicht doch zum Ufer gelaufen?«

Ein anderer schüttelte den Kopf. »Ich hab doch gerade noch Schritte gehört.«

»Hier draußen treibt sich eine Menge Pack rum.« Der Schlammsammler deutete mit dem Kopf nach vorn, wo sich irgendwo in der Dunkelheit die Wasserwand erheben musste.

»Hier ist keiner«, sagte ein Mann mit schwarzem Bart und kleinen, engstehenden Augen. »Und *wir* sollten auch nicht mehr hier sein. Das Wasser kann jeden Moment zurückkommen.«

Das führte zu einigem Für und Wider, aus dem sich nur der Mann direkt vor Junipa heraushielt. Er starrte wie hypnotisiert auf den Fächer, als sähe er darin alle Wunder der Welt. Seine Miene war hochkonzentriert, die Augen verkniffen, seine Stirn in Falten gelegt. Serafin spürte, dass Junipa nervös wurde, als der Kerl den Kopf leicht nach vorn auf sie zubewegte.

Die anderen einigten sich darauf, die Suche in Ufernähe fortzusetzen, war doch in der Finsternis eine Richtung so gut wie jede andere. Der Trupp setzte sich in Bewegung – mit Ausnahme des Mannes gleich vor ihnen, der jetzt langsam eine Hand in Junipas Richtung ausstreckte.

»Heh!«, rief einer der anderen ihm zu. »Willst du hierbleiben und draufgehen?«

Die gerunzelte Stirn des Mannes zuckte, dann brach er unvermittelt in Tränen aus. Seine Züge entgleisten, während er weinte wie ein Kind. Zugleich schien da eine ungeheure Wut in ihm zu brodeln. Serafin ballte die freie Hand zur Faust und machte sich bereit, Junipa zur Seite zu stoßen, um sie aus der Reichweite des Kerls zu schaffen.

Doch der Mann ließ seine Hand sinken, schüttelte den Kopf so heftig, dass die Wangen schlackerten, und schien wie aus einem Traum zu erwachen. Unbeholfen rieb er sich die Tränen mit dem Ärmel fort und verschmierte dabei die Schlammspritzer auf seinem Gesicht zu einer dunklen Kriegsbemalung.

»Ich … komm ja«, sagte er, klang aber, als wäre er nicht sicher, ob er das wirklich wollte.

Hau schon ab, dachte Serafin.

Und der Mann ging. Trat einfach an ihnen vorbei und folgte den übrigen Richtung Ufer. Angespannt wartete Serafin darauf, dass er sich noch einmal umwandte. Stattdessen beschleunigte er seine Schritte und entfernte sich mit zunehmender Entschlossenheit.

Erst jetzt bemerkte Serafin, dass Junipas Rücken seinen Körper berührte, so eng pressten sie sich aneinander. Sie entspannte sich und atmete leise auf. Trotzdem blieben sie eine Weile so stehen und horchten, während sich die Schritte der Männer entfernten. Dann waren auch ihre Stimmen nicht mehr zu hören.

»Das war knapp«, sagte sie leise.

»Was, zum Teufel, ist da gerade passiert?«

Sie machte einen Schritt nach vorn, schob den Fächer zusammen und ließ ihn mit einem bedauernden Seufzer in den Dreck fallen.

»Hey!« Serafin bückte sich und hob ihn auf.

»Der ist zu nichts mehr nütze«, sagte sie.

»Was ist das für ein Ding?«

»Ein Fächerschild der Kartographen. Er zeigt einem das eigene dunkle Ich. Jeder, der hineinsieht, wird davon so tief berührt, dass er nichts mehr von dem wahrnimmt, was sich dahinter befindet. Die meisten schauen instinktiv in eine andere Richtung. Der Kerl gerade war aber so fasziniert von seiner eigenen Bösartigkeit, dass er ihn zu lange angestarrt und die ganze Wirkung aufgebraucht hat.«

Natürlich wusste Serafin, dass Glas und Spiegeln oft Magie innewohnte, aber von einem Ding wie diesem Fächer hatte er noch nie gehört. »Warum hast du so was? Und wer sind diese Kartographen?«

»Ich erklär dir's, wenn wir in Sicherheit sind. Erst müssen wir Merle befreien.«

Wir? Auf gar keinen Fall würde er irgendwen befreien. Seine Mutter wartete auf ihre Medizin, und die würde sie nur bekommen, wenn er seiner Hehlerin ein paar Fundstücke von Wert aus den Kanälen brachte. Bislang jedoch hatte er kaum etwas vorzuweisen.

Zugleich aber war da etwas an dieser Junipa, das ihn faszinierte. Sie war nicht auf dieselbe Weise hübsch wie die Tanzmädchen in den Spelunken, nicht auf diese pralle, aufreizende Weise. Junipa war klein und schmal, fast ausgezehrt, und man sah ihr an, dass sie eine Menge durchgemacht hatte. Kränklich war das erste Wort, das ihm einfiel, aber er korrigierte sich gleich selbst: Nein, sie sah nicht krank aus, eher wie jemand, der eine schwere Krankheit ein für alle Mal besiegt hatte. Was immer sie erlebt hatte, sie war gestärkt und als Gewinnerin daraus hervorgegangen.

Während sie ihn mit ihren Spiegelaugen ansah, fragte er sich, ob sie seine Gedanken lesen konnte, und das war ihm fast ein wenig unangenehm.

»Sie nicht«, erinnerte ihn Cagliostra, *»aber ich. Also pass lieber auf.«*

Er ließ den Fächer in seinem Rucksack verschwinden, in der Hoffnung, dass er mehr wert war, als Junipa glaubte. Anschließend schaute er sich nach weiteren Verfolgern um. Weiter links lagen die Lichter des Dogenpalastes, davor der Zugang zum Markusplatz. Dort suchten die Schlammsammler nach ihnen, und es wimmelte nur so von Gardisten. »Wenn wir da rüberlaufen, schnappen sie uns«, sagte er. »Und zurück können wir auch nicht. Die Soldaten am Ufer sind jetzt gewarnt.«

»Warum ist hier nirgends Wasser?«, fragte sie verwundert.

»Es ist Neumond.«

»Und?«

»Neumond«, wiederholte er. Als sie ihn verständnislos ansah, setzte er hinzu: »Bist du nicht aus Venedig?«

»Nicht aus diesem hier«, sagte Junipa.

Er schluckte die Frage hinunter, die ihm auf der Zunge lag. »Wir müssen so schnell wie möglich an Land. Das Wasser kann jeden Augenblick zurückkommen.«

Einen Moment lang schwieg sie fast vorwurfsvoll, dann sagte sie: »Wie viel Zeit bleibt uns noch?«

»Es kann in der nächsten Minute so weit sein oder erst in ein, zwei Stunden. Im Voraus weiß das niemand.«

Sie blickte sich auf dem Grund des leeren Kanals um. »So was hab ich noch in keinem anderen Venedig gesehen.« Dann deutete sie nach rechts in die Dunkelheit. »Von dort kommen noch mehr von denen. Fünf oder sechs von diesen Männern in Weiß.«

»Sie hat recht«, sagte Cagliostra. *»Und es sind auch Soldaten im Kanal, die nach euch suchen. Das ist mal was Neues.«*

»Was wollen die von dir?«, fragte er.

»Meine Augen«, sagte Junipa. »Die wollen sie immer. Diesmal ging es nur schneller als sonst.«

»Deine –«

»Komm!« Schon packte sie ihn bei der Hand und zog ihn mit sich. »Wie weit reicht die Ebbe in dieser Richtung?«

»Das ist keine Ebbe. Das ist –«

»Ja, schon verstanden. Schaffen wir es zu Fuß bis zu einer der anderen Inseln? Was ist mit Giudecca?«

»Auf keinen Fall. Da ist überall Wasser. Es verschwindet nur in den Kanälen, niemals draußen in der Lagune.«

»Und in dieser Richtung hier kommt ihr auch nicht weit«, sagte Cagliostra. *»Falls das jemand vergessen hat.«*

»Hast du eine andere Idee?«

»Ich?«, fragte Junipa.

»Nein, sie.« Er deutete zum Nachthimmel, wo die goldene Katze ihre Kreise zog.

Junipa warf einen kurzen Blick nach oben. »Bei uns fliegen nur die Löwen, nicht die Katzen. Aber ich schätze, das macht keinen großen Unterschied. Spricht sie mit dir? In deinen Gedanken?«

Cagliostra schnaubte abfällig. *»Woher weiß sie das?«*

Er gab die Frage weiter.

»Das ist gar nicht so ungewöhnlich«, antwortete Junipa.

»Dass jemand Stimmen hört?«

»Ja. Und trotzdem nicht völlig verrückt ist.«

»Eure Verfolger holen auf«, sagte Cagliostra. *»Und es sind mehr geworden.«*

Die Anstrengung hatte Serafin abgelenkt, doch jetzt erfasste er die Ausweglosigkeit ihrer Lage. Sie konnten nicht weiter in diese Richtung laufen, dort gab es nichts als die Wasserwand. Davor glühten Lichter in der Dunkelheit. Eine Kette aus Männern mit Fackeln.

»Warten die auf uns?«, fragte Junipa, ebenfalls außer Atem.

»Nein. Die sind wegen was anderem dort.«

Er wollte sie nun doch nach links ziehen, in die Richtung des Markusplatzes, selbst wenn ihnen dort die Kugeln um die Ohren fliegen würden. Er redete sich ein, dass die winzige Chance bestünde, nicht auf der Stelle umgebracht, sondern erst einmal gefangengenommen zu werden. Hier draußen hingegen konnten sie jeden Augenblick von den Wassermassen zerquetscht werden.

Junipa wurde langsamer. »Das ist es, oder?«

Er selbst sah nur die Reihe der Fackeln vor tiefer

Dunkelheit. Junipa hingegen schien mit ihren Spiegelaugen bereits den Wasserwall zu erkennen. Unwillkürlich fragte er sich, wie dieser Anblick wohl auf jemanden wirken musste, der nicht damit aufgewachsen war.

»Wie geht das?«, fragte sie tonlos.

»Es passiert einfach. Niemand weiß, wie oder warum.«

Hinter ihnen wurden Stimmen laut. Mehrere Männer stritten sich unter Schnaufen und Ächzen, ob sie die Verfolgung wirklich fortsetzen sollten. Ein peitschender Schuss war zu hören, jemand brüllte Befehle, dann eine Warnung: Jeder, der sich aus dem Staub mache, werde standrechtlich erschossen.

»Die sind zu nah hinter euch«, sagte Cagliostra. *»Und der Schuss hat sicher auch den letzten Soldaten auf dem Markusplatz geweckt.«*

»Ich kann uns hier wegbringen«, sagte Junipa.

Er hörte kaum hin, weil ihn zum ersten Mal in dieser Nacht echte Verzweiflung überkam. Er würde nicht mehr nach Hause kommen, nicht am nächsten Morgen und nicht am übernächsten. Seine Mutter würde nicht einmal erfahren, was ihm zugestoßen war. Ohne die Medizin würde sie erst vollends erblinden und bald an ihrer Krankheit sterben. Und während ihrer letzten Monate würde die Trauer wie ein großes finsteres Tier an ihrem Bett stehen, das nur darauf wartete, sie zu verschlingen. Serafin hatte immer versucht, ihr Mut zu machen, so ausweglos ihre Lage auch war, einen fernen Hoffnungsschimmer heraufzubeschwören, dem sie beide entgegenblicken konnten. Manchmal hatte er sie angeschwindelt, wenn er selbst nicht daran geglaubt hatte, und das hatte ihn mehr Kraft gekostet als alles andere.

»Die Kleine kann euch also hier wegbringen«, sagte Cagliostra skeptisch. *»Wahrscheinlich glaubt sie sogar selbst daran.«*

Vergiss nicht, wo wir sie gefunden haben, dachte er.

»Ja«, gab die Katze mit einem Seufzer zurück, *»und in welchem Zustand. Du hättest sie einfach liegen lassen sollen.«*

»Du hast mich doch erst zu ihr geführt!«, entfuhr es ihm laut.

Junipa blickte ungerührt nach vorn. »Deine Katze kann mich nicht leiden, hm?«

Sie hatten die Wasserwand fast erreicht, und nun sah auch Serafin, was Junipa lange vor ihm erblickt hatte.

Der Wall verlief entlang einer perfekten Linie am Ende des Canal Grande, auf der einen Seite die Piazzetta San Marco, auf der anderen die Punta della Salute, der äußere Zipfel der venezianischen Hauptinsel. An dieser Grenze zur Lagune endete die schwarze Schlammwüste des Kanalbetts an einer gewaltigen Wand aus Wasser, so als wäre dort ein gläserner Damm errichtet worden, fünf Mannslängen hoch und mehr als hundert Meter breit. Am oberen Rand schlugen die Wellen gegen ein unsichtbares Hindernis, ohne je herüberzuschwappen. Darunter konnte man geradewegs in das Gewässer der Lagune blicken wie in das Innere eines Aquariums.

»Als hätte man das Wasser mit einem Spaten abgestochen«, flüsterte Junipa erschöpft, während Serafin und sie zum Stehen kamen. Hinter ihnen waren die Stimmen kaum noch zu hören, aber womöglich wurden sie nur von dem unheimlichen Rauschen der Wand übertönt. Zudem lag leiser Gesang in der Luft. Er kam geradewegs aus dem Wasser.

Bläuliches Schimmern zog sich in blassen Schlieren durch die Fluten, zu schwach, um von weitem sichtbar zu sein. Serafin hatte sich noch nie so nah an den Wall herangewagt. Nicht nur aufgrund der Entfernung zum sicheren Ufer, sondern wegen der Wesen, die sich im sanften Schein der Lichter tummelten.

»Meerjungfrauen?« Junipa musste sie mit den Spiegelaugen viel deutlicher sehen als er. Zu seinem Erstaunen klang sie nicht ängstlich.

»Die fressen Menschen«, sagte er und spürte, wie seine Halsschlagader vor Aufregung pochte.

Junipa schüttelte den Kopf. »Sie wollen nur, dass alle das glauben.« Nach kurzem Zögern fügte sie hinzu: »Jedenfalls in meinem Venedig.«

Die Männer mit den Fackeln standen am Fuß der Wand und starrten zu den schemenhaften Gestalten im Wasserwall. Die nackten Oberkörper der Frauen gingen an den Hüften in mächtige Fischschwänze über. Ihr langes Haar folgte ihnen bei ihren Pirouetten wie ein Schweif. Im Schein der Fackeln waren dann und wann ihre Gesichter zu sehen: ihre großen, wunderschönen Augen leuchteten betörend, während ihre Münder den Mäulern von Haifischen ähnelten, lippenlose Schlitze, die von einem Ohr zum anderen reichten und beim Lächeln Reihen spitzer Zähne entblößten. Die Männer kümmerte das nicht – sie waren dem Bann der hypnotischen Blicke und Bewegungen verfallen, grinsten idiotisch ins Wasser und winkten den Meerjungfrau mit ihren Fackeln zu. Viele sahen aus wie Herumtreiber, die niemanden hatten, der sie beim Abstieg in den Kanal hätte aufhalten können.

»Die Meerjungfrauen locken sie mit ihren Gesängen an und halten sie so lange fest, bis das Wasser zurückkehrt. Einfach nur zum Spaß.« Auch Serafin spürte den Sog der seltsamen Stimmen. Er kämpfte gegen den Drang an, den Geschöpfen in die Augen zu blicken.

»Eure Verfolger kommen näher«, sagte Cagliostra.

Als Serafin herumwirbelte, sah er im Fackelschein einen Trupp Gardisten und eine Gruppe weißgekleideter Schlammsammler. Sie alle hatten es eilig, die Geflohenen einzufangen, um sich selbst am Ufer in Sicherheit zu bringen. Noch hatten sie Serafin und Junipa nicht entdeckt, der Anblick der Meerjungfrauen lenkte sie ab.

»Eben hab ich dich gebeten, mir zu vertrauen«, sagte Junipa nah an seinem Ohr. »Das war nur so dahingesagt. Jetzt musst du mir *wirklich* dein Leben anvertrauen.« Sie hatte sich herübergebeugt, damit keiner der Fackelträger sie hörte und vielleicht auch, um das betörende Singen der Meerjungfrauen zu übertönen. Sie riefen nun immer deutlicher nach ihm, eine winkte sogar, eine andere lockte ihn mit gekrümmtem Finger heran. Er war drauf und dran, ihr zu gehorchen, denn wenn er sterben musste, dann beim Blick in diese Augen, umkreist von flinken Leibern. Ihm war schwindelig, als er wie in Trance einen Schritt nach vorn machte.

Junipa versetzte ihm eine schallende Ohrfeige.

»Oha«, sagte Cagliostra. *»Das war das zweite Mal.«*

Vor seinen Augen blitzten Lichtpunkte auf. Er rieb sich die Wange und wusste nicht, was er sagen sollte, ließ es bleiben und warf einen Blick über die Schulter. Die Gardisten und Schlammsammler waren keinen Steinwurf mehr entfernt.

»Ich bring uns von hier weg«, sagte Junipa noch einmal. »Aber du darfst nicht an dem zweifeln, was ich tue.«

Er wollte nach seinem Messer tasten, um sie beide zu verteidigen, aber sie hielt seine Hand fest, lief los und zog ihn mit sich. Geradewegs auf die Wasserwand zu.

»Was hast du vor?«, rief er.

»Wir gehen da durch.«

Er verschluckte sich fast an seinen eigenen Worten. »Durch das Wasser?«

»Durch die Spiegelung auf dem Wasser.«

Er folgte ihr zur glatten Oberfläche des Walls. Sogar von nahem sah sie aus wie eine Glasscheibe, ganz und gar unbewegt, obwohl dahinter die Meerjungfrauen ihren lockenden Reigen tanzten und die Fluten mit ihren Schwanzflossen peitschten. Die Fackeln der verblendeten Männer spiegelten sich auf dem Wasser, und nun erkannte Serafin sich selbst und Junipa, zwei entkräftete Gestalten, die Hand in Hand näher kamen.

»Die Katze soll sich auf deine Schulter setzen«, sagte Junipa. »Sonst muss sie zurückbleiben.«

»Sehr rücksichtsvoll.« Cagliostra war hoch über die Kante des Wasserwalls aufgestiegen. *»Aber mir geht's hier oben ganz prächtig.«*

»Bist du wirklich aus dem Spiegel gekommen?«, fragte Serafin.

»Ja. Zusammen mit Merle.«

»Und du kannst auch durch einen Spiegel wieder von hier fortgehen?«

»Ja. Aber es ist nicht ungefährlich. Du hast uns ja gesehen. Etwas hätte uns da drinnen fast erwischt. Wir waren so erschöpft, dass uns der Übergang beinahe umgebracht hat.«

»Mit *da drinnen* meinst du nicht das Wasser, oder?«

Sie schüttelte den Kopf. »Die Spiegelwelt.«

»Kein guter Ort«, sagte Cagliostra.

Serafin fragte sich, woher die Katze das wusste. Aber, Herrgott, sie hatte Flügel und ein goldenes Fell. Sie war nicht in einem venezianischen Hinterhof zur Welt gekommen.

»Sieht nicht so aus, als hätten wir eine Wahl«, sagte er.

Ein neues Geräusch drang an sein Ohr, und einen Moment lang glaubte er, das Wasser kehre zurück. Aber dann war es doch nur das Rauschen von Cagliostras Schwingen, als sie aus der Höhe herabschoss und sich mit allen vieren an seine Schulter krallte. Sie war leicht wie ein Vogel und schmiegte sich weich an seine Wange.

»Auf keinen Fall meine Hand loslassen«, sagte Junipa.

»Bestimmt nicht.«

Jenseits der senkrechten Wasseroberfläche schoss eine Meerjungfrau heran und frohlockte, weil die beiden immer näher kamen. Sie winkte ihnen mit ihren schmalen, langen Fingern zu, biegsam wie Schlingpflanzen. Die Untiefen ihrer Augen waren voller Versprechungen.

»Achte nicht auf sie«, sagte Junipa.

Die Meerjungfrau hielt vor ihnen inne, schwebte sanft auf und ab und legte den Kopf ein wenig schräg. Ihr betörendes Lächeln verschwand, als sie langsam das Haifischmaul öffnete, so als wollte sie die beiden auffordern, geradewegs hineinzuspazieren.

Ein letzter Schritt bis zur Wasserwand.

Cagliostra bohrte ihre Krallen tiefer in Serafins Schulter, doch er spürte den Schmerz kaum.

Hinter ihren Spiegelbildern rannten weiße Schemen auf sie zu und streckten die Hände aus, um sie zu packen.

»Mach die Augen zu«, sagte Junipa und flüsterte etwas, das Serafin nicht verstand.

Er sah hinter sich ihre Verfolger und vor sich den monströsen Schlund der Meerjungfrau. Sah sich selbst und Junipa und Cagliostra auf dem Wasser wie auf einem Spiegel aus Kristall.

Dann begann seine Haut zu kribbeln, und ihm wurde eiskalt.

4

Als Merle die Augen öffnete, lag sie mit angezogenen Beinen auf dem Grund einer Flasche.

Ihr Rücken war gegen das Glas gepresst und hatte sich der Rundung angepasst, ihre Knie stießen gegen die gegenüberliegende Seite. Es war die größte Flasche, die sie jemals gesehen hatte – mindestens drei Meter hoch –, aber wenn man gekrümmt wie ein Welpe auf ihrem Boden lag und mit Kopfschmerzen aus tiefer Bewusstlosigkeit erwachte, wirkte selbst ein solcher Flaschenkoloss alles andere als geräumig. Schlimmer noch: Als Merle vollends begriff, wo sie sich befand, schien die Enge sich um sie zusammenzuschnüren wie ein Korsett aus Schatten und Kälte und allumfassendem Unbehagen.

Ihr erster Gedanke galt ihren Schmerzen, der zweite Junipa. War sie in der Nähe? Außerhalb der Flasche war es dunkel bis auf ein paar verschwommene Lichter in einiger Entfernung. Verschwommen womöglich, weil Merles Augen tränten. Auch an die Dunkelheit musste sie sich erst gewöhnen.

Ihre letzte Erinnerung umfasste die silbrigen Labyrinthe der Spiegelwelt und die finstere Gestalt des Kartographen, der sie verfolgt hatte. Sie nahm an, dass es nur einer gewesen war, doch ganz sicher war sie nicht. In den Spiegeln folgten einem auf Schritt und Tritt Dutzende Abbilder, und auch der Kartograph hatte einen Heerwurm davon hinter sich hergezogen: in Spiegeln in Spiegeln in Spiegeln, die jede Reflexion vervielfältigten. Die Kartographen selbst waren immun gegen die Illusion, weil dieser Ort ihre Heimat war und sie jede optische Täuschung durchschauten. Deshalb waren sie schnell und gefährlich. Ausgelaugt hatte Junipa den erstbesten Weg durch einen Spiegel gewählt, hinter dem eine der vielen Versionen von Venedig lag – zu einer genaueren Bestimmung war keine Zeit geblieben. Diffus erinnerte Merle sich, dass sie durch die Oberfläche gestolpert und gestürzt war, aber sie wusste nicht, ob sie nach einem oder nach zehn Metern aufgeschlagen war. Gefühlt wohl eher nach hundert.

Mit Sicherheit war sie ursprünglich nicht hier gelandet. Jemand musste sie gefunden und durch den Flaschenhals in dieses Gefängnis aus Glas gesteckt haben. Wie ein seltenes Insekt im Setzkasten eines Sammlers.

Irgendwie musste sie sich umdrehen, am besten aufstehen, um nach Verletzungen zu suchen und aus dieser Zwangshaltung herauszukommen. Jeder Muskel in ihrem Körper war verkrampft, und ihr Rücken fühlte sich an, als würde er für immer bucklig bleiben. Wie lange hatte sie so dagelegen? Es war als hätte ihr Körper alle Hoffnung aufgegeben, sich je wieder aufrichten zu können.

Dagegen musste sie als Erstes etwas unternehmen. Zaghaft bewegte sie ihre Arme, dann ihre Beine, und als die Schmerzen erträglich blieben, drehte sie langsam ihren Oberkörper. Es dauerte eine halbe Ewigkeit, bis sie schließlich auf den Knien kauerte und mühsam versuchte, sich an der Flaschenwand aufzurichten. Sie presste beide Hände gegen das kühle Glas, stemmte sich erst mit einem, dann mit beiden Beinen aufwärts und kam schließlich ins Stehen. Dabei lehnte sie mit den Händen und der Stirn an der Flaschenwand und entdeckte, dass die Kälte gegen die Kopfschmerzen half. Ein Weile blieb sie so stehen, presste das Gesicht ans Glas und genoss, wie die Kühle an ihr hinabkroch und allmählich den Schmerz linderte. Dabei bewegte sie behutsam ihre Arme und Beine, bis sich die Krämpfe gelöst hatten.

Als Nächstes musste sie ihre Augen an die Düsternis gewöhnen. Zuerst blickte sie hinauf zum Flaschenhals. Wenigstens steckte kein übergroßer Korken darin. Zwar war es unmöglich, an den glatten Wänden nach oben zu klettern, aber die Öffnung machte ihr Hoffnung, dass man sie hier drinnen nicht ersticken oder verhungern lassen wollte.

Hinter ihr ertönte ein helles Klopfen am Glas.

Merle fuhr herum und sah in die Augen ihres Spiegelbilds. Anders als sie selbst hatte es die rechte Hand erhoben und tippte mit einer schimmernden Dolchklinge ans Glas. Merle brauchte ein paar Sekunden, um zu erfassen, dass sie nicht auf eine Reflexion ihrer selbst blickte. Das Mädchen, das ihr außerhalb der Flasche gegenüberstand, besaß ihr Gesicht, ihr dunkles Haar, ihre braunen Augen. Aber sie trug weder ihre Hose noch ihren Wollpullover, sondern ein wadenlanges schwarzes Kleid mit geschnürten Stiefeln, darüber ein enggebundenes Oberteil, gleichfalls in Schwarz, und einen roten Schal. Am Gürtel hing eine lange Lederscheide, in die das Mädchen nun den Dolch schob, während sie die Gefangene betrachtete.

»Wer bist du?« Das Glas dämpfte die Stimme, aber es war zweifellos Merles eigene.

»Merle.«

»Nein«, widersprach ihre Doppelgängerin. »Merle bin ich. Wer bist du?«

»Ich kann es dir erklären, wenn du mich hier rauslässt.«

»Erst brauche ich Antworten.«

Das Mädchen auf der anderen Seite der Flaschenwand war ihr perfektes Ebenbild, aber Merle glaubte nicht, dass sie selbst jemals in diesem Tonfall sprach. So kalt und so schneidend. Während ihrer zweijährigen Reise hatten Junipa und sie mehrere Manifestationen von Venedig besucht, und dabei waren sie mehr als einer Merle begegnet. Für gewöhnlich wurden die Anderen aggressiv oder gerieten in Panik, sobald sie ihr gegenüberstanden. Das Mädchen vor der Flasche hingegen war beherrscht und sachlich.

»Wo bin ich hier?«, fragte Merle.

»Im Haus der Glasbrennergilde auf der Insel Murano. Die Männer haben dich im Canal Grande gefunden.«

»Ich war *im Wasser*?« Ihr Brustkorb zog sich vor Sorge

zusammen. Hatte man sie allein aus dem Kanal gezogen und Junipa zurückgelassen? War sie ertrunken?

»Kein Wasser«, sagte ihr Gegenüber. »Es ist Neumond.«

»Und das bedeutet?«

»Bei Neumond sind alle Kanäle leer.«

»Wie bei Ebbe?«

»So ähnlich.« Ihre Doppelgängerin schien es nicht für nötig zu halten, das genauer zu erklären. Ihr stechender Blick hatte etwas Sezierendes, und wieder fühlte Merle sich wie ein Insekt, das hinter Glas beobachtet und studiert wurde.

»Wo ist Junipa?«, fragte sie.

»Deine Freundin mit den seltsamen Augen?«

Merle nickte.

»Über sie will ich mit dir sprechen.«

»Also ist sie nicht hier?«

»Wir wissen nicht, wo sie ist.«

»*Wir* heißt die Glasbrenner?«

Ein Anflug von Ungeduld erschien auf dem Gesicht ihres Ebenbildes. »Können wir uns darauf einigen, dass ich die Fragen stelle?«

Sie wussten von Junipa, und nun war sie fort. Das bedeutete aller Wahrscheinlichkeit nach, dass sie noch gelebt hatte, als man Merle gefunden hatte. Wenn Junipa entkommen war, dann würde sie am vereinbarten Treffpunkt auf Merle warten. Es war immer der gleiche Treffpunkt, in jedem Venedig.

Ihre Doppelgängerin legte die Spitze ihres Zeigefingers an die Flasche und beugte sich näher heran. Ihr Atem ließ kaum merklich das Glas beschlagen. »Wer hat dich hergeschickt?«

»Niemand.«

»Warum siehst du dann aus wie ich?«

»Das könnte ich dich fragen.«

»Jemand hat dich geschickt, um meine Stelle einzunehmen. Haben sie dir den Auftrag gegeben, mich zu töten?« Sie presste kurz die Lippen aufeinander, dann sagte sie: »Ja, natürlich haben sie das. Welchen Sinn hätte sonst diese Maskerade?«

Merle brachte ihr Gesicht nun ebenfalls nah ans Glas, bis sie kaum mehr als eine Handbreit von ihrem Gegenüber trennte. Ihre Augen waren auf derselben Höhe, und jede hielt dem Blick der anderen stand. »Ich war bewusstlos, als man mich hergebracht hat. Erzähl mir nicht, du oder irgendwer sonst hätte nicht versucht, mir die … *Maske* vom Gesicht zu ziehen.«

»Diese Art von Maske ist das nicht«, behauptete ihr Ebenbild. »Stell dich nicht dumm. Nicodemus sagt, er kann die Magie an dir spüren.«

»Wer ist Nicodemus?«

»Der Großmeister der Glasbrennergilde. Der Herr von Murano.«

»Und damit auch dein Herr?«

»Ich stehe in seinen Diensten, ja.« Das Mädchen zeigte keine Regung. »Ihr wolltet ausnutzen, dass ich sein Vertrauen genieße. Du hattest vor, mich zu beseitigen und meinen Platz einzunehmen.«

»Weshalb um alles in der Welt hätte ich das vorhaben sollen?«

»Um an das Geheimnis des Glases zu kommen.«

Natürlich, dachte Merle. Auch in ihrem eigenen Venedig hatten die Glasbrenner von Murano einst hohes Ansehen genossen und ihre Rezepturen mit allen Mitteln geschützt. Glas war kostbar wie Gold, und nirgends wurde es in solcher Reinheit und Güte hergestellt wie in Venedig. Bevor das Ägyptische Imperium alle anderen Länder verwüstet und die Lagune abgeschottet hatte, hatte es immer wieder Spione gegeben, die versucht hatten, das Geheimnis zu lüften – erst die Belagerung hatte dem ein Ende gemacht. Hier jedoch, in dieser Manifestation der Stadt, hatte es wahrscheinlich nie ein Ägyptisches Imperium gegeben, und das Mysterium der Glasmacherei war noch immer Venedigs wertvollstes Gut.

»Du glaubst«, sagte Merle, »jemand hat mich durch Magie zu deiner Doppelgängerin gemacht, um mich hier auf Murano einzuschleusen und eure Rezeptur zu stehlen?«

Der Blick ihres Ebenbilds blieb starr auf ihre Augen gerichtet. »Du bist nicht die Erste, die versucht, uns auszuspionieren. Und du wirst nicht die Letzte bleiben. Allerdings wird Nicodemus alles Menschenmögliche tun, um an dir ein eindrucksvolles Exempel zu statuieren.« Sie lächelte, und Merle erschrak insgeheim, weil sie nicht gewusst hatte, dass ihr Gesicht in der Lage war, solche Heimtücke auszudrücken. »Er hat mich gebeten, mir Gedanken darüber zu machen, was wir mit dir anstellen sollen. Etwas, das alle anderen für eine Weile abschreckt.«

»Bestimmt ist dir das eine oder andere dazu eingefallen.«

»Ich habe eine kleine Liste im Kopf.«

»Warum bringst du es dann nicht zu Ende?« Merle schlug mit der Faust gegen das Glas. »Ich sag's dir: weil ihr vorher etwas von mir erfahren wollt.«

Die Andere schwieg und starrte sie durchdringend an.

»Und dabei geht es euch am allerwenigsten um irgendwelche Drahtzieher, denn eure Feinde kennt ihr sicher gut genug. Dein Meister Nicodemus hat es auf Junipa abgesehen, nicht wahr? Hat er selbst sie gesehen oder hat man ihm nur von ihr erzählt?«

»Wie kommst du –«

»Weil es immer um Junipa geht. Um Junipas Spiegelaugen. Dummerweise ist sie euch entwischt, und nun hoffst du, dass ich dir verrate, wo du sie finden kannst.« Merle verzog den Mund zu einem kühlen Lächeln, während sie einen Blick in die Dunkelheit hinter dem Mädchen warf. »Hört dieser Nicodemus uns gerade zu? Oder bist du auf eigene Faust hergekommen, um später damit anzugeben, was du von mir erfahren hast?«

Für einige Sekunden blieb die Miene ihrer Doppelgängerin angespannt, dann verbarg sie ihre Gefühle wieder hinter stoischer Gelassenheit. »Sie haben dir vielleicht mein Gesicht gegeben«, sagte das Mädchen, »aber du weißt nichts über mich oder über das, was ich dir antun kann. Und wie weit ich dabei gehen werde.«

Es war verstörend, dass da jemand vor Merle stand, der ihr aufs Haar glich und doch so anders war. Oder steckte dieselbe kalte Entschlossenheit auch in ihr selbst? Hatte sie etwa nicht tatenlos zugesehen, wie der Junge, den sie liebte, sein Leben für sie geopfert hatte?

Nein, schrie es in ihr, so war das nicht gewesen. *Nicht so!*

Ihre Doppelgängerin deutete Merles Mienenspiel als Anflug von Schwäche. »Lass mich dir etwas zeigen.« Sie löste sich von der Flasche und umrundete sie halb.

Merle drehte sich mit ihr, um sie nicht aus dem Blick zu verlieren. Ihre Augen hatten sich an die Finsternis in dem Kerkerloch gewöhnt, und wo eben noch Dunkelheit gewesen war, entdeckte sie nun eine weitere Flasche, nur wenige Meter von ihrer eigenen entfernt. Im Schein der Funzeln an den Wänden schälte sich eine zweite Gefangene aus den Schatten.

Also doch Junipa?, durchfuhr es sie erschrocken.

Aber es war nicht ihre Freundin. Es war eine Meerjungfrau.

Die Flasche war bis zur Öffnung mit trübem Wasser gefüllt, das vermutlich nie gewechselt worden war. Darin trieb aufrecht eine junge Frau mit silbernem Fischschwanz, umwogt von langem, rotblondem Haar. Ihre Augen waren geschlossen, ihr Gesicht erstarrt. Merle musste unwillkürlich an tote Tiere in Spiritus denken.

Würde sie selbst genauso enden, als eine Art Ausstellungsstück in einem dunklen Keller auf Murano?

»Hast du sie umgebracht?«, fragte sie angewidert.

Ihre Doppelgängerin schüttelte den Kopf. »Ich bin weder Nicodemus' Folterknecht noch seine Henkerin. Wenn du's genau wissen willst – ich bin eine Spionin wie du.«

»Sind wir nicht beide ein bisschen jung für Spioninnen?«

»Ich bin sechzehn«, sagte die Andere stolz. »Alt genug. Ich bin auf meine Aufgaben vorbereitet worden, seit ich ein Kind war.« Mit einem Schulterzucken setzte sie hinzu: »Keine Ahnung, wie alt du unter deiner Maske bist. Nicodemus sagt, die Magie kann einem alles Mögliche vorgaukeln. Du könntest fünfzig sein und würdest trotzdem so aussehen wie ich.«

»Ich bin nicht –« Merle brach mitten im Satz ab, weil es ohnehin keinen Zweck hatte. Stattdessen deutete sie auf die leblose Meerjungfrau. »Was habt ihr mit ihr gemacht?«

»Die Meerjungfrauen interessieren sich nicht für Glas. Niemand weiß genau, was sie überhaupt wollen. Sie leben draußen im Wasser, fressen Schiffbrüchige oder tun unappetitlichen Fischkram. Manchmal tauchen sie in den Kanälen auf, schnappen sich kleine Kinder und ertränken sie. Ganz abgesehen von den Männern, die ihren Augen verfallen und für sie ins Wasser gehen.«

In Merles Venedig waren die Meerjungfrauen eher Opfer als Täterinnen gewesen. Gewiss, viele hatten sich einen Spaß daraus gemacht, junge Männer zu betören. Aber sie ermordeten keine Kinder, und Merle bezweifelte, dass sie allzu großen Appetit auf Schiffbrüchige hatten. Allerdings bedeutete das nicht, dass es hier genauso sein musste. Kein Venedig war wie das andere. Verdammt, hier war ihr eigenes Gegenstück ein eiskaltes Biest. Gut möglich, dass das auch für die Meerjungfrauen galt.

Die Gefangene in der zweiten Flasche schlug die Augen auf.

Merle schrak zurück, als sich ihre Blicke trafen.

»Oh«, erklärte ihre Doppelgängerin beiläufig, »natürlich ist sie nicht tot. Ansonsten hätte man ihren Schwanz längst zu Fischsuppe verarbeitet.«

Auf dem Boden neben der zweiten Flasche lag ein Holzkästchen mit einem schwarzen Kippschalter. Ein Kabel führte von dort aus an der Flasche empor und durch den Hals ins Innere. Das Ende ragte fingertief ins Wasser.

Die andere Merle ging neben dem Kästchen in die Hocke, lächelte freundlich zu der Gefangenen hinauf und legte den Schalter um. Ein Surren und Zischen erklang, dann sprühten weiße Funken aus dem Kabelende im Wasser. Die Meerjungfrau riss den Mund auf und brüllte, während sich ihr Körper verkrampfte und von heftigem Zittern geschüttelt wurde.

»Hör auf damit!«, schrie Merle und schlug wütend gegen die Flaschenwand.

»Ja«, sagte ihr Ebenbild, »gleich.«

Die Augen der Meerjungfrau drehten sich nach oben, waren jetzt fast gänzlich von Weiß erfüllt. Ihr Mund stand weit offen, aber es drang kein Schrei mehr heraus. Sie hatte die Arme am Körper hinabgestreckt, ihre Hände öffneten und schlossen sich im Sekundentakt. Der Fischschwanz stand fast senkrecht nach unten, nur die Flossenenden zuckten heftig.

»Lass sie in Ruhe!«, schrie Merle. »Das reicht!«

»Ich bin nicht sicher, ob du die Lektion schon verstanden hast.« Ihre Doppelgängerin hob eine Hand und klopfte an die Flasche der Meerjungfrau. »Alles in Ordnung da drinnen?«

Sie erhielt keine Antwort. Mit unverbindlichem Lächeln wartete sie weitere Sekunden, ehe sie den Schalter endlich zurück in seine ursprüngliche Stellung klappte. Die Geräusche brachen ab, die Funken versiegten. Die Meerjungfrau rollte sich am Fuß der Flasche zu einer Kugel zusammen und trieb langsam rotierend in der schmutzigen Brühe.

Ihre Peinigerin richtete sich auf, schenkte der Meerjungfrau einen mitleidigen Blick und wandte sich wieder Merle zu. »Sie hat ein paarmal versucht, das Kabel aus der Flasche zu werfen, aber irgendwann hat sie eingesehen, dass sie es damit nur schlimmer macht. Sie ist sehr duldsam geworden. Gleichgültig, könnte man sagen. Und unterwürfig.«

»Ich weiß nicht, wo Junipa ist«, sagte Merle hasserfüllt. »Ich war bewusstlos, als sie euch entkommen ist.«

»Aber vielleicht hast du eine Idee. Möglicherweise

gibt es eine Verbindungsperson hier in der Stadt. Oder einen Treffpunkt, den ihr beiden miteinander ausgemacht habt. Es gibt immer einen Treffpunkt. Das hat man mir beigebracht, noch bevor ich schreiben konnte.«

»Wir sind keine Spione!«

»Das wird Nicodemus entscheiden. Ausgehend von den Informationen, die ich ihm bringe. Und ich habe die Absicht, ihm eine ganze Menge Informationen zu bringen.« Sie trat wieder nah vor Merles Flasche, hob beide Hände über den Kopf und legte sie ans Glas. »Du brauchst wohl ein wenig Zeit, um dir auszumalen, was die Arme da gerade durchgemacht hat. In einer Stunde komme ich wieder, gieße ein paar Eimer Wasser zu dir in die Flasche und lasse ein Kabel herunter. Du könntest versuchen, es von dem Wasser rund um deine Füße fernzuhalten, aber glaub mir, es ist nicht angenehmer, wenn du die Schläge direkt in die Hände bekommst. Wahrscheinlich gehen deine Finger in Flammen auf.«

»Du Miststück!«, schrie Merle sie an.

»Ich möchte meinem Meister zeigen, dass er sich auf mich verlassen kann. Wärest du wirklich ich, dann wüsstest du, wie es sich anfühlt, wenn man etwas zu beweisen hat. Du wüsstest etwas über Ehrgeiz und hochgesteckte Ziele. Und darüber, dass man bereit ist, alles dafür zu tun.«

Sie löste ihre Hände von der Flasche und machte zwei Schritte zurück. Noch einmal warf sie einen kurzen Blick auf die zusammengerollte Meerjungfrau, dann ging sie hinüber zu einer eisenbeschlagenen Holztür, die in der Düsternis sichtbar geworden war. Das Quietschen der Scharniere brachte das Flaschenglas zum Vibrieren, als sie die Tür von außen hinter sich schloss.

Merle trat vor Wut gegen die dicke Glaswand und stieß einen wütenden Schrei aus.

Die Kugel in der zweiten Flasche entrollte sich langsam wieder zur Gestalt der Meerjungfrau. Ihr Gesicht zuckte und zitterte noch, aber sie schien ihren Körper allmählich unter Kontrolle zu bekommen. Trotz allem, was ihr angetan worden war, besaßen ihre Bewegungen im Wasser geschmeidige Eleganz.

»Es tut mir leid«, sagte Merle mit brüchiger Stimme. »Sie sieht aus wie ich, aber ich würde niemals –«

Die Meerjungfrau unterbrach sie mit einem Kopfschütteln.

Merle ließ sich auf dem Boden ihrer Flasche nieder, lehnte sich gegen das Glas und schlang die Arme um ihre angezogenen Knie. »Da, wo ich herkomme, hatte ich eine Freundin. Sie war eine Meerjungfrau wie du. Oder fast wie du.« Es fiel ihr schwer, einen klaren Gedanken zu fassen, aber sie musste sich unbedingt von dem ablenken, was ihr bevorstand. »Ihr Name war Unke. Ich weiß nicht, ob viele von euch so heißen. Eigentlich weiß ich gar nichts über ihre Zeit im Wasser, nur dass sie einmal einer Meerhexe begegnet ist.«

Die Meerjungfrau musterte sie, während sie sich mit einem Flossenschlag näher an das Glas brachte. Ihr Haar wogte wie die Arme eines Oktopus.

»Ich hab Unke seit zwei Jahren nicht mehr gesehen«, sagte Merle. »Ich kann nur hoffen, dass es ihr gutgeht.«

Die Meerjungfrau neigte den Kopf zur Seite, verengte die Augen und legte einen Finger an ihren Haifischmund.

»Was ist?«, fragte Merle. »Kommt jemand?« Sie sah zur Tür hinüber und fragte sich, ob dieser Nicodemus ihr bald einen Besuch abstatten würde oder ob sie hier unten allein den Launen ihrer Doppelgängerin ausgeliefert war.

Die Meerjungfrau hob die linke Hand und deutete mit einer sonderbaren Geste auf den Zeigefinger der rechten, den sie an ihren Mund presste. Das mochte heißen: Sieh doch, was ich dir damit sagen will.

»Ich soll still sein«, stellte Merle fest.

Die Antwort war ein Nicken.

Warum?, dachte sie. Weil sie uns belauschen? Das war naheliegend. Die andere Merle mochte hoffen, dass sie dumm genug war, sich zu verplappern.

Eines der sonderbaren Phänomene, die sie bisher in jeder Manifestation Venedigs beobachtet hatte, war die Tatsache, dass man früher oder später auf den eigenen Doppelgänger traf. Und auf die Doppelgänger jener Menschen, die man auch daheim gekannt hatte. Es war wieder und wieder geschehen, deshalb hatte es sie kaum überrascht, als sie vorhin einer zweiten Merle gegenübergestanden hatte. Sie war lediglich erstaunt darüber, wie früh sie diesmal aufgetaucht war.

Ein Schaben und Brechen erklang.

Die Meerjungfrau trieb wieder reglos in ihrem Schmutzwasser, aber ihre Augen waren weit und wach, während ihr Blick den Boden des Raumes absuchte. Er bestand aus massiven Steinplatten.

Aus den Fugen quoll Wasser empor, vor allem zwischen den beiden Flaschen, aber auch unterhalb des runden Glasbodens, auf dem Merle saß. Alarmiert stand sie auf und spürte im nächsten Augenblick ein Beben, dann eine Erschütterung. Als sie hinüber zur Meerjungfrau sah, hatte sich der Schlitz ihres Haifischmauls zu einem triumphierenden Lächeln verzogen.

»Was passiert hier?«, fragte Merle.

Die Meerjungfrau ballte die linke Hand zur Faust und ließ sie gleich darauf mit den Fingern zu Merle hin aufschnellen.

»Ich weiß nicht, was das bedeutet …«

Im nächsten Moment verstand sie sehr wohl, auch wenn ihr keine Zeit blieb, sich darüber zu freuen.

Ein senkrechter Wasserstrahl schoss aus einer Fuge zwischen den Steinfliesen, sprühte mit einem solchen Druck von unten empor, dass er unter die Decke klatschte und wie eine Kristallsäule im Raum stand.

Die Meerjungfrau wiederholte die Geste, diesmal mit beiden Händen. Sie hielt die Fäuste nebeneinander und ließ sie blitzschnell aufspringen.

Aus dem einen Wasserstrahl wurde ein Dutzend. Dann erklang ein dumpfes Donnern, gefolgt von einem Grollen und einem erneuten Beben, so stark, dass die Flaschen ins Schwanken gerieten. Merle schrie auf und versuchte vergeblich, sich an den glatten Wänden festzuhalten.

Der Steinboden wölbte sich nach oben wie Milchhaut kurz vor dem Kochen. Dann explodierte er in einer Eruption aus Bruchstücken und Trümmern. Merles Flasche kippte nach hinten, schlug hart auf und wurde von einem Regen aus Splittern getroffen. Das Glas hielt stand, hatte nicht einmal einen Riss, aber das bemerkte Merle erst, als sie sich auf alle viere hochstemmte und versuchte, aus der liegenden Flasche einen Blick nach draußen zu werfen.

Dichter Staub hing in der Luft, die Lichter an den Wänden waren kaum mehr auszumachen. Von unten füllte sich der Raum rasend schnell mit Wasser, schwappte gegen das Glas und würde bald die Öffnung des Flaschenhalses erreichen. Merle versuchte, dorthin zu klettern, aber das Gefäß wurde von den Wassermassen angehoben, drehte sich mehrmals um sich selbst und schleuderte sie in seinem Inneren umher.

Schlanke Schemen schossen durch das Wasser, wendig wie Hechte. Die Silhouetten mehrerer Meerjungfrauen.

»Holt mich hier raus!«

Niemand schenkte ihr Beachtung.

Wieder versuchte sie, auf die Öffnung zuzukriechen, und erneut rotierte die Flasche und schleuderte sie auf die Seite. Wasser schwappte durch den offenen Hals herein, erst nur ein wenig, dann immer mehr.

»Helft mir bitte!«, rief sie.

Dann verlor sie den Halt, krachte hart auf den Rücken, stieß sich den Hinterkopf an und begriff schlagartig, dass sie in dieser Flasche ertrinken würde. Sehen konnte sie fast nichts mehr, um sie waren nur Dunkelheit und sprudelndes Wasser.

Sie riss den Mund auf, um etwas zu brüllen, wurde von einem eiskalten Schwall ins Gesicht getroffen, schluckte Wasser und bekam keine Luft mehr.

5

Im einen Augenblick schoss das Wasser eimerweise durch den Flaschenhals ins Innere von Merles gläsernem Gefängnis – um im nächsten abrupt zu versiegen.

Sie brauchte endlose Sekunden, um zu begreifen, dass die Flasche sich nicht mehr drehte. Das Gefäß lag – oder besser *trieb* – noch immer auf der Seite. In seinem Inneren stand das Wasser gut zwei Handbreit hoch. Jenseits der gewölbten Glaswand herrschte Düsternis, aber nicht die vollkommene Schwärze, die sie erwartet hatte. Es gab neue Lichtquellen, wabernde Luftblasen, in denen kleine weiße Flammen loderten. Die Flasche befand sich vollständig unter Wasser, und in Merle stieg Panik auf.

»Die anderen glauben, dass das hier ein Fehler ist«, sagte eine Stimme. »Sie denken, es wäre besser, dich sterben zu lassen.«

Merle planschte unbeholfen im Wasser, rutschte ab und fing sich wieder, bis sie auf allen vieren halbwegs ihr Gleichgewicht fand und hinüber zum Flaschenhals blicken konnte. Da erkannte sie, warum kein weiteres Wasser hereinströmte.

Die befreite Meerjungfrau war zur Hälfte zu ihr hereingeschlüpft, ragte mit ihrem Oberkörper ins Innere, während ihr geschuppter Unterleib die Öffnung wie ein Korken verschloss. Der größte Teil ihres *Kalimars* – so hieß der Fischschwanz in der Sprache der Meerjungfrauen – befand sich draußen im Wasser. Die Flosse schlug sachte vor und zurück.

Merle war früher schon mit Meerjungfrauen durch Venedigs Kanäle getaucht, und der Anblick ihres Haifischmauls erschreckte sie nicht mehr. Trotzdem musste sie sich zwingen, ihrer Retterin in die Augen zu blicken, statt ihren Schlund mit den Reihen spitzer Zähne anzustarren. Es war ihr ein Rätsel, wie eine Meerjungfrau ohne Lippen Worte formen konnte. Unke hatte das ebenfalls getan, aber sie war keine echte Meerjungfrau mehr gewesen; eine Meerhexe hatte ihren Fischschwanz gegen ein Beinpaar ausgetauscht. Als Merle ihr zum ersten Mal begegnet war, hatte Unke bereits jahrzehntelang an Land gelebt.

Um nicht dazustehen, als hätte sie ihre Zunge verschluckt, sagte sie: »Du sprichst meine Sprache.«

»Ich habe viel Zeit in der Nähe von euch Menschen verbracht«, entgegnete die Meerjungfrau. »Darüber bin ich unvorsichtig geworden. Nur deshalb konnten sie mich fangen.«

Merle wurde abgelenkt, als sich die brennenden Luftblasen wie Quallen außen an der Flasche festsetzen. In ihrem Schein erkannte sie mehrere Meerjungfrauen, die das Gefäß durch einen Felstunnel schoben. Die dunklen Wände glitten gerade mal eine Armlänge vom Glas entfernt vorüber. Während Merle damit beschäftigt gewesen war, inmitten all des Chaos nicht zu ertrinken, mussten sie die Flasche durch das aufgebrochene Loch im Kerkerboden bugsiert haben.

»Haben sie den Tunnel gegraben, um dich zu befreien?«, fragte Merle ungläubig.

»Nur das letzte Stück«, antwortete die Meerjungfrau. »Mittlerweile sind wir in einem natürlichen Höhlensystem tief unter der Lagune.«

»Ich dachte, unter Venedig gäbe es nur Schlamm und Lehm.«

Der breite Mund der Meerjungfrau verzog sich zu einem furchterregenden Lächeln. »Das ist nur die obere Schicht. Darunter liegt Fels. Viele der Laguneninseln haben einen Kern aus Stein, der tief hinab in die Erde reicht. Durch die Spalten und Schächte kommen wir näher an euch heran, als ihr euch vorstellen könnt.«

»Ich bin nicht von hier«, sagte Merle.

»Ich weiß. Ich habe euch beide beobachtet, dich und Nicodemus' böses Spielzeug. Sie gleicht dir aufs Haar. Trotzdem seid ihr keine Zwillinge. Bleibt nur, dass du aus einem anderen Venedig stammst.«

Also wussten die hiesigen Meerjungfrauen von den verschiedenen Manifestationen der Stadt. Das war erstaunlich. »Die Andere hat geglaubt, ich hätte eine magische Maske auf.«

Die Meerjungfrau atmete ein paarmal heiser ein und aus, sagte: »Einen Augenblick!«, tauchte ihr Gesicht in das Wasser, das sich in der Flasche gesammelt hatte, und richtete sich nach ein paar Sekunden wieder auf. Sie wirkte ein wenig verlegen. »Ich kann nicht allzu lange außerhalb des Wassers atmen. Wo waren wir stehengeblieben? … Ach, die Magie.« Sie schüttelte den Kopf so heftig, dass Tropfen aus ihrem langen Haar bis zu Merle flogen. »Die Glasbrenner glauben, dass ihre Kunst eine Art von Magie ist. Und weil das die einzige ist, die sie beherrschen, leben sie in ständiger Angst, dass ihre Gegner mächtigere Zauberei gegen sie einsetzen. Darum sehen sie in allem, was sie nicht verstehen, feindliche Magie. Und was sie fürchten, muss zerstört oder unterworfen werden.«

»Sie hat gesagt, ihr fresst Schiffbrüchige.«

»Manche von uns. Esst ihr keine toten Fische?«

»Und ihr ertränkt Kinder.«

»Das ist ein Gerücht.« Mehr sagte sie nicht dazu, vielleicht, weil sie nicht für alle Meerjungfrauen sprechen wollte, so wie Merle sich davor gehütet hätte, jeden einzelnen Menschen zu verteidigen. »Aber ich will dir nichts weismachen«, fuhr die Meerjungfrau fort. »Beide Seiten haben Grund genug, die andere zu fürchten. Wir zwei werden daran nichts ändern.«

Merle drehte sich halb um und setzte sich seitlich ins Wasser, lehnte den Rücken gegen die Rundung der Flasche. Viel bequemer war das auch nicht. »Wohin bringt ihr mich?«

»Du hast gesagt, du bist eine Freundin von Unke.«

Merle ahnte schon, worauf das hinauslief. »Das stimmt, aber ich hab nicht die Unke hier bei euch gemeint. In meiner Welt gibt es auch jemanden namens Unke.«

»Und sie ist tatsächlich einer Meerhexe begegnet?«

»Ja. Unke hat die Hexe gebeten, sie zu einem Menschen zu machen. Die Hexe hat ihr den Kalimar genommen und ihr stattdessen Beine gegeben.«

»Hat sie das glücklich gemacht?«

»Nein. Ich glaube, sie hat es oft bereut. Sie wusste nicht mehr, wohin sie gehört. Sie hat sich nicht mehr als Meerjungfrau gefühlt, aber auch nicht als Mensch.«

Ein Moment verging, in dem die Meerjungfrau über Merles Worte nachzudenken schien. »Es war nicht sehr klug, sich an eine Meerhexe zu wenden. Sie wollen anderen nur Schlechtes.«

»Unke war damals noch sehr jung«, sagte Merle.

Die Meerjungfrau nickte langsam. Dann tauchte sie den Kopf noch einmal unter Wasser, hob ihn wieder und sagte: »Auch die Unke hier bei uns ist einer Meerhexe begegnet. Allerdings hat sie sie nicht um Hilfe gebeten. Sie hat sie getötet.«

Im Gegensatz zu manchen ihrer Freunde – im Gegensatz zu Serafin, verbesserte sie sich, und der Gedanke an ihn tat auch nach zwei Jahren noch weh – hatte Merle nie eine Meerhexe mit eigenen Augen gesehen. Was die anderen ihr beschrieben hatten, war schlimm genug. »Wenn eure Unke allein gegen eine Hexe gekämpft und sie besiegt hat, muss sie sehr tapfer sein.«

»Allerdings«, sagte die Meerjungfrau. »Darum haben wir sie zu unserer Königin gemacht.«

Da also waren sie wieder, die rätselhaften Schicksalsfäden, die Merle in jedem Venedig auf Doppelgänger ihrer früheren Weggefährten stoßen ließ. Was auf den ersten Blick wie ein Grund zur Freude klang, hatte sich oft genug als das Gegenteil erwiesen: Menschen, die ihr in ihrem Venedig ans Herz gewachsen waren, traten ihr anderswo gleichgültig oder sogar feindselig gegenüber. Das Aufeinandertreffen mit der abscheulichen Merle war vorerst der traurige Höhepunkt mehrerer solcher Begegnungen.

»Das heißt«, sagte sie schließlich, »ihr bringt mich zu ihr?«

»Ich habe die anderen davon überzeugen können, dass die Königin dich gern sehen würde«, sagte die Meerjungfrau. »Ansonsten hätten sie dich ertrinken lassen.«

Merle warf einen Blick nach draußen, wo die übrigen Meerjungfrauen nur als Schemen und schlängelnde Schatten an den Felswänden zu erkennen waren. »Dann verdanke ich dir mein Leben.«

»Als die andere Merle mir weh getan hat, hast du versucht, sie aufzuhalten.«

»Das hätte jeder getan.«

»Nicht jeder *Mensch*«, widersprach die Meerjungfrau. »Abgesehen davon glaube ich wirklich, dass die Königin mit dir sprechen möchte, wenn sie erfährt, woher du kommst. Im Gegensatz zu deinen Leuten an der Oberfläche wissen wir schon lange, dass Welten existieren, die wie Spiegelbilder unserer eigenen auf dem Wasser sind. Aber ich kenne keine Meerjungfrau, die schon mal jemandem von dort begegnet ist.«

Im luftdichten Inneren der Flasche war es trotz der Kälte stickig, irgendwann würde der Sauerstoff aufgebraucht sein. Dazu kam die Angst um Junipa, die sich wie ein Gewicht auf Merles Brustkorb legte. Selbst wenn Junipa es rechtzeitig aus dem Canal Grande geschafft hatte und nun allein in den Gassen unterwegs war, würde es nicht lange dauern, ehe ihre Spiegelaugen Aufmerksamkeit erregten. Und wenn Merle diesen Nicodemus und seine Glasbrenner richtig einschätzte, hatten sie ihre Spione überall. Spione wie die zweite Merle.

»Wie heißt du?«, wandte sie sich an die Meerjungfrau, nachdem die erneut ihr Haupt unter Wasser getaucht hatte. Ihre langen Haarsträhnen trieben dabei wie Schlingpflanzen auf der Oberfläche.

»Mein Name ist Kalandra.«

»Warum haben deine Schwestern sich so große Mühe gegeben, dich zu befreien? Sich durch den Fels zu graben, muss Tage gedauert haben.«

»Wochen«, sagte die Meerjungfrau und verzog das Haifischmaul zu etwas, das ganz und gar nicht wie ein menschliches Grinsen aussah. Merle bekam eine Gänsehaut. »Ob die anderen mich von sich aus befreit hätten, weiß ich nicht. Die Königin hat ihnen den Befehl dazu gegeben. Unke würde keine von uns Nicodemus überlassen, dazu hasst sie ihn zu sehr.« Ihre Augen weiteten sich vor Neugier. »Aber was ist mit dir? Wie hat es dich in das Verlies der Gilde verschlagen?«

»Ich war mit einer Freundin unterwegs und muss das Bewusstsein verloren haben. Als ich wieder wach wurde, war ich allein und hab in dieser verdammten Flasche gesteckt.«

Kalandra musterte sie eingehend, dann schüttelte sie sachte den Kopf. »Das ist nicht die ganze Geschichte.«

»Niemand erzählt jemals die ganze Geschichte.«

»Welchen Grund hattest du, aus deiner Welt in meine zu kommen? Und auf welchem Weg? Durch die Spiegel?«

Merle zögerte kurz. »Gibt es denn noch einen anderen?«

»Zumindest gibt es Gerüchte darüber.«

Merle musste sich zwingen, ihre Aufregung zu verbergen. »Hast du jemals vom Herz der Stadt gehört?«

»Für ein so junges Mädchen weißt du eine ganze Menge.«

»Junipa und ich sind schon eine Weile unterwegs.«

»In wie vielen Versionen von Venedig wart ihr?«

Sie scheute sich, Kalandra die ganze Wahrheit zu sagen, darum erwiderte sie vage: »In ein paar. Aber es gibt so viele. Vielleicht unendlich viele, wer weiß. Hier und da haben wir … Dinge darüber aufgeschnappt.«

Kalandra wickelte sich eine nasse Haarsträhne um ihren langen Zeigefinger. »Habt ihr das Herz der Stadt denn gesehen?«

»Nein. Aber wir suchen in jedem Venedig danach.«

»Warum?«

»Viele Fragen bleiben nicht mehr übrig für deine Königin.«

Die Meerjungfrau lachte. »Entschuldige. Ich bin nur neugierig.«

»Wir sind auf der Suche nach meinem Vater. Er ist

vor langer Zeit zwischen den Spiegeln verschollen. Wir haben … Hinweise darauf gefunden, dass er auf der Suche nach dem Herz der Stadt war. Und womöglich hat er es sogar gefunden.«

»Dann hoffst du also, ihn dort wiederzusehen?«

»Und wenn es nur eine Spur von ihm wäre. Irgendwas, das mich zu ihm führt. Wenigstens ein Zeichen, dass er noch lebt. Er war ein Forscher wie *sein* Vater, und ich glaube nicht, dass er aufgegeben hätte, bevor er das Herz der Stadt gefunden hat.«

»Wenn das die Wahrheit ist, hast du ehrenwerte Gründe für deine Reise«, sagte Kalandra und fügte nach kurzer Pause hinzu: »Für einen Menschen, jedenfalls. Wir Meerjungfrauen haben keine Väter.«

»Ich belüge dich nicht.« Merle war nicht sicher, warum sie die Wahrheit sagte. Vielleicht, weil Kalandra Unke erwähnt hatte und Merle die Freundin vermisste. Oder weil die letzten Stunden sie stärker mitgenommen hatten, als sie es sich eingestehen wollte. Die Flucht aus der Spiegelwelt, das Erwachen in der Gewalt der Glasbrenner, schließlich das Auftauchen der Meerjungfrauen – und die Tatsache, dass sie noch immer eine Gefangene war und sich mit jeder Minute weiter von Junipa entfernte. Kalandra mochte ihr Leben gerettet haben, aber sie machte keinen Hehl daraus, dass sie Merle keineswegs auf freien Fuß setzen wollte.

Die Meerjungfrau tauchte wieder unter, und diesmal blieb sie länger mit dem Kopf im Wasser. Von draußen presste eine der anderen ihr Gesicht an das gewölbte

Glas der Flasche, fletschte die Zähne in Merles Richtung und glitt zurück in den Tross.

Kalandra tauchte wieder auf und warf ihr schweres, nasses Haar zurück. »Allzu lange halte ich es hier bei dir im Trockenen nicht mehr aus.«

Auch Merle fiel das Atmen im Inneren der Flasche immer schwerer. Schon seit einer Weile holte sie langsamer und bewusster Luft. Vorhin war ihr aufgefallen, dass der Tunnel beständig breiter wurde. Nun sanken die Wände vollständig in die Finsternis, das Licht der Flammenblasen reichte nicht weit genug. Entweder waren die Meerjungfrauen mit der Flasche in eine weiträumige Höhle vorgestoßen, oder aber sie befanden sich bereits in der offenen See.

Einen Augenblick später glitt unter ihnen sandiger Boden vorüber, auf dem dunkelgrüne Teppiche aus Wasserpflanzen in der Strömung wogten. Fischschwärme glitzerten im Schein der Flammenblasen. Einmal glotzte etwas Großes mit schillerndem Schuppenkleid herein und wurde von den Meerjungfrauen mit wilden Gesten verscheucht.

»Sind wir jetzt im Meer?«, fragte Merle.

Wassertropfen glitzerten auf Kalandras Gesicht wie winzige Schmuckstücke. »Noch immer in der Lagune, aber nicht mehr in den Höhlen. Sie sind weit verzweigt, und es gibt niemals einen geraden Weg von einem Ort zum anderen. Wir können durch sie in die Kanäle vordringen, aber die Höhlen reichen nicht bis ins Meer. Genau genommen sind wir jetzt sogar näher an der Stadt als vorher, irgendwo zwischen Murano und der Friedhofsinsel. Von hier aus müssen wir einen weiten Bogen durch die Lagune schwimmen, um dann in tiefere Gewässer vorzustoßen.«

Vor ihnen öffnete sich eine Wolke aus orangerotem Licht in der Dunkelheit.

Merle fuhr zusammen. »Was war das?«

Die Flasche geriet ins Schwanken, als die Meerjungfrauen aufgeregt mit ihren Flossen schlugen.

»Sie haben uns entdeckt«, sagte Kalandra unheilschwanger. »Das war zu befürchten. Sie haben Treibminen abgeworfen, wahrscheinlich sind ein paar Fische mit einer davon kollidiert.«

Einen Augenblick später erblühte eine zweite Explosion im schwarzen Wasser, sehr viel näher als die erste, und diesmal warf die Druckwelle Merle von einer Seite der Flasche zur anderen. Erneut suchte sie vergeblich nach Halt, doch nun legte sich das Gefäß schräg, und Merle rutschte vom hinteren Ende genau auf Kalandra zu. Einen Moment lang sah sie nur das aufgerissene Maul der Meerjungfrau vor sich, während Kalandra etwas rief, das in all dem Durcheinander nicht zu hören war. Merle wurde von ihr gepackt und festgehalten, als das Gefäß sich weiter neigte. Mit all der Luft im Inneren würde es zur Oberfläche steigen wie eine Flaschenpost.

Eine leblose Meerjungfrau trieb in einem roten Nebel an ihnen vorüber, und Merle entdeckte diagonale Linien, die sich wie Spinnenfäden durchs Wasser zogen. Schüsse von der Oberfläche. Dort mussten Boote mit Gardisten kreuzen, die das Feuer auf die Meerjungfrauen in der Tiefe eröffnet hatten.

»Die haben uns aufgelauert«, sagte Kalandra bitter, während sie mit einem Arm Merle festhielt und verzweifelt versuchte, die Flasche mit ihrer Schwanzflosse vom Auftauchen abzuhalten. »Jemand hat uns verraten.«

»Eine von euch?«

»Es wäre nicht das erste Mal.«

Die Gewässer der Lagune waren nicht tief, bis zur Oberfläche konnten es nur wenige Meter sein. Da kein Licht zu sehen war, musste dort oben noch immer Nacht herrschen. Das machte es so gut wie unmöglich, die Rümpfe der Boote auszumachen. Umgekehrt blieben für die Gardisten wohl auch die Meerjungfrauen unsichtbar. Das bedeutete, dass sie auf gut Glück in die Wellen feuerten und dabei in Kauf nahmen, die Flasche zu treffen. Oder aber – und das schien wahrscheinlicher – sie wussten gar nicht, dass die Meerjungfrauen Merle mitgenommen hatten. Dann mochten Nicodemus und Merles Doppelgängerin in dem Glauben sein, dass sie bei der Überflutung des Kerkers umgekommen war.

Ein schneidendes Knirschen verriet, dass eine Kugel das Glas gestreift hatte.

»Hält die Flasche das aus?« Merles Herz pumpte wie verrückt, während sie an Kalandra gepresst im schmalen Ende des Gefäßes festsaß. Weder konnte sie von ihr fortklettern noch sich irgendwie drehen, dazu war es schlichtweg zu eng.

»Ein paar Streifschüsse schon«, sagte die Meerjungfrau. »Einen direkten Treffer? Da bin ich mir nicht so sicher.«

»Wo sind die anderen hin?«

»Drei sind tot.« Kalandra konnte im Dunkeln viel besser sehen als Merle. »Mindestens vier sind so schwer verletzt, dass sie zurückfielen oder fliehen mussten. Damit bleiben noch zwei. Eine davon ist genau unter uns.«

Merle blickte nach unten und sah, dass dort ein dunkler Umriss schwamm, vage beschienen von der letzten Flammenblase. Die Meerjungfrau hatte die Arme gespreizt, die Hände ans Glas gepresst und versuchte augenscheinlich, die Flasche in eine bestimmte Richtung zu bewegen. Kalandra unterstützte sie mit heftigen Flossenschlägen.

Wieder kreischte eine Kugel am Glas entlang, gefolgt von einem leisen Knacken.

Kalandras Gesicht war unmittelbar neben Merles. »Wir können dich nicht mehr zu Unke bringen. Zu zweit sind wir zu schwach, und die Flasche ist beschädigt.«

»Wohin dann?«

»Zur nächstbesten Insel. Mit etwas Glück hält das Glas so lange stand.«

Eine dritte Mine explodierte, diesmal ganz nah hinter ihnen. So ziellos, wie die Soldaten ins Wasser schossen, hatte wahrscheinlich einer von ihnen die Detonation ausgelöst. Wie eine schwarze Lawine rollte die Druckwelle auf sie zu und traf die Flasche. Während Merle und Kalandra sich aneinanderklammerten, ertönte das

Knirschen erneut. Die Meerjungfrau an der Außenseite wurde fortgerissen, ebenso die letzte Flammenblase. Dunkelheit flutete die Flasche, dann herrschte auf einen Schlag trügerische Stille.

»O nein«, flüsterte Kalandra.

Es erklangen keine Schüsse mehr, keine weiteren Explosionen. Die Stille fühlte sich an wie etwas, das zu ihnen hereingekrochen war.

Dann das scharfe Knacken der Glaswand. Das feine Zischen sprühenden Wassers.

»Halt dich an mir fest!«, schrie die Meerjungfrau in Merles Ohr. »Halt dich gut –«

Die Flasche zerbrach.

6

Nebel lag über der Lagune wie ein wogender Teppich aus Meerschaum. Er roch nach Algen und nach nassem Holz, nach Sand und Stein und Schimmel.

Merle hob langsam den Kopf.

Sie lag auf dem Bauch, lang ausgestreckt auf einem Steinsockel, der gerade breit genug war, dass ihr Körper darauf Platz fand. Rechts von ihr, gleich neben ihrer Schulter, wuchs eine Ziegelmauer in die Höhe. Auf ihrer linken Seite endete der Sockel an einer Kante, keine halbe Armlänge darunter klatschten Wellen gegen den Stein.

Sie brauchte ein, zwei Minuten, um wieder klar zu werden, und noch einmal genauso lange, um zumindest zu erahnen, wo sie sich befand. Ganz sicher war sie sich auch dann noch nicht, weil der Nebel so dicht war. Sie konnte gerade einmal zehn, höchstens fünfzehn Meter aufs Wasser hinausblicken, dann verschwand alles in einer weißgelben Dunstwand. Irgendwo hinter den Schwaden mochte gerade die Sonne aufgehen.

Die rostrote Mauer, an deren Fuß der Sockel entlanglief, zog sich schnurgerade in beide Richtungen. Wie hoch sie war, ließ sich von hier unten aus nicht erkennen. Mindestens zehn Meter, womöglich höher. Fest stand, dass es sich nicht um ein Haus handelte, dafür war die Wand zu breit, und sie besaß auch keine Fenster.

San Michele, dachte Merle. Das hier musste die Mauer sein, mit der Venedigs Friedhofsinsel eingefasst worden war. Abgesehen von ein paar Aus- und Einbuchtungen war San Michele nahezu rechteckig, ihre Seiten wie mit dem Lineal gezogen. Die Mauer wuchs auf allen Seiten um die Toteninsel empor und schützte die riesigen Gräberfelder vor den Launen der Lagune.

Der Absatz, auf dem Merle lag, war glitschig und mit schwarzen Algen besetzt; vermutlich herrschte gerade Ebbe, und die Steine befanden sich sonst unter der Oberfläche. Demnach war dies hier kein sicherer Ort für eine Bewusstlose, und das verriet ihr einiges über die Not, in der Kalandra gewesen sein musste, als sie sie hier abgelegt hatte. Das Letzte, woran Merle sich erinnerte, war das Bersten der Flasche, dann Wasser überall und Hände, die sie packten. Und sie war nicht einmal sicher, ob das echte Erinnerungen waren oder nur eine Reihe von Eindrücken, die ihr Gehirn im Rückblick zusammenphantasierte.

Nach der Zerstörung der Flasche musste Kalandra Merle bis zur Friedhofsinsel getragen und sie auf den Sockel am Fuß der Mauer gehoben haben. All das war vermutlich mit letzter Kraft geschehen, sonst hätte sie einen anderen Ort gewählt. Die Flut hätte zurückkehren und Merle ins Meer spülen können. Selbst die kleinste Bewegung während ihrer Bewusstlosigkeit hätte ausgereicht, sie über die Kante stürzen zu lassen. Die Meerjungfrau musste verzweifelt gewesen sein. Wahrscheinlich verletzt.

Merle setzte sich erschrocken auf, als ihr bewusst wurde, was das bedeutete. Sie schob sich mit dem Körper gegen die Mauer und suchte die Wasseroberfläche ab. Es dauerte nicht lange, bis sie einen Körper entdeckte, der von den Wellen gegen die Mauer gedrückt wurde, zehn Meter entfernt und im Dunst gerade noch zu erkennen. Die Meerjungfrau lag mit dem Gesicht nach unten im Wasser, trieb leblos auf und ab und prallte immer wieder gegen die verkrusteten Ziegelsteine. Das lange rote Haar hatte sich wie ein Fächer um ihren Hinterkopf ausgebreitet. Ihr Schuppenschwanz bewegte sich mit den Wogen, die Schwanzflosse hatte jegliche Kraft verloren.

Fluchend ließ Merle alle Vorsicht außer Acht und schob sich vom Sockel ins Wasser. Sofort packten sie die Wellen und drückten sie gegen den Fuß der Mauer. Ihre Hand berührte den glitschigen Pelz aus Algen. Panik lähmte sie und gaukelte ihr vor, dass sie jeden Moment von unten gepackt und in die Tiefe gezerrt werden würde. Aber das war Unsinn. Hier gab es keine anderen Meerjungfrauen, sonst hätten sie Kalandra mitgenommen.

Mit heftigen Schwimmstößen näherte Merle sich dem leblosen Körper und umrundete ihn halb, bis der Kopf unmittelbar vor ihr trieb. Das Wasser auf ihren Lippen begann nach Eisen zu schmecken.

Merle strampelte mit den Füßen, während sie entschlossen ins Haar der Meerjungfrau griff und ihren Kopf zur Seite drehte. Kalandras schöne Augen waren geschlossen, das Haifischmaul stand einen Spalt weit offen. Sie musste schon vor einer Weile gestorben sein, ihre Haut war weiß wie Marmor. Merle sprach sie an, bekam keine Antwort und spürte, wie das Brackwasser der Lagune ihr die Tränen vom Gesicht spülte. Sie hatte Kalandra kaum gekannt – eigentlich überhaupt nicht –, und die Trauer, die sie jetzt überkam, galt zu gleichen Teilen dem Tod der Meerjungfrau wie auch der Ausweglosigkeit ihrer Lage.

Ein paar Minuten lang trieb sie neben dem Leichnam, schluchzte verzweifelt und horchte auf eine nagende Stimme in ihrem Inneren, die ihr zuflüsterte, dass auch Junipa tot und sie nun ganz auf sich allein gestellt sei. Das alles nur, weil sie sich in diese dumme Suche nach ihrem Vater verrannt hatte, einem Mann, der sie und ihre Mutter aus Abenteuerlust verlassen hatte. Sie kannte ihn nicht, und er bedeutete ihr nichts, und wenn sie ehrlich zu sich war, war sie nicht viel besser als er: Eben erst hatte sie ihre Mutter gefunden, da hatte sie ihr auch schon den Rücken gekehrt und war auf demselben Weg verschwunden wie ihr Vater – geradewegs durch die Spiegel. Schlimmer noch, sie hatte Junipa mit in diese Sache hineingezogen, und nun war ihre beste Freundin wahrscheinlich tot, genau wie Kalandra.

Es war eine lähmende Mischung aus Trauer und Selbstmitleid, die sie in diesen Momenten am Fuß der Mauer überfiel, und als sie sich endlich zusammenriss, fühlte sich das an, als werfe sie eine alte, verbrauchte Haut ab. Darunter kam ein durchgefrorenes, hungriges, ziemlich erledigtes Mädchen zum Vorschein, das allmählich zurück zu seiner alten Entschlossenheit fand. Sie war niedergeschlagen und wahrscheinlich viel geschwächter von ihrer zweiten Bewusstlosigkeit innerhalb weniger Stunden, als sie wahrhaben wollte. Aber sie würde nicht aufgeben, auch weil sie in diesen Augenblicken erkannte, dass es bei ihrer Suche zwar auch um ihren Vater ging, aber keineswegs nur um ihn. Sie hatte seine Rastlosigkeit geerbt und war neugierig auf ihn, aber vor allem wollte sie ihn zur Rede stellen. Sie wollte, dass er Fragen zu seinem Verschwinden beantwortete – nicht nur ihr, sondern ganz besonders ihrer Mutter.

Noch einmal strich sie der toten Meerjungfrau sanft über den Hinterkopf, dann löste sie sich mit langsamen Schwimmstößen von ihr.

Sie fühlte sich sehr einsam, als sie durch die sanfte Brandung am Fuß der Mauer glitt und im Nebel Ausschau nach einem Aufgang hielt.

7

»Was zum Teufel ist das hier?«, flüsterte Serafin nicht zum ersten Mal, während er Junipa durch ein Labyrinth aus Spiegeln folgte, ein gläsernes Kabinett aus Reflexionen und Heerscharen seiner Ebenbilder, die alle ebenso ratlos aus der Wäsche schauten wie er.

»Wenigstens sind wir nicht im Wasser«, sagte Cagliostra in seinen Gedanken. *»Wofür ich überaus dankbar bin.«* Die goldene Katze saß auf seiner Schulter und hatte sich kaum gerührt, seit sie mit dem Mädchen durch die Wasserwand geschritten waren.

Eine halbe Ewigkeit wanderten sie nun schon durch diesen Irrgarten wie aus einem Albtraum, durch endlos verzweigte Gänge aus Spiegelwänden, Spiegelböden, Spiegeldecken. Wie Junipa sich hier zurechtfand, war ihm ein Rätsel. Immer wieder führte sie ihn um Ecken, die er erst im letzten Augenblick erkannte, und warnte ihn vor dem Zusammenstoß mit Wänden, die für ihn nach Durchgängen aussahen. Zuerst hatte er das alles für eine Illusion gehalten, dann vermutet, dass sie gestorben und im Jenseits gelandet waren. Junipa hatte ihm erklärt, dass sie ihn so schnell wie möglich zurück nach Venedig bringen würde. Auch deshalb, weil es hier noch gefährlicher wäre als am Grund des Canal Grande. Auf *andere* Weise gefährlich, hatte sie geheimnisvoll hinzugefügt.

Sie ging ein paar Schritte vor ihm, und obwohl ihnen weder die Gardisten noch die Schlammsammler oder gar die Wassermassen hätten folgen können, war sie merklich auf der Hut.

»Wovor hast du Angst?« Er hatte auf seine vorherige Frage keine Antwort erhalten, und er hatte wenig Hoffnung, dass er mit dieser hier mehr Glück haben würde.

»Vielleicht ist es eine Falle«, sagte Cagliostra unheilschwanger. *»Sie könnte eine getarnte Meerjungfrau sein.«*

»So sehr wie du eine echte Katze.«

»Ich bin *eine echte Katze!«*

»Nicht in dieser Welt.«

Junipa blieb wie angewurzelt stehen und fuhr zu ihm herum. »Du musst leiser sein«, flüsterte sie wütend. »Am besten hältst du ganz den Mund. Warum redest du überhaupt, wenn du dich mit deiner komischen Katze unterhältst?«

»Eine Katze, siehst du?«

Er achtete nicht auf Cagliostra und packte Junipa kurzerhand bei den Schultern, ehe sie ihn erneut einfach stehen lassen konnte. »Sag mir, vor wem wir hier davonlaufen! Und wo wir überhaupt sind!«

Ihre Spiegelaugen reflektierten ihn in seiner ganzen Hilflosigkeit, was ihn nur noch mehr verwirrte. Zugleich schienen sie aufzublitzen, was ein Zeichen ihrer Wut sein mochte. »Lass mich los!«

Er hielt sie noch ein paar Herzschläge länger fest, dann ließ er die Arme sinken. »Tut mir leid. Aber du kannst nicht erwarten, dass ich dir ohne irgendeine Erklärung durch … *das hier* folge.«

Sie stieß ein Seufzen aus. »Dann sei wenigstens leiser.«

Er nickte.

»Die Spiegelwelt«, sagte sie im Flüsterton, »liegt zwischen deinem Venedig und meinem Venedig und vielleicht noch tausend anderen Manifestationen der Stadt. Wenn man sie durchquert, kann man schneller von einem Ort zum anderen gelangen, auch innerhalb derselben Welt. Ich suche gerade nach einem Spiegel, der uns zurück in dein Venedig führt.«

Nichts von dem, was sie da sagte, ließ ihn auch nur im Ansatz begreifen, wo er hier war. Aber immerhin redete sie mit ihm.

»Wieso kannst du so was?«, fragte er leise. »Ich meine, du bist einfach durch das Wasser gegangen.«

Sie schüttelte den Kopf. »Durch die *Spiegelung* auf dem Wasser. Ansonsten wären wir nur bei den Meerjungfrauen auf der anderen Seite gelandet. Wenn eine Oberfläche – egal ob aus Glas oder Wasser oder sonst was – wenn sie stark genug spiegelt, kann ich hindurchgehen.«

»Wegen deiner Augen? Geben sie dir die Macht dazu?«

»Ja. Und ich muss dabei das Gläserne Wort aussprechen.«

»Das Wort, das du vorhin geflüstert hast?«

Sie nickte ungeduldig, als wollte sie sagen: Noch mehr dumme Fragen?

»Sie ist *eine getarnte Meerjungfrau«*, murmelte die Katze in Serafins Gedanken. *»Die haben ständig schlechte Laune.«*

Niemand hatte so oft schlechte Laune wie Cagliostra, aber dies war nicht der beste Moment, um das zu diskutieren.

Stattdessen sagte er zu Junipa: »Die Spiegelwelt ist also so was wie ein Übergang zwischen verschiedenen Welten. Richtig?«

Wieder ein Nicken.

»Und du kennst das Zauberwort, mit dem man durch die Spiegel gehen kann. Durch jeden Spiegel.«

»Das hab ich gerade gesagt.«

Er musste sich zwingen, weiterhin leise zu sprechen, damit sie nicht wieder zornig wurde und vorausstürmte. »Aber wir sind nicht die Einzigen hier, oder?«

»Ich weiß es nicht. Die Kartographen tauchen manchmal wie aus dem Nichts auf. Vor ein paar Stunden sind Merle und ich einem von ihnen nur um ein Haar entkommen.«

»Wer sind die, diese Kartographen?«

»Wenn du einen siehst, erkennst du ihn. Und dann könnte es auch schon zu spät sein. Sie sind vermummt, mit langen schwarzen Gewändern und Masken – ich glaube, sie wollen verhindern, dass sie sich selbst im Spiegel sehen, aber ich weiß nicht, warum. Sie spuken wie Geister durch die Spiegelwelt und sind ganz besessen davon, das Labyrinth zu vermessen und jeden Gang in ihre komplizierten Karten einzutragen. Dabei wünschen sie sich nichts sehnlicher, als einen Weg nach draußen zu finden. Deshalb sind sie hinter mir her. Sie wissen, dass ich sie durch die Spiegel bringen kann. Meistens sind sie allein unterwegs, aber sie stehen untereinander in irgendeiner Verbindung, so als wüsste einer immer, was die anderen gerade tun. Vielleicht so wie du und dein Katzenviech.«

»Ziege«, sagte Cagliostra laut.

»Du bist keine Ziege«, widersprach Junipa.

»Nein, du.«

Junipa ignorierte sie. »Können wir jetzt endlich weitergehen?«

»Moment noch«, bat Serafin. »Hinter jedem dieser Spiegel liegen also irgendwelche Orte?«

»Hinter manchen.«

»Und du kannst sie sehen?«

»Meistens, ja. Aber ich kann nicht immer erkennen, wo genau sie liegen. Nur wenn ich schon mal dort war, in derselben Manifestation der Stadt.«

Ihm rauchte bereits der Kopf, trotzdem wollte er es ein für alle Mal verstehen. »Das heißt, wenn du hinter einem der Spiegel Venedig entdeckst, dann weißt du gleich, dass es mein Venedig ist. Und nicht irgendein anderes. Deines, zum Beispiel.«

»Langsam hast du's begriffen.«

»Und ich kann nur gemeinsam mit dir dorthin zurückgehen?«

»Ja, tut mir leid. So ist das wohl.«

»Wir werden sie nie mehr los«, schimpfte Cagliostra und kletterte von seiner rechten Schulter über den Ruck-

sack auf die linke. *»Wir können nicht mal hoffen, dass einer dieser Kartographen sie erwischt, weil wir sonst hier drinnen versauern.«*

Halt mal die Klappe, dachte Serafin.

»Da siehst du's. Der schlechte Umgang färbt schon auf dich ab.«

Junipa machte Anstalten, sich umzudrehen und weiterzugehen, aber im letzten Moment verharrte sie und sah Serafin in die Augen. »Da ist noch was, das du wissen solltest.«

Er spürte, dass Cagliostra etwas Gehässiges einwerfen wollte, doch dann schwieg sie zu seinem Erstaunen und hörte zu.

»Wenn ich durch einen Spiegel gehe«, fuhr Junipa fort, »dann wird er danach für eine Weile durchlässig. Nicht für jeden – aber jemand, der sein ganzes Leben zwischen den Spiegeln verbracht hat, kann es schaffen, das Tor erneut aufzustoßen. Lange genug, um selbst hindurchzuschlüpfen. Es ist kompliziert und dauert eine Weile, aber einem der Kartographen ist das schon einmal gelungen. Wir konnten ihn zurückstoßen, aber das hat nur geklappt, weil wir ihn draußen erwartet haben.«

Ratlos sah Serafin sie an. »Und?«

»Du hast gesagt, der Spiegel auf dem Grund des Kanals, durch den Merle und ich gekommen sind, ist abtransportiert worden. Weißt du, wohin?«

»Nach Murano, nehme ich an. Zur Glasbrennergilde.« Dann dämmerte ihm, worauf sie hinauswollte. »Du meinst, der Kartograph, der euch beinahe erwischt hat … Er könnte durch diesen Spiegel nach Venedig kommen?«

Die Antwort schien ihr unangenehm zu sein, so als wäre das alles ihre Schuld. »Ja. Möglich wär's.«

»Aber dann hätte Nicodemus ihn am Hals, nicht wir.« Statt mit Schrecken erfüllte ihn die Vorstellung mit einer gehörigen Portion Schadenfreude. »Vielleicht schlagen sie sich ja gegenseitig die Köpfe ein.«

»Wer ist Nicodemus?«

»Der Gildenmeister der Glasbrenner.«

Nachdenklich kaute sie auf ihrer Unterlippe. »Ich glaube nicht, dass sich die Sache von selbst erledigt. Kartographen sind keine stumpfsinnigen Ungeheuer. In gewisser Weise sind sie Menschen. Oder *wie* Menschen. Und sie sind durchtrieben.«

»Was genau meint sie damit?«, fragte Cagliostra.

Serafin wollte dieselbe Frage stellen, aber da war Junipa wieder unterwegs. Er musste sich beeilen, um mit ihr Schritt zu halten. Beim Anblick der vielen Spiegelbilder, die ihm rechts und links, sogar unter seinen Fußsohlen und über seinem Kopf folgten, wurde ihm schwindelig. Doch er achtete jetzt sehr viel genauer darauf, ob irgendwo zwischen all den Serafins jemand anderes auftauchte, eine maskierte Gestalt in einem schwarzen Gewand.

In weiter Ferne erklang ein langgezogener Ruf, eine einzige schrille Silbe wie der Schrei eines hungernden Tiers.

»Das sind sie.« Junipas ohnehin blasse Haut wurde

schlagartig so weiß, dass ihre feinen Adern hellblau hindurchschimmerten. »Mindestens einer von ihnen.«

»Woher weiß er, dass wir hier sind?«

»Seit uns einer von ihnen berührt hat, können sie uns wittern. Vorher sind wir ihnen nie über den Weg gelaufen, aber seitdem immer wieder.«

Serafin bekam eine Gänsehaut beim Gedanken an solche Gegner. Selbst Cagliostra auf seiner Schulter stellte ihr Fell auf. Ihre Krallen bohrten sich nadelspitz durch seine Kleidung.

Ein weiterer Schrei ertönte, jetzt aus einer anderen Richtung.

Junipa wurde schneller, blickte hektisch nach rechts und links. Dann blieb sie stehen, und während Serafins Mund aufklappte, schob sie ihr Gesicht in einen der Spiegel wie durch eine Wasseroberfläche.

»Was tut sie da?«

Sie sieht sich um, dachte er schaudernd.

Junipa zog den Kopf zurück. »Hier geht's nicht«, sagte sie und lief weiter.

Wieder gellte der Schrei, diesmal näher und aus einer dritten Richtung. Unheimliche Echos geisterten durch das Labyrinth der Spiegelwelt, zurückgeworfen von Glas, das kein Glas war. Vervielfacht wie ihre Spiegelbilder.

Erneut hielt Junipa inne und deutete auf eine der schimmernden Oberflächen. »Der hier.«

»Du hast doch gar nicht hindurchgesehen.«

»Ein wenig kann ich auch so erkennen.«

»Beim letzten Mal ist sie im Canal Grande gelandet«, gab Cagliostra zu bedenken.

Der vierte Schrei klang beängstigend nah.

»Er ist gleich hier«, sagte Junipa und packte Serafins rechte Hand. Mit der Linken griff er nach der Katze und hielt sie fest, damit sie beim Übergang nicht herunterfiel.

»Zu freundlich«, sagte sie. *»Wenn auch etwas grob.«*

»Kann dieser Kartograph uns nicht genauso folgen wie der andere?«, fragte er.

»Nur wenn er sieht, durch welchen Spiegel wir gehen.«

Junipa streckte die Hand aus und berührte die Oberfläche. Serafin sah fasziniert zu, wie sich ihre Lippen bewegten und die rätselhaften Silben murmelten.

Cagliostras Krallen gruben sich tiefer in seine Schulter.

Diesmal wusste er, wie sich der Übergang anfühlen würde, und er wollte die Augen offen halten, um alles mit anzusehen. Doch kurz vor dem vermeintlichen Aufprall auf dem Glas schlossen seine Lider sich ganz von selbst.

Kälte zuckte über seinen Körper, ein feines Kribbeln und Jucken. Dann waren sie auf der anderen Seite.

Das Erste, was er dort hörte, war ein Schrei.

8

Die Kammer war düster, das einzige Fenster zu klein.

Auf einem Schemel saß eine junge Frau, in ihrem Arm lag ein brüllender Säugling. Ihr Kopf ruckte hoch, als Junipa und Serafin aus dem Spiegel traten, und ihre müden Augen weiteten sich vor Entsetzen. In Panik sprang sie auf, stolperte rückwärts über den Hocker und verlor dabei das Kind.

Wie ein goldener Blitz schoss Cagliostra von Serafins Schulter, bekam den Säugling in der Luft am Wickel zu fassen und legte ihn nach ein paar Flügelschlägen sanft auf einem Tisch ab.

Die Frau wollte die geflügelte Katze mit einem Schlag beiseitefegen – bis sie sah, wie Cagliostra sich über das Gesicht ihres schreienden Kindes beugte und es zärtlich mit der Nase anstieß. Der Säugling verstummte, gab ein leises Lachen von sich und streckte einen Finger nach Cagliostras schimmerndem Fell aus. Die Katze ließ zu, dass der Kleine sie am Ohr berührte, und schnurrte dabei wohlig.

»Wer seid ihr?«, stammelte die junge Frau. Sie war erstaunlich gefasst, vermutlich übertraf ihre Erleichterung alle ihre Ängste. Als sie an den Tisch trat, um das Kind wieder auf den Arm zu nehmen, glitt Cagliostra geschmeidig zu Boden.

Junipa ergriff einen Kerzenhalter aus Holz und

wandte sich zum Spiegel um. Die Oberfläche war angelaufen und halbblind, der schlichte Holzrahmen verzogen.

»Tut mir leid«, sagte sie, holte aus und schlug mit dem Leuchter mitten ins Glas. Der Spiegel zerbrach, die Scherben schepperten klirrend zu Boden.

Der Säugling stieß einen spitzen Laut aus, ohne jedoch erneut zu weinen. Seine Mutter presste ihn an sich, wippte ihn beruhigend auf und ab und musterte Junipa wütend. »Ihr brecht bei mir ein und macht meinen Spiegel kaputt. Ihr seid keine guten Menschen.«

Serafin nahm seinen Rucksack herunter, öffnete ihn und zog die beiden Münzen hervor, die er im Kanal gefunden hatte. »Die sind für dich«, sagte er und legte sie auf den Tisch. Aus dem Augenwinkel bemerkte er, dass Junipa ihm dafür ein verstohlenes Lächeln zuwarf.

Zwei Minuten später waren sie unten in der Gasse. Serafin hatte sein ganzes Leben in dieser Stadt verbracht und kannte jeden Winkel, aber selbst er brauchte einen Augenblick, um sich zu orientieren. Viele Gassen Venedigs waren gerade einmal breit genug, dass zwei Menschen nebeneinander gehen konnten. Obwohl sich der Himmel zwischen den Häusern bereits aufhellte, krallte sich die Nacht am Boden der schmalen Häuserschluchten fest und verwehrte der Morgendämmerung den Zutritt.

Junipa schien die Gegend zu erkennen und eilte los.

»Hey, warte!«, rief er.

Sie drehte sich nicht um. »Ich muss weiter.«

Cagliostra huschte neben Serafin über das Pflaster. *»Sie ist ziemlich undankbar.«*

»Warte«, bat er, und als Junipa nicht reagierte, schob er sich an ihr vorbei und verstellte ihr den Weg. »Wo willst du denn hin?«

»Merle und ich haben einen Treffpunkt vereinbart. Ich muss nachsehen, ob sie es dorthin geschafft hat.«

»Die Glasbrenner haben sie. Das hab ich dir doch gesagt.«

»Du hast gesagt, dass die sie geschnappt haben. Aber du kennst Merle nicht.«

»Kann sie durch Kerkerwände gehen?« Er wollte sarkastisch klingen, doch dann fiel ihm ein, dass sie gerade erst durch Spiegel gegangen waren. Cagliostra verdrehte die Augen.

»Merle und ich sind schon Schlimmerem entkommen als ein paar Glasbläsern.« Junipa sagte das mit einer lakonischen Selbstverständlichkeit, die ihn im ersten Moment beeindruckte. Dann begriff er, dass sie den Tonfall wählte, um die Angst um ihre Freundin zu überspielen.

»Erst brauche ich deine Hilfe«, sagte er.

Sie sah ihn mit erhobener Augenbraue an. »Du hast mich gerettet. Und dann hab ich *dich* gerettet. Wir sind quitt.«

»Sie hat recht«, sagte Cagliostra zufrieden. *»Eigentlich könnte sie jetzt abhauen.«*

»Glaubst du, ich laufe zum Spaß bei Neumond durch die Kanäle?« Die Wut stieg wie ein Fieber in ihm auf, so heiß, das er fürchtete, seine Ohren und Wangen würden rot. »Ich sammle Sachen auf, um sie gegen Medizin für meine Mutter einzutauschen. Und das wenige, was ich gefunden hatte, bevor ich *dich* aufgesammelt habe, ist gerade als Bezahlung für den kaputten Spiegel draufgegangen.«

»Ich musste sichergehen, dass der Kartograph uns nicht folgen kann!«

Impulsiv zog er sich den Rucksack herunter und schüttete ihn vor Junipas Füßen aus. Ein einzelner Armreif fiel klimpernd heraus, außerdem eine goldene Sonnenuhr, eine Brosche ohne Stein und der nutzlose Spiegelfächer. Zuletzt knallte ein Glasauge auf das Pflaster. Er hatte es eingesteckt, obwohl es so gut wie wertlos war, aber als es auf dem Boden zersplitterte, machte ihn das wütend.

»Das ist alles! Dafür hab ich heute mein Leben riskiert. Hätte ich dich einfach liegen lassen, wäre mir vielleicht noch eine Stunde oder mehr geblieben, um irgendwas Wertvolleres zu finden. Nun bekomme ich einen ganzen Monat lang keine Medizin für meine Mutter. Sie ist schon so gut wie blind, und ohne das verdammte Zeug wird sie wahrscheinlich sterben.«

Er hatte schnell und laut gesprochen, und erst jetzt wurde ihm bewusst, dass man ihn in den angrenzenden Häusern hören konnte. Egal.

Junipa hielt seinem Blick eine Weile mit ihren Spiegelaugen stand, dann seufzte sie leise. »Und was soll ich tun?«

»Du musst das Mittel für mich stehlen.«

»Stehlen? Ich benutze meine Fähigkeiten nicht, um bei fremden Leuten einzubrechen und ihnen –«

»Und was haben wir gerade getan?«, fiel er ihr ins Wort.

»Das war ein Notfall.«

»Meine Mutter ist auch einer.«

»Selbst wenn ich es versuchen würde – in dem Raum, in dem die Medizin aufbewahrt wird, müsste ein Spiegel hängen. Und um gezielt danach zu suchen, müsste ich schon mal dort gewesen sein. Ich kann hinter den Spiegeln keinen bestimmten Ort finden, den ich noch nie gesehen habe.«

Serafin nickte grimmig. »Deshalb gehen wir vorher zusammen hin. Bastet wird uns rauswerfen, wenn sie sieht, dass ich nichts für sie habe. Aber in der Zwischenzeit schaust du dich um, prägst dir alles ein, und später kehrst du durch den Spiegel zurück und holst das Zeug da raus.«

Sie schnappte nach Luft. »Das ist dein genialer Plan?«

»Es *ist* immerhin ein Plan.«

»Und wer ist diese Bastet?«

»Eine Hehlerin. Zumindest so was Ähnliches.«

»Du hättest ihren Namen für dich behalten sollen«, rügte ihn Cagliostra.

Junipa funkelte ihn misstrauisch an. »Bastet ist der Name einer ägyptischen Göttin.«

»Na und?« Er warf die Arme in die Höhe und hätte dabei fast Cagliostra gegen die Hauswand geklatscht, da die sich gerade entschloss, die beiden allein zu lassen und dem Streit von oben aus zuzusehen. Mit einem schrillen Miauen wich sie seiner Hand aus, geriet kurz ins Trudeln und flog beleidigt davon.

Komm schon, dachte er, *das war keine Absicht*.

Aber in den Gedanken mischte sich seine Wut auf Junipa und auf sich selbst, und er spürte, wie Cagliostra das auf sich bezog und mit einem Naserümpfen höher stieg.

Junipa verschränkte die Arme. »Du bist gut darin, andere in Rage zu bringen, wie?«

Er atmete ein paarmal tief durch. »Hör zu, es tut mir leid. Du kannst nichts dafür, dass es meiner Mutter so schlecht geht, und du trägst auch keine Verantwortung für sie, das weiß ich. Es ist schlimm, dass Nicodemus deine Freundin in die Finger bekommen hat, aber wenn du mir hilfst, dann helfe ich dir auch. Solange du hier bist, wirst du einen Verbündeten brauchen. Jemanden, der sich auskennt.«

Über ihrer Nasenwurzel erschien eine steile Falte. »Ich kenne jede Gasse in dieser Stadt.«

»Als ob das alles wäre, was es hier zu wissen gibt.«

Sie schien kurz darüber nachzudenken, und da fragte er sich, ob sie ihn hinhalten wollte. »Verrate mir irgendwas über dieses Venedig, das ich noch nicht weiß«, sagte sie. »Etwas Wichtiges.«

Sollte das eine Prüfung sein? Drei, vier Herzschläge lang zögerte er, ging in Gedanken ein paar Möglichkeiten durch und sagte schließlich: »Das Wasser geht zurück.«

»Das hab ich gesehen«, sagte Junipa.

»Nein, nicht nur in den Neumondnächten«, erklärte er, »sondern immer. Der Wasserspiegel sinkt von Monat zu Monat. Früher hatten die Leute Angst, dass Venedig in der Lagune versinkt, aber jetzt ist es genau umgekehrt. Bald werden uns die großen Handelsschiffe nicht mehr anfahren können, weil sie sonst auflaufen. Und dann wird es ganz schnell vorbei sein mit dem Reichtum und der Bedeutung dieser Stadt. Erst werden uns die Händler und die Bankiers verlassen, dann auch alle anderen, die Geld nach Venedig gebracht haben. Irgendwann werden nur noch die Glasbrenner von Murano übrig sein, und dann gehört die Stadt ihnen. Nicodemus ist jetzt schon einer der mächtigsten Männer weit und breit. Viele Stadträte tanzen nach seiner Pfeife, und Teile der Garde gehorchen ihm. Aber wenn erst das Geheimnis des Glasbrennens Venedigs einziger Reichtum ist, dann wird Nicodemus zum Alleinherrscher über die Stadt. Manche behaupten hinter vorgehaltener Hand, dass er die Lagune mit einem Fluch belegt hat und so selbst dafür sorgt, dass das Wasser zurückgeht.«

»Glaubst du das auch?«

Er schüttelte den Kopf. »Nicodemus ist kein Hexenmeister. Nur ein machtgieriger alter Mann, der weiß, wann er welche Karte ausspielen muss. Ich denke, dass das alles mit dem Neumond zu tun hat und dass Nicodemus das nur ausnutzt.«

Junipas Spiegelaugen verrieten nicht, was sie darüber dachte. Nach kurzem Schweigen sagte sie: »Vielleicht können wir wirklich deine Hilfe brauchen. Wenn Merle frei ist, werden wir versuchen, hier in der Stadt etwas zu finden.«

»Und was?«, erkundigte er sich.

»Das erkläre ich dir dann. Eines nach dem anderen.«

Er streckte ihr seine Hand entgegen und hörte in Gedanken, wie Cagliostra hoch über den Dächern aufstöhnte. »Heißt das, wir sind im Geschäft?«

Abermals zögerte Junipa, dann schlug sie ein. Ihre schmale Hand drückte kräftiger zu, als er erwartet hatte. »Wie gefährlich ist diese Bastet?«

»Schau sie dir an und entscheide selbst.«

»Mit Ägyptern hab ich schlechte Erfahrungen gemacht.«

»Sie sieht nicht aus, als käme sie aus Ägypten.«

»Wie viele Ägypter kennst du denn?«

»Glaub mir einfach.« Er verzog die Mundwinkel zu einem schwachen Lächeln, dann bückte er sich, um seine Fundstücke vom Boden aufzulesen. »Niemand sieht aus wie Bastet.«

9

Natürlich sah Bastet nicht aus wie eine Ägypterin. Und Serafin hatte recht: Sie sah überhaupt nicht aus wie irgendein Mensch.

Der Weg zu ihrem Palazzo war nicht weit, aber ein paarmal nahmen sie Umwege in Kauf, um Patrouillen der Stadtgarde auszuweichen. Serafin bezweifelte, dass man noch nach ihm und Junipa suchte; schließlich hatten die Sammler und Gardisten im Canal Grande mit angesehen, wie sie in der Wasserwand verschwunden waren. Daraus konnten die Männer nur schließen, dass die beiden ertrunken waren. Trotzdem wollte er sich nicht darauf verlassen. Junipa war zu auffällig, erst recht bei Tageslicht, und manche Soldaten mochten davon gehört haben, dass nach einem Mädchen mit spiegelnden Augen gefahndet wurde.

Er führte sie durch düstere Innenhöfe und menschenleere Treppenhäuser, um unliebsame Begegnungen zu vermeiden. In Junipas Venedig ritten die Soldaten auf geflügelten Löwen aus Stein, erzählte sie, aber es fiel ihm schwer, das zu glauben. Zu seinem Erstaunen war es ausgerechnet Cagliostra, die ihr beipflichtete.

»Ich habe davon gehört«, sagte sie. *»Wo ich herkomme, gab es Gerüchte über fliegende Steinlöwen. Angeblich sind sie vor vielen Jahren von anderswo gekommen, aus einer Welt wie dieser hier. Dort hatte man versucht, sie auszurotten, und sie*

sind erst in die tiefsten Wüsten geflohen und dann auf geheimen Wegen noch viel weiter.«

Da Cagliostra selbst aus einer anderen Welt stammte, war das gar nicht so abwegig. Vielleicht sagte Junipa die Wahrheit.

Er beobachtete das Mädchen verstohlen, während sie sich durch das Labyrinth der Stadt bewegten, und fragte sich, was sie durchgemacht hatte, seit sie ihre Heimat verlassen hatte. Auf den ersten Blick wirkte sie zart und zerbrechlich, doch während ihrer Reise mussten Dinge geschehen sein, die sie verändert hatten. Bei genauem Hinsehen war sie eher drahtig als dünn, so als hätte sie zu oft um ihr Leben laufen müssen. Dabei hatten ihr weder das zurückkehrende Wasser noch die Schlammsammler und Gardisten Angst eingejagt. Das Einzige, was sie wirklich zu fürchten schien, waren die Geschöpfe, die sie Kartographen nannte.

Als sie endlich den Palazzo erreichten, in dem Bastet die Rätselhafte, Bastet die Fremdartige residierte, ließ Junipa ihn nicht mehr aus den Augen. Sie misstraute ihm noch immer, vielleicht, weil sie einfach allem und jedem misstraute. Im Grunde ging es ihm genauso. Wenn man sich von klein auf in den Gassen Venedigs durchschlagen musste, mit dieser oder jener Gaunerei, mit Diebstahl und Schlammsammeln, dann machte einen das nicht gerade zum vertrauensseligen Menschenfreund.

Sie stiegen einige Stufen zu dem schweren Doppeltor des Palazzo hinauf. Bis auf Kniehöhe war das lackierte Holz übersät mit Kratzern, einem hieroglyphischen

Durcheinander aus Spuren, als hätten alle streunenden Tiere der Stadt mit den Krallen geheimnisvolle Zeichen hineingeritzt. Als Serafin den schweren Türklopfer betätigte, hallte das Pochen wie ein Gong im Inneren nach. Es dauerte einen Moment, dann erklang an der Rückseite ein Scharren. Inmitten verfärbten Messingschmucks öffnete sich ein Guckloch.

»Wer da?«, fragte eine junge Frauenstimme.

»Du siehst mich doch. Ich bin's – Serafin.«

»Was bringst du uns?«

»Alles, was ich in den Kanälen gefunden habe.«

Junipa warf ihm stirnrunzelnd einen Blick zu.

»Ist es kostbar?«, erkundigte sich die Frau.

»Das will ich meinen.«

Das Guckloch fiel zu. Mehrere Schlösser schnappten auf. Als das Portal geöffnet wurde, kam ein Mädchen zum Vorschein, kaum älter als Junipa. Sie hatte dunkles, gelocktes Haar, war barfuß und trug ein kurzes, schwarzes Kleid. Die hellbraune Haut ihrer Arme und Beine war mit kunstvollen Bemalungen aus Henna bedeckt.

»Zeig's mir«, verlangte sie und deutete auf seinen schlammverkrusteten Rucksack.

Er schüttelte den Kopf. »Dir nicht. Nur Bastet.«

Es war immer dieselbe Antwort, und wie üblich erntete er dafür einen wutentbrannten Blick. Sie nickte in Junipas Richtung. »Und wer ist die?«

»Eine Freundin. Ihr Name ist Junipa.«

»Sie bleibt draußen.«

»Dann geh ich wieder und nehme alles mit.«

Das Mädchen musterte beide von oben bis unten. »Ihr wart zusammen in den Kanälen, so schmutzig wie ihr seid. Ihr stinkt nach Schlick.«

»Gut aufgepasst.«

»Hat sie auch Fundstücke dabei?«

»Wenn du mich einfach selbst fragen würdest«, begann Junipa, »dann könnte ich dir –«

Sie wurde von einer weiteren Stimme übertönt, hohl und dumpf, so als hätte jemand in einen Blecheimer gesprochen. Vielleicht eine Rohrleitung in die Tiefen des Hauses. »Lass sie rein, Nanini.«

Die junge Dienerin rümpfte die Nase und trat beiseite. »Da bröckelt Schlamm von euch ab. Macht ja nichts dreckig.«

Hinter dem Portal lag ein Tortunnel, der nach wenigen Metern auf einen quadratischen Innenhof führte. Hier herrschte eine schwüle Wärme, ganz im Gegensatz zu den frischen Morgentemperaturen an der Außenseite. Zudem roch es stechend nach Tier. Die wenigen Schritte durch den Tunnel hatten sie aus nebelverhangener Dämmerung in brütende Sonnenglut geführt: Wie an einem Mittag im August schien im Innenhof die Sonne senkrecht vom Himmel herab. In Bastets Palazzo herrschte ewiger Hochsommer, ein Phänomen, mit dem Serafin wohlvertraut war. Junipa hingegen blieb wie angewurzelt stehen.

»Sind wir noch in Venedig?«, fragte sie alarmiert, weil das für jemanden wie sie wohl ein naheliegender Gedanke war.

»Keine Sorge«, versicherte er ihr. »Bastet manipuliert hier im Palazzo das Wetter. Das ist alles.«

»Das ist *alles*?« Einen Augenblick lang sah sie aus, als wollte sie auf der Stelle kehrtmachen. »Wen oder was manipuliert sie noch?«

»Jeden«, sagte er. »Wenn man nicht aufpasst.«

Erst jetzt schien Junipa die Katzen zu bemerken, die den Innenhof bevölkerten. Allein auf dem Boden tummelten sich Dutzende, weitere lagen träge rundum auf den Fensterbänken, saßen in Eingängen oder stolzierten gelangweilt über schmale Simse an den Fassaden. Die meisten räkelten sich auf dem sonnenwarmen Pflaster, wetzten ihre Krallen an den vier toten Bäumen im Hof oder fraßen Gott weiß was aus Näpfen, die verteilt am Fuß der Wände standen. Eine Katzenmutter lag mit ihren vier Jungen auf einer Art Diwan, der mindestens so schmutzstarrend war wie die beiden Besucher. Andere Katzen kletterten im blattlosen Geäst umher. Eine hangelte sich gerade an einem Stamm hinauf und wechselte dabei die Farbe wie ein Chamäleon: Am Fuß des Baumes war sie noch weiß gewesen, weiter oben ließ sie sich kaum von der Baumrinde unterscheiden.

Einige Katzen in diesem Hof hatten drei Augen, andere sechs Beine und mindestens zwei liefen aufrecht auf den Hinterbeinen. Eine trug ein Monokel und las in einem Buch, dessen Seiten sie mit spitzer Kralle umblätterte, eine andere saß schwebend eine gute Handbreit über dem Boden.

»Die beiden da.« Junipa zeigte ungläubig zu einem Tisch hinüber. »Spielen die Schach?«

»Sieht so aus.« Serafin hatte hier schon Verrückteres beobachtet und zog es mittlerweile vor, dem Katzentreiben in Bastets Palazzo nicht mehr Aufmerksamkeit als nötig zu schenken.

»Stammt Cagliostra auch von hier?« Suchend blickte Junipa sich nach der geflügelten Katze um. »Wo steckt sie überhaupt?«

»Sie geht nie mit rein«, sagte Serafin. »Ungefähr vor drei Jahren, als ich wieder mal meine Fundstücke abgeliefert habe, ist sie auf meiner Schulter gelandet und hat in meinen Gedanken zu mir gesprochen. Bastet hat das sofort bemerkt, weiß der Teufel wie. Und weil es solche Verbindungen anscheinend nicht oft gibt, hat sie Cagliostra angeboten, mich zu begleiten. Seitdem ist sie bei mir.«

Neben einer Tür in der gegenüberliegenden Fassade ragte ein trompetengroßer Messingtrichter aus der Fassade. Heraus drang die Frauenstimme von vorhin: »Vor allem hat sie die anderen Katzen gepiesackt. Bei dir ist sie besser aufgehoben.«

Serafin zwang sich zu einem nervösen Lächeln. »Stattdessen piesackt sie nun mich.«

»Kommt weiter«, rief Nanini, die bereits den halben Hof überquert hatte. Mehrere Katzen mit Federn und Echsenschuppen strichen um ihre nackten Fesseln. »Stellt Bastets Geduld nicht auf die Probe.«

»So ungeduldig klang sie gar nicht«, sagte Junipa.

Serafin warf ihr einen mahnenden Seitenblick zu. In Bastets Palast hatten die Wände Ohren und man konnte nie sicher sein, in welcher Laune man die Hausherrin antraf. Sie würde nicht glücklich sein, sobald sie seine magere Ausbeute zu sehen bekam.

Im hinteren Teil des Gebäudes stiegen sie eine Freitreppe hinauf, bevölkert von Katzen aller Art. Die Tiere lagen auf den Stufen, erklommen das steinerne Geländer oder hakelten sich an Ölgemälden empor, deren Motive vor lauter Kratzspuren kaum noch zu erkennen waren. Der Gestank war atemberaubend.

»Woher kommen die alle?«, fragte Junipa.

»Von hier und anderswo.«

»Auch aus anderen Welten?«

Serafin nickte. »Die meisten sogar. Bastet nimmt sie bei sich auf und versorgt sie. Ihr Palazzo ist ein Waisenhaus für Katzen – oder Wesen, die wie Katzen aussehen.«

Nanini blickte kurz über die Schulter und gestattete sich ein Lächeln. Aber sie sagte kein Wort und stieg weiter die Treppe hinauf.

»Irgendwo im Haus gibt es einen Spalt zwischen den Welten, eine Art Durchschlupf«, fuhr Serafin fort. »Für Menschen ist er viel zu klein. Die Katzen bewachen ihn und sorgen dafür, dass nichts anderes hindurchgelangt.«

»So eine Art Katzenklappe zwischen den Manifestierten Städten?«, fragte Junipa.

»Manifestierte Städte?«, fragte er und bemerkte, dass auch Nanini aufhorchte.

»Dieses Venedig und all die anderen«, flüsterte Junipa. Dann deutete sie ein Kopfschütteln an. »Ich erklär's dir später.«

»Seid jetzt still«, fuhr die Dienerin sie an. Nanini konnte gar nicht anders, er wusste das. Meist imitierte sie einfach die Launen ihrer Herrin, was die Aussichten, Bastet heute in gnädiger Stimmung anzutreffen, nicht besserte.

Zwischen wuselnden, schlafenden und maunzenden Katzen suchten sie sich einen Weg über eine Galerie und einen Korridor hinab bis zu einer hohen Doppeltür. Sie stand einen Spalt weit offen. Aus dem Inneren drang vielstimmiges Schnurren.

Nanini verschwand im Zimmer und kündigte sie an. Kurz darauf kehrte sie zurück und forderte die beiden auf einzutreten. Mit versteinerter Miene sah sie zu, wie Serafin und Junipa an ihr vorbeigingen, ermahnte sie, respektvoll zu sein, und schloss die Tür von außen.

Bastet lag inmitten einer Kissenlandschaft, umgeben von zwanzig oder dreißig Katzen, die gleichzeitig ihre Köpfe hoben und die Besucher ausdruckslos ansahen. Die Hausherrin selbst besaß den Körper einer Frau, muskulös und feminin zugleich, langbeinig und breitschultrig, dabei fast zwei Meter groß. Sie trug keine Kleidung, ihr ganzer Leib war mit kurzem, sandfarbenem Flaum bedeckt. Ihr Kopf war der einer Katze, gold und schwarz gefleckt, mit aufgestellten Ohren und silbrigen Schnurrhaaren. Ihre großen, grünen Augen hatten geschlitzte Pupillen. Bei Junipas Anblick glitt ihre Zungenspitze blitzschnell über elfenbeinweiße Fangzähne.

»Wen bringst du mir da, Serafin?« Ihre Stimme klang weich und angenehm. Immer, wenn er sie hörte, fühlte er sich wie eine Maus, die kurz vorm Zuschnappen eingelullt wurde.

»Meine Freundin Junipa«, sagte er. »Aber ich bringe nicht sie, sondern das wenige, was ich heute Nacht für dich finden konnte.«

»Wenig, sagst du?« Bastet hob ihren Oberkörper von den Kissen und reckte ihr Katzenhaupt ein wenig nach vorn, so als wollte sie Witterung aufnehmen. »Ich bin nicht sicher, ob das die Wahrheit ist.«

Ein hoher Spiegel lehnte an einer Wand, stumpf geworden und mit zerfurchtem Rahmen von all den kratzenden Katzenkrallen.

Seitlich des Kissengebirges stand ein niedriger Tisch. Während Serafin den Rucksack herunternahm und darauf zuging, erhob Bastet sich in einer gleitenden Bewegung. Ein paar Katzen und Kater wichen aus, als die Hausherrin über die Kissen schritt und trotz ihrer Größe kaum einsank. Sie kam nicht zum Tisch herüber, wie sie es sonst tat, sondern ging auf Junipa zu. Bastet war fast zwei Köpfe größer als das Mädchen, eine Riesin, deren Schritte auch dann vollkommen lautlos blieben, als sie von den Kissen auf das Parkett trat.

Unmittelbar vor Junipa blieb sie stehen. Ihr langer Katzenschwanz schlängelte sich nach vorn und legte sich sanft um die Taille des Mädchens, als wollte sie es damit näher heranziehen.

»Du bist wie die Katzen«, sagte Bastet, was paradox klang, war doch kein Mensch mehr Katze als sie. »Wie sie kommst du von weither und hast viele Dinge gesehen.«

»Ich bin aus Venedig«, entgegnete Junipa forsch.

Serafin wunderte sich, wie ruhig sie blieb. Vielleicht hatte sie wirklich schon Verrückteres gesehen als eine zwei Meter große Frau mit Katzenkopf. Mit einem Mal wünschte er sich, dass sie ihm eines Tages davon erzählen würde.

»Wenn ich es nicht besser wüsste«, sagte Bastet, »würde ich vermuten, du bist durch die Katzenpforte in meinem Haus geschlüpft. Wie seid ihr beiden euch begegnet?«

»Wir sind alte Freunde«, log Serafin, während er eine Spur zu laut den Armreif auf den Tisch legte, dazu die übrigen Dinge, die er im Morast der Kanäle aufgelesen hatte. Zuletzt nahm er den seltsamen Spiegelfächer aus der Tasche. Dennoch war es die kläglichste Ausbeute, seit er vor vier Jahren zum ersten Mal hergekommen war, auf Anraten eines anderen Schlammsammlers, der bald darauf der Garde zum Opfer gefallen war.

Bastet interessierte sich nur für Junipa. »Ich habe noch nie solche Augen gesehen. Es ist gefährlich, damit durch diese Stadt zu laufen.« Sie beugte sich vor, brachte ihre Katzennase ganz nah an Junipas Schulter und ließ sie an ihrem Hals zum Gesicht hinaufwandern. Das Mädchen regte sich nicht.

»Oh«, sagte Bastet leise.

Serafin verfluchte, dass er Junipa hergebracht hatte. Das hier konnte nicht gut ausgehen.

»Der Schlamm überdeckt vieles«, sagte die Katzenfrau, »aber ich denke, wenn Nanini dich in eine Wanne stecken würde, käme darunter ein Wanderer zum Vorschein.«

»Was ist ein Wanderer?«, fragte Junipa.

»Du hast Wege zurückgelegt, die außerhalb dieser Welt liegen. Nur wenige haben so viel Erfahrung darin. Außer Katzen, natürlich. Manchmal tauchen sie aus dem Nichts auf, und dann glauben die Leute, sie hätten sich aus einem anderen Viertel zu ihnen verirrt. In Wahrheit sind sie auf den geheimen Wegen gekommen, aus dieser oder jener Welt, lautlos und lächelnd über die Unwissenheit der Menschen.«

»Aus welcher Welt stammst du?«

Serafin fröstelte, weil Junipa offenbar darauf aus war, mit ihrer Dreistigkeit alles zu verderben. Er klimperte wie beiläufig mit seiner Beute und räusperte sich, aber Bastet ignorierte ihn.

»Ich bin gewandert wie du«, sagte sie zu Junipa, während ihr pelziger Katzenschwanz langsam am Rücken des Mädchens auf- und abstrich.

»Ich weiß, wer du bist, Bastet.«

»Tust du das?«

»Du warst einmal eine Göttin. In Ägypten haben sie Tempel und Schreine zu deinen Ehren erbaut.«

»Du bist dort gewesen – in Ägypten, nicht wahr?«

»Nicht in dieser Welt.«

Serafins Zähne knirschten, weil er sie so fest aufeinanderpresste. Wenn sie so weitermachte, würden sie beide in den Katzennäpfen unten im Hof enden. Cagliostra hatte ihm einmal erzählt, was sie in der Küche des Palazzo mit angesehen hatte, und obwohl das nur eine ihrer Geschichten gewesen sein mochte, hatten sich ihm die Bilder eingebrannt, als hätte er sie mit eigenen Augen gesehen.

»In meinem Ägypten gab es Statuen von dir«, fuhr Junipa fort. »Sie ragten aus dem Schnee, der die Wüste bedeckt hatte, weil die Götter die Menschen im Stich gelassen hatten.«

Serafin meldete sich mit belegter Stimme zu Wort: »Vielleicht sollten wir erst mal über die Fundstücke sprechen? Und über die Medizin?«

»Still!«, sagte Bastet leise. Obwohl sie ihn nicht ansah, war ihm klar, dass er gemeint war, nicht Junipa. Wir werden also hier sterben, durchfuhr es ihn. Daran führte kein Weg vorbei. Allerhöchstens der durch den Spiegel, aber er bezweifelte, dass Junipa noch die Gelegenheit bekäme, auch nur einen Schritt in diese Richtung zu setzen. Als bräuchte es dafür noch eine Bestätigung, bemerkte er, dass Bastet die Krallen ausgefahren hatte, nadelspitze Sensen aus Horn.

»Früher seid ihr einmal die Götter *aller* Welten gewesen, du und die anderen«, sagte Junipa.

»Du weißt wirklich eine Menge.«

»Ich habe in den letzten zwei Jahren viel Zeit in Bibliotheken verbracht. Ich wollte die … Dinge verstehen, die mir passiert sind.«

»Die Angelegenheit mit deinem Herzen?«, fragte Bastet und schnurrte leise, als sie die Krallenspitze ihres Zeigefingers ganz sanft auf Junipas Brustkorb legte. »Es schlägt nicht.«

Serafin vergaß für einen Moment zu atmen.

»Es kann nicht schlagen«, bestätigte Junipa. »Es ist aus Stein.«

Das Rumoren in seinem Bauch wurde zu einem ausgewachsenen Krampf.

Bastet nickte langsam. »Du bist wirklich ein außergewöhnliches Mädchen.«

»Ich wünschte, ich wäre wie alle anderen.« Junipa blickte an sich hinab auf die rasiermesserscharfe Katzenkralle. »Und damit können Sie mir wenig anhaben. Die Wunde würde sich wieder schließen. Sie müssten mich schon in Stücke reißen oder auffressen.«

Was eher früher als später geschehen mag, dachte Serafin.

Bastets Katzengesicht verzog sich zu etwas, das einem menschlichen Lächeln erstaunlich nahekam. Dann nahm sie die Hand herunter und zog ihre Krallen ein. Aber sie bewegte sich nicht von Junipa fort, sondern blickte aus nächster Nähe auf sie herab. »Was weißt du noch über mich?«

Junipa atmete tief ein. »Vor langer Zeit waren die Katzengöttin Bastet und die Löwengöttin Sekhmet im alten Ägypten ein und dieselbe Gottheit. Ihr wart eins, du und Sekhmet. Aber irgendwann haben die Menschen begonnen, zwei in euch zu sehen, und weil es am Ende die Sterblichen sind, die bestimmen, was ihr seid, kam es zur Spaltung. Von da an gab es die Göttin der Katzen und die Göttin der Löwen.«

Wieder nickte Bastet, und diesmal wirkte sie ehrlich beeindruckt. »Aber was hat das mit dir und deinem Herzen zu tun?«

»Das ist eine lange Geschichte. Zu lang, um sie von vorn bis hinten zu erzählen. Aber begonnen hat es damit, dass meine beste Freundin … nun, dass sie Sekhmet begegnet ist. Nur nannte sie sich damals nicht mehr so. Bei uns kannten sie alle als die Fließende Königin.«

Ein Rascheln drang von den Kissen herüber, als sich ein Dutzend Katzen auf einmal erhob und jede einen Buckel machte. Serafin packte den leeren Rucksack ein wenig fester, um sich notfalls damit zu verteidigen. Er hatte sein Messer dabei, aber eine innere Stimme flüsterte ihm zu, dass es Selbstmord wäre, danach zu greifen.

»Die Fließende Königin«, wiederholte Bastet und trat einen Schritt von Junipa zurück. »Ich kann spüren, dass du in Sekhmets Nähe warst. Und falls du sie je wiedersiehst, wird sie wissen, dass du mir begegnet bist.«

»Ich glaube nicht, dass ich ihr noch mal begegnen werde. Auch sie ist damals aufgebrochen, um etwas zu suchen, eine andere, die so ist wie sie. In meiner Welt gab es nicht mehr viele von euch, jedenfalls hat Sekhmet das gesagt.«

Bastet bewegte sich mit lautlosen Schritten von ihr

fort und näherte sich dem Tisch. »Hier ist es genauso. Die Menschen haben vergessen, was wir einmal waren. Sie erinnern sich an ein paar unserer Namen, das ist alles. Leere Worte. Viele von uns konnten das nicht ertragen und sind aus freien Stücken gegangen. Andere sind einfach verblichen wie Knochen im Sand.«

»Du bist immer noch hier.«

»Aber wie lange noch?« Bastet warf einen Blick auf die Gegenstände, die Serafin darauf ausgebreitet hatte.

»Ich weiß«, begann er, »es ist nicht viel, aber beim nächsten Mal kann ich –«

»Du hast mir mehr gebracht, als du ahnst, Serafin. Eine Erinnerung.« Sie deutete auf seine Habseligkeiten. »Steck das wieder ein. Du wirst deine Medizin bekommen. Das hast du deiner Freundin zu verdanken.« Sie musterte ihn kurz. »Hast du ihr heute Nacht das Leben gerettet?«

»Bestimmt wäre sie auch so –«

»Ja, hat er«, sagte Junipa. »Er hat mich gerettet, und er hat versprochen, mir zu helfen, meine Freundin wiederzufinden.«

»Dann sollte er sich besser an dieses Versprechen halten.« Die geschlitzten Pupillen ihrer grünen Katzenaugen waren wie Klingen, die in seine Gedanken schnitten. »Ich denke, du kannst ihm vertrauen.« Wieder dieses sonderbare Lächeln. »Vielleicht mehr als mir und meinesgleichen.«

Serafin strich den Armreif und das übrige Zeug vom Tisch zurück in den Rucksack.

»Nanini!«, rief Bastet. Augenblicklich ging die Tür auf, und die dunkelhäutige Dienerin erschien. »Gib dem Jungen, was er verdient hat«, befahl die Katzenfrau. »Und gib ihm viel davon. Zehnmal so viel wie sonst.«

Nanini schien etwas einwenden zu wollen, doch Bastet schnitt ihr mit einem Wink das Wort ab.

»Zehnmal so viel«, wiederholte sie.

»Ja, Herrin.«

»Und dann geleite die beiden hinaus.«

10

»Was ist da gerade passiert?«, fragte Serafin, nachdem sie den Palazzo verlassen hatten.

In seinem Rucksack knirschten die kleinen braunen Phiolen aneinander, die Nanini ihm ausgehändigt hatte. Dabei hatte sie Junipa nicht aus den Augen gelassen. Die Abneigung, die die Dienerin vor dem Treffen mit Bastet so offen zur Schau gestellt hatte, war einer Mischung aus Verwirrung und Neugier gewichen.

»So hab ich Bastet noch nie erlebt«, sagte er. »Und du hast überhaupt keine Angst vor ihr gehabt.«

Gedankenverloren lief sie neben ihm. »Ich hatte größere Angst, als du dir vorstellen kannst. Und sie spürte das. Deshalb hat sie mir geglaubt. Sie hat gewusst, dass ich weiß, wozu sie fähig ist. Und dass ich deshalb die Wahrheit sagen würde.«

»Dann warst du wirklich in Ägypten? Und wer ist diese flüssige Königin?«

»Fließende Königin. Ja, ich war dort. Aber ich hab's mir nicht ausgesucht.«

Sie mochte wohl nicht darüber reden, und er respektierte das. Eine ganze Weile führte er sie schweigend durch die Gassen. Er wollte die Medizin so schnell wie möglich nach Hause bringen. Den Rucksack trug er nicht mehr auf dem Rücken, sondern presste ihn an seine Brust, um ihn besser mit den Armen schützen zu können. Nanini hatte ihm tatsächlich zehn der kleinen Fläschchen mit dem Wundermittel gegeben. Als er das letzte verstaut hatte, hatte sie gesagt: »Das sollte reichen, um deine Mutter gesund zu machen. Du brauchst nie wieder herzukommen, wenn du das nicht willst.« Er war nicht sicher, ob sie dabei erleichtert oder bedauernd geklungen hatte.

Sie überquerten eine Piazzetta, in deren Mitte einer der zahllosen Brunnen stand, aus denen die Venezianer ihr Trinkwasser bezogen. Meist wurde darin Regenwasser gesammelt, das von den Dächern in die unterirdischen Zisternen geleitet wurde. Die runden Ummauerungen waren mit schweren Metalldeckeln verschlossen, die Ränder mit Reliefs verziert.

Junipa blieb stehen, als sie die Figuren auf der Brunnenmauer erkannte. »Ich weiß jetzt, wo wir sind.« Sie deutete auf die linke der beiden Gassen, die auf der anderen Seite in die Piazzetta mündeten. »Ich muss in diese Richtung.«

»Was willst du tun, wenn deine Freundin nicht an eurem Treffpunkt ist?«

»Sie finden und befreien. Was sonst?«

Ohne darüber nachzudenken, sagte er: »Lass uns erst die Medizin zu meiner Mutter bringen, danach helfe ich dir.«

»Bist du schon mal auf Murano gewesen?«

»Nein«, gestand er.

»Ich will dich nicht tiefer in all das hineinziehen. Ich schaff das allein.«

Das klang mutig, aber auch verrückt. Sie hatte wirklich keine Ahnung, worauf sie sich einließ. »Du hast gesagt, du musst den Ort kennen, um ihn hinter den Spiegeln zu finden. Wie willst du das anstellen, wenn du nicht weißt, wo sie Merle festhalten und wie es dort aussieht?«

»Ich lass mir schon was einfallen.«

Der Himmel über ihnen war hell geworden, doch auf der Piazzetta hingen die Schatten so widerspenstig wie eingestaubte Spinnweben. Serafin machte einen Schritt auf Junipa zu, so dass er seine Silhouette in ihren Augen sehen konnte. »Ich bin dir was schuldig.« Er klopfte vorsichtig auf den vollen Rucksack. »Das hier wird meiner Mutter wahrscheinlich das Leben retten. Ich weiß nicht, wie ich dir dafür danken soll, außer dir meine Hilfe anzubieten. Schlag sie also nicht einfach aus.«

»Du hast meinetwegen schon genug Ärger.«

»Dann kommt es auf ein bisschen mehr davon auch nicht mehr an.« Er grinste und war sich bewusst, dass sein Grinsen die unangenehme Angewohnheit hatte, ihn in Situationen hineinzureiten, die auf den ersten Blick ziemlich ausweglos erschienen. Etwas an diesem Grinsen brachte die Menschen dazu, ihn für jemanden zu halten, der den Kopf gern in anderer Leute Galgenschlingen steckte. Junipa war ein wandelndes Geheimnis, und obwohl er wusste, dass Neugier ein ziemlich unvernünftiger Beweggrund war, folgte er auch diesmal einzig seinen Instinkten.

»Wir bringen das hier zu mir«, sagte er entschieden, »und dann kümmern wir uns um deine Freundin.«

Immerhin schien sie nun darüber nachzudenken. Schließlich sagte sie: »Du brauchst das wirklich nicht zu tun.«

Er deutete mit dem Kinn auf den Rucksack vor seiner Brust. »Das hier hättest du auch nicht tun müssen. Hast du aber trotzdem.«

Erneut warf sie einen Blick zur linken Gassenmündung. »Wie lange wird es dauern?«

»Höchstens eine halbe Stunde.«

Er konnte ihr ansehen, dass sie daran dachte, was eine halbe Stunde in Gefangenschaft für ihre Freundin bedeuten mochte. Auf der anderen Seite schien sie allmählich einzusehen, dass ihre Chancen, Merle zu befreien, mit seiner Hilfe größer waren. Was, zugegeben, eine einigermaßen gewagte Behauptung war. Die Glasbrennergilde hatte die Garde auf ihrer Seite, und auf Muranos Türmen standen Wachtposten, die Tag und Nacht das Ufer der Insel und die umliegenden Gewässer beobachteten.

Mit einem Lächeln nickte er zur rechten Gasse hinüber. »Hör schon auf zu grübeln. Das kostet nur Zeit.«

Zu seinem Erstaunen trat sie auf ihn zu und hob vorsichtig die Hand, als wollte sie eine Fluse aus seinen Bartstoppeln zupfen. Er hatte nicht damit gerechnet – und sie offenbar auch nicht, denn kurz bevor sie seine Wange berühren konnte, zog sie ihre Finger zurück. »Entschuldige«, sagte sie.

»Wofür denn?«

»Dafür. Ich hab nicht nachgedacht. Verlieren wir nicht noch mehr Zeit.« Damit wandte sie sich von ihm ab und eilte voraus zur rechten Gasse.

Verwirrt wollte er ihr folgen, doch heftiger Flügelschlag ließ ihn innehalten. Cagliostra sank vom Himmel herab und landete auf dem Brunnendeckel.

»Das hab ich gesehen«, sagte sie missbilligend in seinem Kopf, als sie ihre goldenen Schwingen anlegte.

»Dann kannst du's mir ja erklären«, raunte er ihr zu, wartete aber nicht darauf, dass sie es wirklich tat, sondern machte sich auf den Weg.

Cagliostra flatterte neben ihm her. *»Du bist drauf und dran, dich in dieses klapprige Ding zu vergucken.«*

»Red keinen Quatsch. Und sie ist nicht klapprig.«

»Ich kann deine Gedanken lesen.«

»Nur wenn ich das erlaube.«

»Also hast du was zu verbergen?«

»Eine ganze Menge sogar.«

»Hah!«

»Du bist eifersüchtig.«

»Ich bin eine Katze.«

»Was soll das denn heißen?«

Cagliostra stieß ein Fauchen aus, das wohl auch Junipa hörte, denn sie blieb stehen und drehte sich zu ihnen um. Mit ein paar Flügelschlägen stieg Cagliostra höher, flog einen Bogen und verschwand über den Dächern.

»Was hat sie denn?«, fragte Junipa.

»Wer weiß. Versteh einer die Katzen.«
»Hast du ihr erzählt, was bei Bastet passiert ist?«
»Sie hat nicht gefragt.«
Junipa schmunzelte. »Dann ist sie eifersüchtig.«
»Sie ist eine Katze«, sagte Serafin schulterzuckend.
Keine fünf Minuten später stießen sie auf Gardisten.

11

Aus dem Dämmer eines Torbogens trat Merle an das Ufer eines schmalen Kanals. Auf dem schwarzen Wasser spiegelten sich die gegenüberliegenden Häuser mit ihren geschlossenen Fensterläden und ockerfarbenen Fassaden, matte, milchige Abbilder, die lebendiger wirkten als die Gebäude selbst. Es gab unzählige solcher Kanäle in Venedig, nur wenige Meter breit und so still, dass einem das sanfte Schwappen des Wassers am Stein wie Geflüster vorkam. In solchen Gegenden schien ein Schleier über der Stadt zu liegen, durch den die Umgebung unwirklich und traumgleich wirkte. Auch Menschen verschwanden dahinter, so als wären die Gemäuer allesamt ausgestorben und man selbst ganz allein an diesem Ort.

Merle trat nah ans Ufer, bis ihre Fußspitzen einen Fingerbreit über die Steinkante ragten. Das Wasser sah aus wie Tinte, so dunkel, dass alles Mögliche von dort unten zu ihr heraufblicken mochte. Vielleicht waren ihr Meerjungfrauen gefolgt, als sie die erste Fähre von San Michele zu Venedigs Nordufer genommen hatte, gerade mal fünfhundert Meter, die ihr nahezu endlos erschienen waren. Als beim Anlegen keine Gardisten auf sie gewartet hatten, hatte sie Hoffnung geschöpft, dass die Glasbrenner sie tatsächlich für tot hielten.

Und doch war da eine leise innere Stimme, die wie

ihre eigene klang und ihr zuflüsterte, dass sie zwar ein paar einfältige Soldaten täuschen konnte, aber doch nicht ihre Doppelgängerin. Die andere Merle.

Das sadistische kleine Miststück.

Sie gab sich einen Ruck und setzte sich in Bewegung. Es war noch ein gutes Stück bis zum vereinbarten Treffpunkt, und mit jedem Schritt fühlten sich ihre Beine schwerer an, als wollte ein Teil von ihr den Augenblick der Ankunft hinauszögern. Der Grund lag auf der Hand: Die Wahrscheinlichkeit, dass Junipa tatsächlich auf sie wartete, war gering. Wunschdenken vielleicht.

Sie ist ertrunken, flüsterte die Stimme. *Dumm genug, dass Junipa sich für einen Spiegel entschieden hat, der am Grund des Canal Grande lag.*

Natürlich hatte sie gar keine Wahl gehabt. Der Kartograph war ihnen dicht auf den Fersen gewesen, und Junipa hatte Merle durch den erstbesten Spiegel gezerrt, der nach Venedig führte. In *irgendein* Venedig. Und dort an *irgendeinen* Ort, der dunkel und menschenleer aussah. Junipa hatte alles richtig gemacht, soweit es in ihrer Macht gestanden hatte.

Und nun war sie womöglich tot.

Merle schob den Gedanken weit von sich. Sie würde zum Treffpunkt gehen und warten. Stunden, auch Tage, wenn es nötig war. Junipa würde kommen. So war es immer gewesen, wenn sie getrennt worden waren. Das hier war nicht das erste Mal, so wenig, wie es das erste Venedig war, in dem sie Hals über Kopf in Schwierigkeiten geraten waren.

Aber es fühlt sich anders an, stichelte die Stimme. *Und das macht dir eine Höllenangst.*

»Nein!«

Ihr wurde erst klar, dass sie das Wort laut ausgesprochen hatte, als es wie ein Echo von den hohen Fassaden widerhallte.

Mittlerweile war es Vormittag, anderswo musste längst wimmelnde Geschäftigkeit herrschen. In dieser Gegend aber war kaum jemand zu sehen, und Merle war froh darüber. Auch in ihrem eigenen Venedig hatte es solche Viertel gegeben, und in ihnen hatte sie sich stets am wohlsten gefühlt. Wenn das Einzige, was man in den Gassen hörte, der Hall der eigenen Schritte war, wurde Venedig so irreal wie eine Theaterkulisse. Merle hatte nie verstanden, was so erstrebenswert daran sein sollte, jede wache Minute in der Wirklichkeit zu verbringen, wenn es möglich war, sie manchmal einfach auszublenden. Das hatte die Jahre im Waisenhaus erträglicher gemacht, und auch später, als Arcimboldo, Unke und Junipa in ihr Leben getreten waren, hatte sie dann und wann solche Augenblicke gesucht. Einmal, kurz bevor ihr aller Schicksal seinen Lauf genommen hatte, sogar gemeinsam mit Serafin.

Es war nicht mehr weit, und sie fragte sich, was sie diesmal erwartete. Die gleichen Häuser wie früher, wahrscheinlich – aber standen sie hier leer oder waren sie bewohnt? Und würde Junipa dort sein?

In einem der dunklen Fenster auf der gegenüberliegenden Kanalseite sah sie eine Bewegung, blieb stehen, eilte weiter und erkannte in der nächsten Scheibe sich selbst. So weit war es also gekommen, sie erschrak vor ihrem eigenen Spiegelbild. Und selbst als sie sich vergewissert hatte, dass es nicht ihre Doppelgängerin war, die sie aus dem Haus dort drüben beobachtete, blieb tief in ihr ein nagender Zweifel. Sie fühlte sich verfolgt, gejagt sogar, und dass sie laufend auf der Hut vor ihrem Spiegelbild war, hatte etwas Wahnhaftes.

Stimmen erklangen ganz in der Nähe. Jemand rief etwas, dann ertönte ein Laut wie von splitternder Keramik und helles Gelächter. Es wäre klüger gewesen, einen großen Bogen zu schlagen – sicher war das nur eine Bande Straßenjungen, die die Fenster eines leerstehenden Hauses einwarfen –, aber Merle war dankbar für jede Ablenkung. Die Laute drangen aus einer schmalen Gassenmündung, und statt daran vorbeizuhuschen, blieb sie stehen und riskierte einen Blick.

Es waren nur drei Jungen, keine ganze Bande; der Hall vervielfachte ihre Stimmen. Sie standen etwa zwanzig Meter entfernt, kurz vor dem Ende einer Sackgasse, und wandten Merle den Rücken zu. Pralle Beutel hingen an ihren Gürteln. Aus ihnen fischten sie Kieselsteine, die sie auf etwas warfen, das Merle aus der Entfernung nicht genau sehen konnte. Im ersten Moment glaubte sie, es wären Menschen in schwarzer Kleidung, die farbige Masken trugen – kein ungewöhnlicher Anblick in Venedig, der Stadt des mystischen Mummenschanzes.

Dann aber erkannte sie, dass da gar keine Menschen waren. Nur neun oder zehn Masken, die in der Luft auf und nieder wippten, als wehten sie an Bindfäden im Wind.

Sie war drauf und dran, sich davonzumachen, und die Jungen ihren Wurfspielen zu überlassen, als jemand rief:

»Hilf uns!«

Selbst da erwog sie noch, die Sache auf sich beruhen zu lassen. Was immer dort gerade geschah, ging sie nichts an. Sie hatte mehr als genug eigene Sorgen.

»Hilf uns, Merle!«

Mitten im Schritt, der sie hinter die nächste Ecke führen sollte, verharrte sie.

Ein Junge lachte und schleuderte einen Stein, der eine silberweiße Maske in zwei Hälften zerbrach. Die Reste fielen zu Boden und zersplitterten.

»Hey!«

Noch während sie sich rufen hörte, bückte sie sich und hob drei Steine vom Boden auf. Keine glatten, gut in der Hand liegenden Kiesel, wie die Jungen sie vermutlich auf einer Baustelle oder sonst wo aufgelesen hatten, sondern Reste eines geborstenen Pflastersteins. Grau und kantig und nicht besonders gut zu werfen.

Zwei der Jungen hatten sie nicht gehört, weil sie gerade unter Johlen die nächsten Steine warfen, aber der dritte drehte sich um und sah Merle näher kommen.

»Was willst du?«

Merle setzte gerade zu einer Antwort an, als wieder die fremde Stimme ertönte: »Hilf uns, sie zerstören uns!«

Nun sah sie, dass die farbigen Porzellangesichter keineswegs an Fäden hingen. Sie schwebten. Die Jungen hatten einen ganzen Schwarm fliegender Masken am Ende der Gasse in die Enge getrieben.

»Hau ab!«, sagte der erste Junge, größer als Merle, mit breiten Schultern und dicken Oberschenkeln. Der zweite war kleiner, allerdings genauso kräftig. Der dritte, eher schmal, hatte die Visage eines verschlagenen Verbrechers; es sah aus, als hätte man den Kopf eines erwachsenen Raubmörders auf den Körper eines Kindes verpflanzt. Von den dreien war wahrscheinlich er derjenige, der ein Messer bei sich trug und damit umzugehen wusste.

»Verzieh dich«, sagte er und nickte über die Schulter zu den Masken. »Such dir ein paar eigene. Wir lassen hier keine für dich übrig.«

In den vergangenen paar Stunden war Merle einem Kartographen der Spiegelwelt entkommen, vor den Glasbrennern von Murano geflohen und hatte Meerjungfrauen sterben sehen. Ein paar Taschendiebe und angehende Halsabschneider wie diese drei machten ihr keine Angst.

Ohne ein Wort zu verlieren, holte sie aus und warf dem Hageren den ersten Stein an die Stirn. Das dumpfe Geräusch, mit dem er getroffen wurde, klang in der engen Gasse nach, und für zwei, drei Herzschläge schien es keine anderen Laute zu geben. Der Aufprall riss ihn von den Füßen wie der Faustschlag eines Preisboxers. Dabei verlor er einen Schuh, wurde nach hinten geworfen und krachte der Länge nach auf den Rücken.

Etwas rutschte aus seiner Hosentasche, und als Merle sah, dass es ein Klappmesser war, erfüllte sie das mit einer absurden Zufriedenheit.

Ein Kieselstein traf sie schmerzhaft an der Schulter und ließ sie halb herumtaumeln. In derselben Bewegung holte sie Schwung für ihren nächsten Wurf. Die Masken schwebten im Hintergrund auseinander, stiegen aber kaum höher als Merles Gesicht; wären sie dazu in der Lage gewesen, hätten sie den dreien mühelos entkommen können.

Merles zweiter Stein traf den kleineren Jungen am Kinn. Er brüllte, als Blut aus einer Platzwunde spritzte und er benommen vom plötzlichen Schmerz gegen die Wand taumelte. Dort sackte er mit eingeklappten Knien zusammen, beugte sich vor, spuckte roten Schleim in seine Hände und suchte jammernd nach zerbrochenen Zähnen.

Der dritte Junge war Merle an Körperkraft um ein Mehrfaches überlegen, und sie hatte damit gerechnet, dass er ihr einen wütenden Kampf liefern würde, den sie kaum gewinnen konnte. Stattdessen starrte er ungläubig auf den reglosen Messerstecher am Boden, dann auf seinen blutenden Kumpanen am Fuß der Wand – und brach unter lautem Schluchzen in Tränen aus. Er ließ die Steine aus beiden Händen fallen und stand da wie ein Kind, das sich aus heiterem Himmel eine Ohrfeige eingefangen hatte.

»Leg dich flach auf den Boden!«, befahl Merle. »Auf den Bauch! Und streck die Arme aus!«

Heulend tat er, was sie verlangte, und endlich wagten sich die Masken aus ihrer Ecke. Sie schwebten über ihre drei Peiniger hinweg, gerade als sich der Hagere regte und leise aufstöhnte.

»Lauf, Merle!«, sagte eine Stimme, die mitten aus dem Maskenschwarm zu kommen schien. »Folg uns geschwind!«

»Woher kennt ihr meinen Namen?«

Die Masken gaben keine Antwort, flogen rechts und links an ihr vorüber und schließlich vornweg. Merle konnte ihre hohlen Rückseiten sehen und durch ihre leeren Augenschlitze blicken. Nach kurzem Zögern setzte sie sich in Bewegung und hatte schon nach wenigen Metern Mühe, mit den Masken Schritt zu halten. Kurz nach ihnen erreichte sie den Hauptweg am Kanal und folgte dem Schwarm um die Ecke.

Hinter ihr verklang das Flennen des Jungen, und nun überkam sie ein solches Hochgefühl, dass sie über sich selbst erschrak und zugleich lauthals auflachte.

Der fliegende Maskenschwarm führte sie um weitere Ecken, dann durch ein Tor auf einen verlassenen Innenhof. Es waren noch acht, und als Merle atemlos zum Stehen kam und sich vorgebeugt auf ihre Knie stützte, drehten sich alle gleichzeitig zu ihr um. Erstmals konnte sie sie genauer betrachten. Äußerlich unterschieden sie sich nicht von anderen venezianischen Karnevalsmasken. Einige waren weiß, mit feinen Bemalungen rund um die Augen und Lippen, andere glänzten in Silber und Gold. Zwei waren schwarz lackiert, mit feuerrot gezogenen Brauen und gebogenen Schnabelnasen; sie wirkten bedrohlicher als die übrigen, hatten sich aber ebenso wenig gegen die Steinewerfer zur Wehr setzen können wie der Rest.

Auf Merles Augenhöhe verteilten sie sich in einem Halbkreis. Eine der weißen Masken – wohl jene, die auch vorhin zu ihr gesprochen hatte – löste sich aus der Formation und glitt auf sie zu, bis sie wenige Handbreit vor Merles Gesicht in der Luft hing.

»Wir danken dir«, sagte die Maske mit unbewegtem Mund. Nur ein Flirren geisterte über die Porzellanzüge, wie eine Spiegelung ferner Blitzschläge. »Obwohl du selbst große Sorgen hast, bist du uns zu Hilfe gekommen.«

Was wussten sie über ihre Sorgen? »Woher kennt ihr meinen Namen?«

»Wir wissen viel mehr über dich. Wir blicken hinter die Masken der Menschen. Wir sehen die Wahrheit hinter dem Schein und den Lügen.«

»Seid ihr so was wie Orakel?«

»Wir können deine Zukunft sehen, aber auch deine Vergangenheit. Deine Gedanken und Gefühle.«

Merle war ziemlich sicher, dass sie darüber nicht sprechen wollte, schon gar nicht mit ein paar Masken, und machte Anstalten, sich zum Ausgang des Hofes umzuwenden.

Eines der beiden schwarzen Gesichter ergriff das Wort. »Du wirst diese drei Kerle nicht wiedersehen.« Offenbar hatte es Merles Bewegung als ängstlichen

Blick zur Gasse missverstanden, was immerhin verriet, dass es nicht jeden ihrer Gedanken kannte.

»Du hast deine Welt gerettet«, sagte die weiße Maske. »Und zugleich hast du sie verloren. Selbst wenn du dorthin zurückkehren würdest, wäre es nicht mehr dieselbe. Was du dort getan hast, hat große Veränderungen in Gang gesetzt. Du hast vielen Menschen die Freiheit geschenkt, und nun liegt es an ihnen, sie zu nutzen. Der Wandel ist unaufhaltsam.«

Die Augen der Maske waren dunkel, fast bedrohlich, und obwohl Merle wusste, dass sie durch die beiden Schlitze nur die Schatten an der Rückseite des Hofes sah, lief es ihr kalt den Rücken hinunter.

»Du hast nach einem Grund gesucht, deine Welt zu verlassen«, sagte die schwarze Maske, »deshalb hast du dich auf die Suche gemacht. Nach einem Mann, den du nicht kennst, einem Mann, der deine Mutter und dich im Stich gelassen hat. Aber er ist nur ein Vorwand. In Wahrheit sehnst du dich nach einem anderen. Jemandem, der sich für dich geopfert hat. Dem einen, der dir alles bedeutet hat.«

»Mein Vater ist kein Vorwand!«, fuhr Merle auf. »Er ist ein Mistkerl, weil er sich aus dem Staub gemacht hat, und genau das werde ich ihm sagen!« Wütend funkelte sie die schwarze Maske an. »Ist das euer Dank? In meinen Gedanken rumzustöbern und irgendwelche Dinge zu behaupten?«

»Nein«, sagte die weiße Maske. »Als Dank für deine Hilfe werden wir dir eine Frage beantworten.«

Merle atmete tief durch. »Was für eine Frage?« Sie überlegte kurz. »Jede Frage?«

Eine goldene Maske mischte sich ein. »Wir können nicht *jede* beantworten. Wir sind nicht allwissend.«

»Aber wir können es versuchen«, sagte die weiße.

Allmählich bekam Merle ihren Ärger in den Griff. »Also nur eine einzige Frage?«

»Werd mal nicht unverschämt«, rügte die schwarze Maske.

»Gib ihr Zeit zum Nachdenken«, sagte ein Silbergesicht mit aufgemalten Harlekintränen. »Sie soll ihre Frage gut abwägen.«

Die schwebenden Maskenorakel starrten Merle schweigend an, während sie überlegte. Zuerst dachte sie an die Frage, die ihr seit Monaten keine Ruhe ließ: Wo finde ich das Herz der Stadt? Oder genauer: Wo kann ich meinen Vater finden?

Dann aber erkannte sie, dass im Augenblick nur eine einzige Frage von Bedeutung war.

»Hört, hört«, sagte die schwarze Maske, noch ehe Merle etwas sagen konnte, »sie hat ihre Entscheidung getroffen.«

»Frag uns!«, forderte die silberne Maske.

»Stell deine Frage, Merle«, sagte die weiße.

Merle schluckte einen Kloß im Hals hinunter. »Was ist aus meiner Freundin Junipa geworden? Wir sind getrennt worden, und ich möchte wissen, wo sie jetzt ist und ob es ihr gutgeht.«

Die schwarze Maske blickte skeptisch in die Runde.

»Ist das nur *eine* Frage? Für mich klingt das nach mehreren.«

Es entbrannte ein kurzer Disput, bis schließlich die weiße Maske ein Machtwort sprach. »Es ist nur eine«, sagte sie, und sofort verstummten alle anderen. Langsam und betont wiederholte sie: »Was also ist aus Junipa geworden?«

»Das ist mir wichtiger als alles andere«, sagte Merle.

Unverständliches Getuschel wanderte von Maske zu Maske, dann sagte die Wortführerin: »Junipa lebt.«

Eine Woge der Erleichterung durchlief Merle von Kopf bis Fuß. »Ist sie eine Gefangene?«

»*Das* war eine zweite Frage«, sagte die schwarze Maske.

Die weiße achtete nicht darauf. »Junipa ist gesund und auf freiem Fuß. Gerade in diesem Moment streift sie durch die Gassen der Stadt. Und sie ist nicht allein unterwegs.«

»Wer ist bei ihr?«

»*Drei* Fragen«, verkündete die schwarze Maske, während ihre Schnabelnase anklagend auf Merle wies.

Die weiße Maske kam noch näher. Wäre sie ein Mensch gewesen, hätte Merle ihren Atem auf der Haut spüren können. »Junipa hat einen Verbündeten gefunden«, sagte sie. »Einen jungen Mann namens Serafin.«

Merle schloss die Augen. Die Erwähnung seines Namens hätte sie nicht mehr erschüttern dürfen – dies war nicht der erste Serafin, dem sie auf ihrer Reise begegneten –, und doch brachte sein Klang die Trauer zurück, weckte all die Gefühle, die sie im Eisernen Auge überrollt hatten, damals, als alles zu Ende gegangen war.

Sie hörte die Masken tuscheln, spürte einen sanften Luftzug auf ihrem Gesicht, und konnte sich trotzdem nicht dazu bringen, die Augen zu öffnen.

Serafin. Immer wieder er. Die Erinnerung an ihren ersten und letzten Kuss verfolgte sie, wohin sie auch ging, und dann sagte sie sich, dass sie das alles zurücklassen musste, dass sie nicht mehr dieselbe Merle war wie vor zwei Jahren. Aber natürlich war das Unsinn.

Sie war älter geworden, erfahrener, ein Stück weit erwachsener, aber ihre Trauer um ihn blieb unverändert. Sie hatte Abstand gesucht und manchmal gefunden, aber es genügte die Erwähnung seines Namens, die vage Möglichkeit eines Wiedersehens, und sie fühlte sich erneut so klein und verloren wie damals, als sie seinen Leichnam nach der Schneeschmelze in der Wüste begraben hatten. Alle waren dabei gewesen. Junipa und Unke; der Obsidianlöwe Vermithrax und Merles Mutter Lalapeja; natürlich Sekhmet, die Fließende Königin.

Sie hatten getrauert und geweint, hatten Abschied genommen für immer.

Langsam öffnete Merle die Augen.

Für immer, hallte es in ihr nach.

Die Masken waren weitergezogen wie die Taubenschwärme auf der Piazza San Marco, lautlos davongetrieben auf den unsichtbaren magischen Strömen, die durch die Gassen Venedigs flossen.

Merle wischte sich mit dem Handrücken über die

Wangen, holte Luft, bis sie meinte, ihr Brustkorb müsse platzte, atmete stoßweise aus und versuchte, den Boden unter ihren Füßen zu fühlen, die Gerüche der Kanäle wahrzunehmen, das nahe Meer in der Luft zu schmecken. Ganz allmählich kehrte alles zurück und sie wurde wieder sie selbst.

Mit langsamen, leicht schwankenden Schritten machte sie sich auf den Weg.

12

»Hier herauf!«

Cagliostra flog über ihre Köpfe hinweg zu einer schmalen Metalltreppe, die am blätternden Verputz eines Speicherhauses aufwärtsführte.

Serafins Blick folgte ihr nach oben. Dort traf die Treppe auf einen Steg, der im ersten Stock von einer Seite des düsteren Kanals zur anderen führte. In der Mitte dieses Überweges befand sich eine Eisenleiter, die senkrecht auf einen zweiten Steg führte, eine Etage über dem ersten. Ein paar Ketten und Seilzüge baumelten herab. Beide Stege endeten an Holztoren zu trockenen Lagerräumen, wie es sie in Venedig nur in den oberen Stockwerken gab; deshalb waren auch solche Verstrebungen zwischen den Gebäuden keine Seltenheit. Tuchballen und Teppiche, Fässer mit Tabak und Gewürzen konnten so schnell und geschützt von einer Seite des Kanals zur anderen gebracht werden, ohne in die Nähe des Wassers zu gelangen.

»Versuchen wir's!«, sagte Serafin.

Junipa nickte.

Seit sie den Gardisten über den Weg gelaufen waren, waren sie auf der Flucht. Eine Patrouille von sechs Mann hatte sie angehalten und Junipa – das Mädchen mit den Spiegelaugen, das in der ganzen Stadt gesucht wurde – auf Anhieb erkannt. Cagliostra hatte die Männer in der engen Gasse aus der Luft attackiert, während Serafin und Junipa sich durch eine Schneise davongemacht hatten. Jetzt waren die Gardisten gewiss keine hundert Meter entfernt, irgendwo jenseits der letzten Ecke.

Serafin stieg hinter Junipa die Stufen hinauf. Den Rucksack trug er wieder auf dem Rücken, obwohl ihm unwohl dabei war. Ein unglücklicher Sturz, ein Schlag von hinten, und die Phiolen mit der kostbaren Medizin würden zerbrechen. Er bezweifelte, dass Bastet ein zweites Mal so großzügig sein würde.

Allerdings würde sich die Frage gar nicht mehr stellen, wenn die Gardisten sie schnappten. Sie würden Junipa zu Nicodemus bringen und Serafin erschlagen oder einkerkern. Seine Mutter würde endgültig erblinden und wahrscheinlich bald darauf sterben.

Er hörte die Rufe und das Schnaufen der Männer, den Stiefelschlag ihrer Schritte in den Mauerschluchten des Viertels.

»Schneller!« Cagliostra flatterte über dem unteren Steg, unweit der Leiter, die weiter hinauf führte.

Sie schafften es ungesehen bis dorthin, derweil der Lärm ihrer Verfolger näher kam.

Während Serafin noch überlegte, ob sie sich der Leiter anvertrauen sollten – auf ihr wären sie schon von weitem zu sehen –, schwang Junipa sich bereits auf die ersten Sprossen und kletterte nach oben.

»Mut hat sie ja«, sagte Cagliostra widerwillig.

Junipa erreichte den höheren Steg und kroch beiseite, damit Serafin ihr folgen konnte. Die Böden der schmalen Brücken waren mit aufgerautem Holz ausgelegt und boten zumindest nach unten hin einen Sichtschutz. Die seitlichen Geländer hingegen bestanden aus offenem Gitterwerk.

»Leg dich flach hin«, flüsterte Serafin, zog sich über die Kante des Stegs und sah, dass Junipa längst auf dem Bauch lag. Cagliostra flog bis zu einem der Tore, die an beiden Enden des Stegs in die Speicherhäuser führten.

»Sind die abgeschlossen?«, fragte Serafin, während er sich lang ausgestreckt hinlegte.

Cagliostra ließ sich mit einem Poltern auf den schweren Metallgriff fallen, was eher einer Kollision ähnelte. Die Klinke gab nach, und die Tür schwang quietschend nach innen.

Unten am Kanal strömten die ersten Gardisten aus einer Seitengasse und blickten sich in beide Richtungen um. Einer brüllte etwas, das hoffentlich das Knirschen der Speichertür übertönte.

Serafin hatte den Kopf nur wenige Fingerbreit gehoben, um über den Rand des Stegs zu spähen. Nun senkte er ihn rasch und presste eine Wange aufs Holz. Sie befanden sich im zweiten Stockwerk, lagen flach auf dem Übergang und hofften, dass der Blickwinkel der Soldaten von der Gassenmündung aus zu steil war, um sie zu entdecken.

»Kriech weiter«, flüsterte Junipa hinter ihm. »Wir müssen da rein.«

Er war nicht sicher, ob das eine gute Idee war und die Bewegung sie nicht verraten würde. Er konnte die

Soldaten jetzt nicht mehr sehen, hörte aber, dass sie sich aufteilten. Mindestens drei von ihnen würden in Richtung der Treppe laufen; und sie mochten auf die Idee kommen, auch auf den Stegen zu suchen.

Mehr Sorgen bereiteten ihm jedoch jene drei, die kanalabwärts liefen. Je weiter sie sich entfernten, desto größer war die Wahrscheinlichkeit, dass sie bei einem Blick zurück die beiden Gestalten auf dem oberen Steg entdeckten, ungeschützt hinter dem Gittergeländer. Junipa hatte recht, sie mussten schnellstmöglich rüber ins Haus.

Dicht am Boden kroch er vorwärts, schrammte sich Hände und Kinn am Holzboden auf und betete, dass die Flaschen in seinem Rucksack nicht aneinanderstoßen würden. Er brauchte keine zwei Minuten, um die Schwelle des Speicherhauses zu erreichen, aber sie fühlten sich an wie zwei Stunden.

Im Inneren erhob er sich und zog Junipa an beiden Armen in Sicherheit. Von unten drangen die Stimmen der Soldaten herauf. Keine Schritte auf der Eisentreppe oder auf dem Steg im ersten Stock.

Beide lauschten schweigend, bis die Gardisten weitergezogen waren. Trotzdem ließen sie die Tür offen, wegen des Quietschens, aber auch um frühzeitig vor Verfolgern gewarnt zu werden.

»Lass uns noch eine Weile hier warten«, flüsterte er. »Ich will ganz sicher sein, dass keine Verstärkung aufkreuzt, die das ganze Viertel durchkämmt.«

Junipa blickte sich mit ihren Spiegelaugen in der

Dunkelheit des Speichers um. »Alles leer«, sagte sie leise. »Keine Kiste, kein Fass. Sieht das in allen Lagerhäusern so aus?«

»In den meisten. Seit der Wasserspiegel sinkt, löschen viele Kapitäne ihre Ware in den anderen Küstenstädten, und die Händler hier bei uns gehen leer aus.« Er zuckte mit den Achseln. »Es steht nicht allzu gut um Venedig. Vielleicht hat Nicodemus ja recht, wenn er glaubt, nur das verfluchte Glas könne die Stadt retten.«

Sie gingen den gesamten Lagerraum ab, um sich zu vergewissern, dass sich niemand sonst hier oben aufhielt. Er maß rund zwanzig Meter von einem Ende bis zum anderen, die hohen Dachschrägen wurden von dick verstaubtem Gebälk gehalten. Nicht einmal Tauben gab es hier oben, was Serafin gelegen kam, denn Cagliostra hatte die üble Angewohnheit, auch in den ungünstigsten Situationen Vögel aufzuscheuchen.

Schließlich ließen sie sich nahe der Tür nieder und lehnten sich gegen die Wand. Cagliostra machte eine spitze Bemerkung darüber, dass die beiden nun wirklich nicht *so* nah beieinander sitzen müssten, und Serafin tat, als hätte er sie nicht gehört.

»Ich verstehe das noch immer nicht«, sagte er zu Junipa. »Du kannst durch Spiegel gehen, gut und schön. Dahinter liegt die Spiegelwelt, auch das hab ich begriffen. Aber was hat es mit den verschiedenen Versionen von Venedig auf sich? Wie ist so was überhaupt möglich?«

»Ich kann versuchen, es zu erklären«, sagte sie. »Aber

es klingt total verrückt, wenn man vorher nie damit zu tun hatte.«

»Ich bin mit dir vor diesem Kartographen davongelaufen, und jetzt jagt uns die halbe Stadt wegen dem, was du bist oder was du kannst oder weiß der Teufel warum. Sieht also aus, als hätte ich mittlerweile eine ziemliche Menge damit zu tun.«

»So hab ich das nicht gemeint. Ich weiß, dass ich dir eine Erklärung schulde. Ich warne dich nur, dass du mir wahrscheinlich nicht glauben wirst.«

»Probier's aus.«

Sie streckte ihre Beine aus und schlug sie über Kreuz. Cagliostra glitt von einem der Dachbalken herab, landete vor den beiden und begann, ihre Pfoten zu putzen. Ihre Neugier schien ihre Eifersucht zu übertreffen.

»Hast du früher schon mal von den Manifestierten Städten gehört?«, fragte Junipa.

Serafin schüttelte den Kopf.

»Das sind Städte, über die sich die Menschen viele Geschichten erzählen. So viele, dass die verschiedenen Versionen irgendwann ein Eigenleben entwickelt haben. Meist sind es Städte, von denen die Leute überall auf der Welt sprechen, weil jeder ein Bild davon im Kopf hat, auch wenn er selbst nie dort gewesen ist. Venedig ist so eine Stadt und Rom. London, natürlich. Marrakesch. Peking. Alles in allem gibt es nicht mehr als eine Handvoll.«

»Und jede dieser … Manifestierten Städte existiert mehr als einmal?«

»Dutzendfach, vielleicht hundertfach oder sogar noch öfter«, sagte Junipa. »Es hängt davon ab, wie viele Geschichten sich die Menschen darüber erzählen und wie klar die Vorstellung ist, die die Leute davon haben. Über Venedig gibt es so viele Legenden, Märchen, dann all die Bücher … Nicht jede dieser Versionen manifestiert sich und wird real, aber doch sehr viele.«

Serafin sah sie von der Seite an. Ihr hellblondes Haar war zerzaust, und in ihren Augen spiegelte sich die Düsternis des Speichers. Er hätte sie seltsam finden müssen, unheimlich sogar, doch tatsächlich hatte er nur das Bedürfnis, sie zu beschützen. Vor Nicodemus, der Garde, möglicherweise vor ihren eigenen Plänen. Er fragte sich, was sie und diese Merle eigentlich vorhatten.

»Manchmal kommt es vor, dass eine Manifestierte Stadt in Vergessenheit gerät«, fuhr sie fort. »Eine Stadt, über die jahrhundertelang gesprochen worden ist, verliert plötzlich an Bedeutung und verblasst in den Gedanken der Menschen. Eldorado, zum Beispiel. Oder Karthago und Vineta. Ich musste selbst in Büchern nachlesen, was das für Orte waren und warum sie einmal weltbekannt waren und heute kaum noch jemand an sie denkt. Wenn das mit einer Stadt passiert, dann stürzen nach und nach alle ihre Manifestationen zu einer einzigen zusammen – sie werden dann zu einer Schattenstadt, finsteren Ruinen unter einem ewig dunklen Himmel. Irgendwo existieren sie noch immer, heißt es, aber dort lebt nichts mehr. Nur die Schatten der alten Geschichten gehen dort um wie Gespenster.«

Serafin versuchte, sich das alles auszumalen; es gelang ihm nur leidlich. Er hatte Geschichten immer gemocht, hörte gern den alten Männern in den Trattorien zu, wenn sie davon berichteten, wie sie als Matrosen um die Welt gesegelt waren oder Abenteuer auf dem Landweg in den Orient erlebt hatten. Vieles waren Erfindungen und Übertreibungen, gewiss, aber das hatte ihn nie gekümmert. Fasziniert lauschte er den Erzählungen der Händler und Seefahrer, und manches Mal wünschte er sich, dass dabei der Name seines Vaters fiele. Dass irgendwer ihm auf hoher See oder in exotischen Häfen begegnet wäre. Ihm und dem Schiff, auf dem er Serafin eines Tages mit auf seine Reisen nehmen wollte, so wie er es versprochen hatte, damals, als Serafin ein Kind gewesen war, gutgläubig, naiv und mit roten Ohren, wenn der große Kapitän das Wort an ihn gerichtet hatte. Dass Serafin noch immer nach der Windklinge Ausschau hielt, obwohl er doch insgeheim wusste, dass sie nur eine Legende war, ließ ihn manchmal an sich selbst zweifeln. Und dann und wann dachte er, dass er die Abenteuer, von denen er immer geträumt hatte, in Wirklichkeit längst erlebte und dass sein Vater genau das im Sinn gehabt hatte, als er ihm den sinnlosen Auftrag gegeben hatte, einem Mythos nachzujagen.

»Alles in Ordnung?«, fragte Junipa.

Er blinzelte kurz und sah in ihre Spiegelaugen, silbrig wie die Lagune im Mondschein. Hatte er sie anfangs wirklich als kalt und fremdartig empfunden? Jetzt kam es ihm vor, als hätte er niemals schönere Augen gesehen.

»Was ist mit der Welt rund um die Städte?«, fragte er. »Wenn jemand mit einem Schiff nach, sagen wir, Amerika aufbricht oder nach Indien. Verlässt er dann die Manifestierte Stadt?«

»Gute Frage«, erwiderte sie, »und ich bin nicht sicher, ob ich die Antwort darauf kenne. Es ist wohl so, dass jede Manifestierte Stadt das Zentrum ihrer Welt bildet und alles andere rundum seltsam vage bleibt und diffus.«

»Das verstehe ich nicht.«

»In meinem Venedig«, sagte sie, »konnte man oft das Gefühl bekommen, dass kaum etwas anderes existiert. Man erzählte sich von Ägypten und von der« – sie stutzte kaum merklich –, »von einem Ort im Inneren der Erde. Beides hab ich selbst gesehen. Aber ob drum herum wirklich noch etwas anderes existiert hat? Ich weiß es nicht. Hat es wirklich Russland gegeben und Afrika und China? Ich hatte Freunde, die dorthin aufgebrochen sind. Aber ob sie diese Orte jemals gefunden haben … wer weiß.«

Bis zur Beschreibung der Schattenstädte hatte er ihr folgen können, aber jetzt verstand er die Erklärung nicht mehr. »Mein Vater ist Kapitän«, sagte er. »Und er ist mit seinem Schiff um die halbe Welt gefahren. All die Orte, die er gesehen hat, existieren wirklich.«

»Hast du sie denn auch gesehen?«

»Nein, aber –«

»Er hat dir nur davon erzählt?«

Aufgeregt schnappte er nach Luft. »Aber das macht sie doch nicht weniger real!«

»Für dich schon. Weil sie nur in deiner Phantasie existieren. Jedenfalls bis du selbst dort gewesen bist.«

»Als ich klein war, hat er versprochen, mich eines Tages mitzunehmen.«

»Und, hat er es getan?«

Wie konnte sie so zielsicher fragen, ohne seine Geschichte zu kennen? »Nein«, antwortete er nach kurzer Pause. »Mein Vater ist nicht mehr nach Hause gekommen.«

Junipa nickte. »Genau wie Merles Vater. Deshalb suchen wir nach ihm. Er ist zu einer Reise in die Spiegelwelt und zu den anderen Manifestationen Venedigs aufgebrochen. Er hat seine Frau und seine Tochter im Stich gelassen und ist verschwunden.«

Serafin wusste, wie sich das anfühlte, aber ein Teil von ihm wollte widersprechen. Sein Vater hatte sich nicht sang- und klanglos aus dem Staub gemacht. Die Seefahrt war sein Beruf gewesen, er hatte das alles auch für Serafin und seine Mutter auf sich genommen, nicht aus Egoismus oder Draufgängertum.

Aber, wisperte eine innere Stimme, warum ist er dann nicht heimgekehrt? Warum hat niemand vom Untergang seines Schiffes gehört oder irgendeinem anderen Unglück?

Es tat weh, darüber nachzudenken, auch nach all den Jahren. Er würde seinen Vater nie wiedersehen. Vielleicht, weil dem ehrenwerten Kapitän etwas zugestoßen war. Oder aber er lebte in einem fernen Winkel der Welt mit einer neuen Familie, war glücklicher als hier in Venedig und verschwendete keinen Gedanken an jene, die er zurückgelassen hatte. Vorausgesetzt, die Welt da draußen existierte wirklich und war nicht nur ein vages Etwas, das alle verschlang, die sich aufmachten, um es zu erforschen. Wenn Junipa recht hatte und die Welt immer mehr verblasste, je weiter man sich von Venedig entfernte, dann gab es keine Alternative zum Hierbleiben. Es sei denn, man nahm den Weg durch die Spiegelwelt und erkundete die anderen Manifestationen. So wie es Merles Vater getan hatte.

Ohne dass Serafin ihr oder ihm je begegnet war, begann er das mögliche Motiv dieses Mannes zu begreifen. Eines Fremden, der ihm mit einem Mal so fremd nicht mehr war. Ob es Junipa genauso erging? Nahm sie es deshalb mit Gefahren wie den Kartographen auf, um nach Merles Vater zu suchen? Weil sie alle in dem Augenblick, in dem sie mehr über ihre Welt erfuhren, auch *ihn* ein wenig besser verstanden?

»Weißt du das alles von ihm?«, fragte er. »Von Merles Vater?«

Für einen Moment klang sie misstrauisch. »Wie kommst du darauf?«

»Ich hab dir zugehört«, sagte er. »Und von irgendwem müsst ihr all das ja erfahren haben.«

Sie schien kurz nachzudenken. »Im dritten Venedig sind wir auf seine Spur gestoßen, und im vierten auf seine Aufzeichnungen. Er hatte dort mehrere Wochen in einer winzigen Dachkammer gelebt und begonnen, seine Erkenntnisse über die Manifestierten Städte, die

Spiegelwelt und all die Wege hindurch niederzuschreiben. Vor was auch immer er sich dort versteckt hatte, es muss ihn aufgespürt haben. Offenbar war er Hals über Kopf aufgebrochen und hat die meisten seiner Sachen zurücklassen müssen. Merle und ich haben seine Aufzeichnungen gefunden und gelesen.« Ihr gläserner Spiegelblick verschleierte sich für einen Moment. »Und dann haben wir angefangen, in Venedigs Bibliotheken zu forschen, erst in Büchern, auf die er sich bezogen hat, irgendwann auch in welchen, die wir selbst entdeckt haben.«

»Das klingt fast, als hätte es Spaß gemacht.«

»Als das alles begonnen hat, waren wir Lehrlinge in der Werkstatt eines Zauberspiegelmachers, und das Leben dort war ziemlich weit entfernt vom Herumstöbern in alten Büchern. Bis dahin hab ich nicht gewusst, wie spannend es sein kann, neue Dinge zu erfahren. Wenn du etwas liest, und plötzlich steht deine ganze Welt auf dem Kopf.« Mit verschmitztem Grinsen fügte sie hinzu: »Oder *alle* Welten, durch die du gereist bist.«

Er konnte nicht aufhören, ihr Gesicht anzusehen, und obwohl er genau zuhörte, was sie sagte, faszinierte ihn vor allem ihr Mienenspiel. Dieses Leuchten bei ihren letzten Worten, dieses Brennen für etwas, das die meisten Menschen beängstigend gefunden hätten. Junipa schien diese rätselhaften Dinge aufzusaugen, und darüber war sie selbst zu einem Geheimnis geworden.

»In der Mitte von allem«, fuhr sie fort, »liegt das Herz der Stadt. Im Kern *aller* Manifestierten Städte. Das ist es, wonach wir suchen, weil wir glauben, dass Merles Vater dorthin unterwegs war.«

»Was für ein Ort soll das sein?«, fragte er.

Sie suchte kurz nach dem richtigen Vergleich. »Stell dir vor, du wirfst einen Stein in einen stillen Kanal. Dann entstehen Wasserringe.«

Er nickte.

»Wenn jeder dieser Ringe die Manifestation einer Stadt wäre, dann wäre die Stelle, in die der Stein geplumpst ist, das Herz der Stadt. Das Herz gibt es nur ein einziges Mal, egal wie viele Ringe rundum entstehen. Die Ringe entfernen sich vom Zentrum, sind anfangs ganz deutlich zu sehen, wandern nach außen und verebben irgendwann. Je weiter eine Manifestation sich vom Herzen entfernt, desto blasser wird sie. Und wenn irgendwann gar keine neuen Ringe, keine neuen Manifestationen mehr entstehen, weil die Leute die Stadt vergessen haben, dann –«

»Wird sie zur Schattenstadt«, unterbrach er sie mit einem nervösen Lächeln. »So viel hab ich verstanden.«

»So lange die Stadt aber in der Erinnerung der Menschen wach bleibt, so lange wird sie in ihren Manifestationen weiterexistieren. Theoretisch könnte es Venedig also ewig geben, selbst wenn das eine oder andere längst in der Lagune versunken oder abgebrannt oder sonst wie ausgelöscht worden wäre.«

»Und ihr denkt, Merles Vater –«

»Steven Burbridge«, sagte sie.

»Dieser Burbridge hat einen Weg ins Herz der Stadt

gefunden, in *Venedigs* Herz der Stadt? Aus reiner Neugier oder Forscherdrang oder warum auch immer?«

»Ja«, sagte Junipa. »Jedenfalls war er auf der Suche danach. Und er hatte schon eine Menge herausgefunden, ehe wir auf sein Versteck gestoßen sind. Gut möglich, dass er mittlerweile am Ziel ist.«

»Oder ihm ist was passiert.«

»Auch das ist denkbar. Merle ist sich darüber im Klaren.«

»Ich verstehe ja, warum *sie* nach ihm sucht«, sagte Serafin. »Aber warum hilfst du ihr? Ich meine … es ist nicht nur, dass all diese Dinge dich faszinieren, oder? Die Reise oder das Abenteuer?«

Sie schüttelte den Kopf. »Ich brauche keine Abenteuer. Und wenn ich irgendwann nicht mehr durch Spiegel gehen könnte, wäre ich bestimmt nicht traurig darüber. Aber vorher will ich die Wahrheit erfahren. Auf dem *Weg* dorthin könnte ich auf einiges verzichten, auf die Bedrohungen, die Kartographen, all das … Aber was am Ende von alldem liegt, das will ich sehen. Und dann« – plötzlich lachte sie hell auf –, »dann hätte ich gern einfach nur noch Ruhe und Frieden bis an mein Lebensende.« Sie senkte den Blick, sah rasch wieder auf, und diesmal wirkte sie herausfordernd. »Findest du das langweilig?«

Er erwiderte ihr Lächeln und berührte vorsichtig mit den Fingerspitzen ihre Hand. »Überhaupt nicht. Du tust das alles aus Freundschaft, oder? Was du gerade gesagt hast, über das Ziel und das Wissen, das ist alles wahr. Aber vor allem tust du es, weil Merle deine Freundin ist.«

»Ja«, sagte sie und zog sanft ihre Hand von seiner fort, »weil Merle meine beste Freundin ist und ich sie nie im Leben hintergehen könnte.«

Cagliostra schnurrte zufrieden, rollte sich zusammen und schlief ein.

13

Nach der Begegnung mit dem Maskenschwarm brauchte Merle fast zwei Stunden, um den Kanal der Ausgestoßenen zu erreichen.

Unterwegs stahl sie von den Marktständen auf einer Piazzetta eine Tomate und ein Brot. Sie hatte ein schlechtes Gewissen, weil das Angebot der Händler so karg war und diese Leute es vermutlich schwer genug hatten, mit so wenig Ware ihren Lebensunterhalt zu bestreiten. Dass es den Menschen in diesem Venedig nicht gutging, war offensichtlich. Sie sah eine Menge Armut und zu viele Gardisten, die an den Straßenecken standen oder durch die schattigen Gassen patrouillierten. Augenscheinlich hatten sie den Befehl, nach jemandem Ausschau zu halten, und Merle wusste sich nicht anders zu helfen, als von einem Karren einen groben Kapuzenüberwurf zu stehlen. Sie trug noch immer die feuchte Leinenhose und den Wollpullover, und das wenige Geld, das sie bei sich gehabt hatte, war ihr von den Glasbrennern abgenommen worden.

Sie musste einen großen Umweg in Kauf nehmen, um die dichter bevölkerten Gassen zu meiden und mögliche Verfolger abzuschütteln. Als sie ihr Ziel endlich erreichte, argwöhnte sie noch immer, dass sie beobachtet wurde. Sie schob es auf ihr angeborenes Misstrauen.

Der Kanal der Ausgestoßenen war einmal ihr Zuhause gewesen, und sie verband viele schöne Erinnerungen damit, auch wenn er weder in ihrem Venedig noch in diesem hier allzu heimelig wirkte. Es handelte sich um den toten Seitenarm eines wenig benutzten Wasserwegs, genauer: um den Seitenarm eines Seitenarms. Die Häuser zu beiden Seiten standen leer, Fenster und Türen waren entweder mit Brettern verbarrikadiert oder aufgebrochen worden. Zu Hause hatte er ähnlich trist ausgesehen, aber dort waren die beiden letzten Gebäude bewohnt gewesen: Auf der linken Seite hatte die Weberei des Umberto gelegen, auf der rechten die Zauberspiegelwerkstatt Arcimboldos. Serafin – *ihr* Serafin – war einer von Umbertos Lehrlingen gewesen, nachdem er seine Laufbahn als jüngster Meisterdieb der Stadt an den Nagel gehängt hatte. Sie und Junipa wiederum waren von Arcimboldo aufgenommen worden.

An diesem Kanal waren sie alle einander zum ersten Mal begegnet: Merle, Junipa, Serafin und Unke. Merle wurde wehmütig, als sie die beiden verfallenen Häuser am Ende des Kanals entdeckte, die jenen glichen, in denen Arcimboldo und Umberto ihre Werkstätten unterhalten hatten. In diesem Venedig standen sie augenscheinlich seit vielen Jahren leer.

Sie zog sich die Kapuze tiefer ins Gesicht, während sie sich dem Haus auf der rechten Seite näherte. Das Wasser im Kanal war fast spiegelglatt. Feine Nebelschwaden hingen über der Oberfläche, als wären sie mit einem Pinsel auf schwarzes Glas gemalt worden. In einem der

Häuser rechts von ihr raschelte etwas. Womöglich eine Katze auf der Jagd nach Ratten.

Schließlich stand sie vor dem Portal, durch das sie einst in ein neues Leben getreten war. Die Tür sah kaum anders aus, nur das Schild mit Arcimboldos Namen über dem Eingang fehlte. Vor langer Zeit hatte jemand alle Fenster mit Holzplatten zugenagelt, aber im ersten Stock waren zwei von innen herausgeschlagen worden. Sie lagen verrottet auf dem schmalen Gehweg.

Damals war Merle von einer Gondel hergebracht und von Unke erwartet worden. Heute hingegen empfing sie nur Stille, so als hielte der Kanal der Ausgestoßenen den Atem an, weil eine Fremde sich in dieses Reich der verlassenen Räume und verschimmelten Wände verirrt hatte.

Die Haustür war nur angelehnt, und als Merle mit dem Finger dagegenstupste, schwang das Holz knirschend nach innen. Dahinter lag ein dunkler Gang, in dem sie gerade so die Treppe zu den oberen Etagen erkennen konnte.

Kurz erwog sie, sich mit einem der verfaulten Bretter zu bewaffnen, aber sie würde sich nur schmutzige Splitter in die Hand rammen, wenn sie damit zuschlug, darum ließ sie es bleiben. Nach einem letzten, vorsichtigen Blick den Kanal hinunter betrat sie das Haus, das ihr so schmerzhaft bekannt vorkam und doch irritierend fremd wirkte. Ganze Welten lagen zwischen dieser Ruine und Arcimboldos Werkstatt.

Im Haus roch es nach feuchtem Mauerwerk und

Rattennestern, von oben wehte ein scharfer Luftzug herab. Vielleicht war das Dach eingestürzt oder voller Löcher. Sie ließ die Tür etwas weiter offen, als sie sie vorgefunden hatte, damit Licht hereinfiel, um Hindernisse oder Löcher im Boden zu sehen.

»Junipa?« Sie flüsterte den Namen ihrer Freundin die Treppe hinauf.

Irgendwo flatterte ein Vogel.

»Junipa? Bist du hier?«

Als keine Antwort kam, entschied sie, dem Gang weiter ins Gebäude zu folgen. Obwohl sie wusste, dass dies nicht das Haus war, das sie kannte, zog es sie zu den Räumen, in denen Arcimboldo seine Zauberspiegel hergestellt hatte.

Draußen erklang wildes Geschrei.

Ein Schwarm Gänse, der über das Viertel hinwegzog.

Für Sekunden war ihr der Schrecken so tief in die Knochen gefahren, dass sie tief durchatmen musste, um sich zu beruhigen. Sie riss sich den muffigen Kapuzenumhang herunter. Wann hatte sie zuletzt geschlafen? Sie war stundenlang bewusstlos gewesen, und sie redete sich ein, dass das reichen musste, aber natürlich wusste sie es besser. Irgendwann würde ihr Körper Ruhe einfordern, und sie fragte sich, ob sie deshalb innerlich so zittrig war.

Es wurde dunkler, je weiter sie sich vom Eingang entfernte. Das Gebäude war tiefer, als es von außen den Anschein hatte. Offene Türen führten in leere Räume, durch deren Fenster kein Tageslicht fiel. Bis sie schließlich die hohe Doppeltür erreichte, hinter der in ihrem Venedig das Reich des Zauberspiegelmachers gelegen hatte, war sie ein gutes Stück durch völlige Finsternis getapst.

Die Tür war geschlossen. Das machte sie stutzig.

Behutsam legte sie ihre Hand auf die Klinke, spürte das eiskalte Metall und schauderte.

Von der anderen Seite wurde die Tür mit einem Ruck nach innen aufgerissen. Im Schein einer Kerze funkelte ein Messer.

Der angriffslustige Schrei einer Katze ertönte, verwirrenderweise von der Decke herab, und im nächsten Augenblick schoss etwas von dort oben auf sie zu, das an einen geschrumpften Steinlöwen erinnerte, Vermithrax im Angriffsflug, nur kleiner. Sehr viel kleiner.

»Cagliostra!«, rief eine Stimme, die sie unter Hunderten erkannt hätte.

Fell und Federn streiften ihr Gesicht und zuletzt eine einzelne Kralle, die vielleicht aus Versehen, vielleicht auch mit Heimtücke einen Kratzer über ihre Stirn zog. Genau über ihr versuchte das fliegende Katzending einen Haken zu schlagen, prallte gegen den Türrahmen und maunzte erschrocken auf. Dann taumelte es zurück in den Raum und schien im Kerzenlicht rotgolden aufzuglühen.

Für einen Augenblick war Merle so perplex von der Attacke, dass sie nur dastehen und die geflügelte Katze anstarren konnte. Dann stürmte ihr gleich noch jemand entgegen, und im nächsten Augenblick umarmten sie und Junipa einander so fest, dass sie kaum sprechen, geschweige denn einen klaren Gedanken fassen konnte.

»Die haben dich einfach mitgenommen!«, stammelte Junipa. »Als ich wach wurde, da warst du weg, und … und …«

Merle lachte vor Erleichterung und hörte sich etwas von Befreiung und Meerjungfrauen und gestohlenen Tomaten plappern, dann drückte sie ihre Freundin noch fester an sich und blickte irgendwann über Junipas Schulter tiefer in den Raum.

Die Messerklinge war verschwunden, der dunkle Umriss stand einige Meter entfernt und beobachtete schweigend das Treiben unter dem Türrahmen. Die goldene Katze signalisierte ihren Besitzanspruch, indem sie sich an seiner Wade rieb und einen beeindruckenden Buckel machte.

»Nicht erschrecken«, sagte Junipa leise, als sie sich mit einem Aufatmen von Merle löste und einen Schritt zur Seite machte. »Das ist –«

»Serafin. Ich weiß.«

Er löste sich aus der Dunkelheit und trat in den flackernden Flammenschein.

»Er hat die Kerze mit einem Fingerschnippen angezündet.« Junipa klang, als suchte sie bemüht nach *irgendetwas*, das sie sagen könnte, nur damit kein unangenehmes Schweigen zwischen ihnen allen entstand. »Er macht Licht, indem er es *will*. Verrückt, oder?«

»Ich bin Serafin.« Er streckte Merle seine Hand entgegen.

Sie ergriff sie und kam sich dabei vor wie eingefroren. Zugleich musste sie sich klarmachen, dass nicht *er* es war. Nur jemand, der genauso aussah. Und genauso klang. Und der wahrscheinlich sogar roch wie der erste Mensch, den sie jemals geliebt hatte.

»Merle«, sagte sie mit belegter Stimme und so steif, wie ihre Glieder sich anfühlten. »Danke, dass du Junipa geholfen hast.« Herrje.

Er zeigte ein Lächeln, das sie schaudern ließ, weil es so durch und durch *sein* Lächeln war. »Junipa braucht keine Hilfe, glaube ich. Eigentlich hat sie *mir* das Leben gerettet.«

»Du mir aber auch«, sagte Junipa hastig.

Merle blickte von ihr zu ihm und wieder zurück. »Ich bin so … froh«, hörte sie sich sagen, und *natürlich* war sie froh, aber da war auch noch etwas anderes, das sie nicht erklären und nicht benennen und auch nicht verdrängen konnte. »Ich …«, begann sie, holte tief Luft und deutete dann eine Spur zu schnell an Serafin vorbei auf die geflügelte Katze. »Ich frage mich, wer das ist.«

»Cagliostra«, sagte die Katze griesgrämig. »Ich bin auch froh. Das sieht man mir an, will ich hoffen. Ich lächle dümmlich. Und bin ganz rot geworden. Genau wie ihr.«

»Sie redet«, stellte Merle fest, dankbar für die Ablenkung.

Serafin wollte etwas sagen, aber wieder kam ihm die Katze zuvor: »Ich rede. Ich fliege. Ich bin golden und stubenrein. Ich bin ein Glücksgriff für jeden Tierfreund und bringe viel Freude ins traute Heim.«

»Sie ist schwierig«, flüsterte Junipa.

»Meistens redet sie nur in meinen Gedanken«, erklärte Serafin. »Sie muss euch sehr, na ja, mögen, dass sie direkt mit euch spricht.«

Merle versuchte zu lächeln. Sie redeten über eine Katze. Sie redeten *mit* einer Katze.

Und Serafin war so sehr Serafin, dass es schmerzte.

14

Diese Merle ist sonderbar, dachte Serafin.

Er fand sie distanziert und auf eine Weise verunsichert, die ihn überraschte. Junipa hatte nicht viel von ihr erzählt, aber das wenige hatte ihm den Eindruck vermittelt, dass ihre Freundin mit allen Wassern gewaschen war. Stattdessen kam Merle ihm angespannt und fahrig vor, und er fragte sich besorgt, was Nicodemus' Glasbrenner ihr angetan hatten.

Er warf Junipa einen kurzen Seitenblick zu, und auch sie hatte sich in den letzten paar Minuten verändert. Nervös lächelnd wippte sie von einem Fuß auf den anderen. Irgendetwas Unausgesprochenes hing zwischen den beiden im Raum.

»Ihr habt bestimmt eine Menge zu bereden«, sagte er, als sich die Situation immer befremdlicher anfühlte. »Ich geh mal hoch aufs Dach und schau mich um nach –«

»Nein«, unterbrach ihn Merle, »lass mich das machen. Ich brauch ein bisschen frische Luft, glaube ich.«

War sie nicht gerade erst durch halb Venedig gelaufen? Er zuckte mit den Achseln und nickte, nachdem ihn ein weiterer Seitenblick in Junipas Spiegelaugen nicht weiterbrachte. »Die oberen Etagen sind verlassen, wir haben uns schon umgesehen. Die Treppe führt hoch bis zum Speicher, da gibt es dann eine Leiter raus aufs Dach.«

»Ich weiß«, sagte Merle. »Danke.«

»Cagliostra begleitet dich.« Serafin gab der Katze einen Wink und versuchte, dabei so entschieden wie möglich auszusehen.

»Sonst geht's dir gut?«, fragte die Katze in seinen Gedanken.

Zeig ihr den Weg, bat er stumm.

»Sie kennt den Weg!«

Dann beschützt du sie eben.

»Du hast gerade gesagt, dass da oben keiner ist.«

Jetzt vielleicht schon.

»Sie kann selbst auf sich aufpassen.«

Merle warf einen Blick auf die feindselige Miene der Katze. »Ich schaffe das schon alleine.«

»Nein, Cagliostra kann mitgehen. Sie liebt Dächer.«

»Sie liebt Dächer«, äffte Cagliostra ihn nach, und ihr Buckel wurde noch eine Handbreit höher.

»Nun mach schon«, sagte Serafin.

Mit einem giftigen Fauchen hob sie ab und flog zur Tür hinaus. Merle wechselte einen Blick mit Junipa, dann ging sie der Katze hinterher. Eine Spur zu schnell, fand Serafin, als wäre sie vor etwas auf der Flucht. Plötzlich fragte er sich, ob sie verfolgt wurde. Ob jeden Moment die Garde hier auftauchen würde. Er hoffte, dass sie wirklich so erfahren und geschickt in diesen Dingen war, wie Junipa behauptet hatte.

Nachdem Merles Schritte auf dem Korridor verklungen waren, fragte er: »Was war denn los mit ihr?«

»Nichts«, antwortete Junipa. »Was soll los sein?«

»Komm schon. Sie braucht keine frische Luft. Davon hatte sie heute schon jede Menge.«

Junipa wich ihm aus. »Sie will halt mal allein sein.«

»Sie ist doch gerade erst allein hier reingekommen!«

»Sie wird ihre Gründe haben.«

Er nahm ihre Hand. »Es ist wegen mir, oder? Sie konnte mir ja kaum in die Augen schauen.«

»Das bildest du dir ein.«

»Sie hat mich angesehen, als ob sie mich kennt.«

»Gerade hast du dich beschwert, dass sie dich *nicht* angesehen hat.«

Ärger stieg in ihm auf. »Verkauf mich bitte nicht für dumm. Deine Freundin hat mich gerade eben nicht zum ersten Mal gesehen.« Dann sprach er etwas aus, das verrückt klang und ihm doch schon die ganze Zeit über durch den Kopf ging: »In diesen Manifestierten Städten, in all diesen Versionen von Venedig, in denen ihr wart – da stehen nicht nur die gleichen Häuser, oder?« Er gab ihr kurz die Gelegenheit zu einer Antwort und fragte dann: »Leben da auch die gleichen Menschen?«

Junipa zögerte nur für die Dauer eines Atemzugs, aber da wusste er schon, dass er ins Schwarze getroffen hatte. »So ungefähr, ja.«

»Also hab ich da so was wie … einen Zwillingsbruder?«

Als sie den Kopf schüttelte, sah sie bedrückt aus. »Zwischen Zwillingen gibt es kleine Unterschiede. Zwischen dir und dem anderen Serafin nicht.«

»Dem anderen Serafin.« Ein paar Sekunden lang musste er das verarbeiten.

»Vier«, sagte Junipa.

»Was?«

»Vier andere. So vielen sind wir begegnet. Du bist der fünfte.«

Er stieß einen Fluch aus und ließ ihre Hand los. »Davon hast du kein Wort gesagt!«

»Was hätte das geändert?«

Er war selbst nicht sicher, woher seine plötzliche Wut kam, und redete sich ein, dass es an der Situation lag und an seiner Ungeduld, endlich alles zu erfahren. Aber er war wütend, und dass er den Grund nicht angemessen in Worte fassen konnte, machte es noch schlimmer. »Ich weiß nicht … ich …« Er hielt inne, warf resignierend die Hände in die Höhe und begann aufgebracht, im Raum auf und ab zu gehen. »Wie waren sie, die anderen?«

»Ganz ehrlich?«

Er verzichtete auf eine Antwort, funkelte sie nur zornig an.

Junipa seufzte. »Einer war ein ziemlicher Kotzbrocken. Zwei waren … ich weiß nicht, wir haben kaum mit ihnen gesprochen. Einer von denen wollte nichts mit uns zu tun haben, der andere war einfach höflich und ist wieder verschwunden.« Sie lächelte kurz, aber es wirkte nicht besonders fröhlich. »Und einer … der erste … Er und Merle …«

Endlich begriff er. »Sie war in ihn *verliebt*?«

»Mehr als das«, sagte sie ernst. »Es war für beide etwas

wirklich Besonderes. Und dann … ist er für sie gestorben.«

Er blieb stehen. »Er ist tot?«

Nun klang sie ebenfalls gereizt, und so ganz konnte er es ihr nicht verdenken. »Ja, Serafin«, sagte sie betont, »so ist das wohl, wenn man stirbt! Dann ist man tot! Und deshalb war Merle so, wie sie eben war, als sie hier reingekommen ist und dich gesehen hat.« Sie stemmte die Hände in die Hüften. »Sonst noch was, das dir an ihr nicht passt?«

Er biss sich auf die Lippe, dann fragte er leise: »Und du hast ihn auch gut gekannt?«

»Nicht so gut wie Merle ihn kannte, wenn es das ist, was du meinst.«

»Nein, ich meine, wart ihr Freunde?«

Das schien sie kurz zum Grübeln zu bringen. »Freunde … Ja, vielleicht. Eigentlich hab ich ihn gar nicht *richtig* gekannt. Oder, gekannt schon, aber nicht … Es ging alles so schnell, und dann wurden wir getrennt, und ich hab ihn erst kurz vor seinem Tod wiedergesehen.« Sie holte tief Luft, offenbar war sie noch nicht fertig. »Und bevor du fragst: Als ich gesagt habe, ich würde Merle niemals hintergehen, da hab ich daran gedacht, wie es wohl für sie wäre, wenn sie sehen könnte, dass du meine Hand hältst.« Er wollte etwas entgegnen, aber sie sprach weiter: »Und, verdammt, ich weiß, dass das nicht *vernünftig* ist!« Sie winkte mit einer Geste ab. »Am besten ist, wir vergessen das Ganze einfach.«

Eine Weile lang sahen sie sich schweigend an, so als wollte keiner der Erste sein, der den Blick abwandte. Dann räusperte er sich und musste zweimal ansetzen, ehe seine Stimme so klang wie sonst. »Wann ist er gestorben? Und wie?«

»Vor ziemlich genau zwei Jahren.« Sie schien erleichtert, über etwas reden zu können, das mit unumstößlichen Tatsachen zu tun hatte, nicht mit ihren Gefühlen. »Er hat sich geopfert. Für Merle, aber eigentlich auch für uns andere. Es hatte mit Sekhmet zu tun, der Fließenden Königin.«

Und dann erzählte sie ihm die Geschichte ihres Venedigs, das von Horuspriestern und Mumienkriegern belagert worden war, erzählte von der Macht der Fließenden Königin, die sie alle beschützt hatte, bis Verräter sie an die Ägypter verkauft hatten. Sie sprach davon, wie die Königin von Merle und dem anderen Serafin gerettet worden war und sie in Merles Körper gefahren war. Und wie es sie alle schließlich ins Eiserne Auge verschlagen hatte, in die Festung ihrer Gegner in Ägypten, wo Serafin der Königin gestattet hatte, seine Lebenskraft anstelle von Merles aufzuzehren, um wieder zur Löwengöttin zu werden und ihren Sohn, den schrecklichen Götzen der Sphinxe, ein für alle Mal zu vernichten.

Junipa sprach ruhig und wohlüberlegt, so als hätte sie sich die Worte schon vor einer Weile in Gedanken zurechtgelegt. Serafin beobachtete sie dabei, ihre Mimik und ihre Gesten, und allmählich begann er in ihren scheinbar reglosen Spiegelaugen Emotionen zu erkennen, ein Aufblitzen und Funkeln, und er dachte, dass er nie etwas Faszinierenderes gesehen hatte als die Art und Weise, wie diese Augen in die Welt blickten, als würden sie nicht nur die Dunkelheit, sondern das Gewebe der Wirklichkeit selbst durchdringen.

Nachdem sie geendet hatte, atmete sie tief durch und sah kurz zur Tür. Vielleicht fürchtete sie, Merle könnte alles mit angehört und eine andere Sicht der Dinge haben. Doch draußen war niemand, sie beide standen allein in dem großen, kühlen Raum am Ende des Korridors.

»Ich glaube«, sagte er nach kurzem Überlegen, »ich habe gespürt, als er gestorben ist.«

Er hatte befürchtet, dass sie das als Einbildung abtun würde. Doch weder belächelte sie ihn noch winkte sie ab. Stattdessen weiteten sich ihre Augen ein wenig, und da war wieder dieses Aufblitzen, als würde sie etwas in ihm erkennen, von dem er selbst nichts wusste.

»Vor zwei Jahren«, fuhr er fort, »hatte ich so eine Art Traum. Nicht im Schlaf, nicht dieses wirre Zeug, das man eben träumt. Ich war wach, und plötzlich war da dieses Gefühl, als würde mir eine Hand mitten in die Brust greifen und meinen Herzschlag anhalten. So wie man das Pendel einer Uhr festhält. Ein, zwei Minuten lang war ich sicher, dass ich sterben würde, einfach so, auf der Stelle. Das war ein Gefühl« – er suchte nach dem richtigen Ausdruck und hatte einmal mehr die Sorge, sich lächerlich zu machen –, »ein Gefühl von

Vernichtung. Als würde ich aus dem Nichts heraus … einfach ausgelöscht.«

Über Junipas Nasenwurzel war eine winzige Falte erschienen, aber sie zog seine Worte nicht in Zweifel. Das verlieh ihm den Mut weiterzusprechen.

»Ich hab so was niemals vorher und auch nicht danach erlebt. Diese Gewissheit, dass dies das Ende ist. Nicht wie irgendeine Vorahnung oder Angst. Verstehst du, ich *wusste*, dass ich in diesem Augenblick sterben würde.« Er senkte den Blick und sah auf den schmutzigen Boden, übersät mit abgefallenem Putz und vergilbten Tapetenfetzen, die aus anderen Teilen des Hauses herbeigeweht waren. »Und dann war es einfach vorbei, so plötzlich, wie es begonnen hatte. Aber vergessen hab ich es nie – und wie auch? Das Gefühl ist wie eingebrannt, irgendwo hier drinnen, als wäre da so was wie ein Zeichen geblieben, eine Art … Mal.«

»Eine Narbe vom Tod eines anderen«, flüsterte Junipa, und das traf es genau. Er hatte eine Narbe davongetragen, so als wäre es eben doch sein eigener Tod gewesen, von dem er innerhalb eines Augenblicks wieder *geheilt* worden war.

Er hatte nie mit jemandem darüber gesprochen, weil es sich anhörte wie das Gerede eines Verrückten. Vernichtungsgefühle, Gewissheit eines Endes, das ganz offensichtlich nicht eingetreten war – er wusste, wie das klang. Und doch verstand ihn Junipa. Falls überhaupt jemand dazu in der Lage war, dann sie.

Eine Narbe vom Tod eines anderen.

Ihm war, als hätte sie in ihn hineingeschaut und ausgesprochen, was sie dort gefunden hatte. Wie lange kannte er sie jetzt? Erst seit Stunden. Nicht einmal einen ganzen Tag. Und dennoch war ihm, als wüsste kein Mensch so viel über ihn wie sie.

»Entschuldige«, sagte er, trat vor und gab ihr einen Kuss. Es ging ganz schnell, viel zu schnell, nur eine flüchtige Berührung ihrer Lippen, und erneut war da dieses Leuchten in ihren Augen, als wäre sein eigenes Spiegelbild für einen Moment entflammt und hätte ihre Welt zum Glühen gebracht.

»Entschuldige«, sagte er noch einmal. »Ich weiß, du findest das falsch, und wenn Merle das –«

Sie nahm seine Hände, überwand die paar Fingerbreit zwischen ihnen und schien ihn mit ihrem ganzen Leib zu berühren, von den Beinen über die Hüften bis zum Oberkörper, und wieder war es, als durchbräche sie mit ihm die Membran zu einer anderen Welt. Nur dass sie noch immer in dem Zimmer standen und es nicht die Umgebung war, die sich veränderte, sondern sie beide inmitten all der grauen Gewöhnlichkeit dieses Ortes.

Sie legte ihre Lippen an seine und schloss dabei die Lider, und er erinnerte sich, dass Bastet gesagt hatte, Junipas Herz sei aus Stein und könne nicht schlagen. Aber er spürte es doch, fühlte ein Pulsieren zwischen ihnen, und wenn es nicht ihr Herz war, dann war es eben seines, das so heftig wie nie für sie beide schlug.

15

»Da sitzen wir nun«, sagte Cagliostra missmutig.

»Ja«, sagte Merle, »so ist das wohl.«

Durch die Dachluke war sie hinaus auf die Schräge geklettert, die wie bei den meisten Häusern in Venedig nur ein seichtes Gefälle besaß. Dort kauerte sie mit angezogenen Knien auf den Dachschindeln, kaum einen Meter vom Rand entfernt, und blickte über den Kanal der Ausgestoßenen hinweg auf eine nebelverhangene Landschaft aus ziegelroten Dachschrägen und Kirchtürmen.

Nach ein paar Minuten war Cagliostra stumm von hinten herangetrottet, hatte neben ihr Platz genommen und ausgiebig gegähnt. Merle war davon angesteckt worden, ihre Müdigkeit ließ sich kaum mehr ignorieren.

»Wie zwei alte Jungfern, die über das Leben sinnieren«, sagte die Katze. Sie klang, als hätten auch ihre Stimmbänder Krallen.

Merle war versucht zu nicken, sagte aber dann: »Ich bin nicht alt.«

Cagliostra sah stur geradeaus. »Ich fand die Metapher trotzdem passend.«

Zum ersten Mal fiel Merle auf, dass Cagliostra menschliche Zähne hatte. Gleich zwei Reihen davon. »Du bist keine normale Katze.«

»Gut beobachtet.«

»Nein, ich meine, du gehörst Serafin nicht wie irgendein Haustier, oder?«

Cagliostra schien einen Augenblick darüber zu grübeln. »Er hat Verantwortung für mich übernommen. Und ich für ihn. Das hat nichts mit Besitz zu tun, nur mit gegenseitigem Vertrauen.«

Das war eine sehr viel durchdachtere Aussage, als Merle sie einer Katze zugetraut hatte, selbst einer, die sprechen konnte.

»Allerdings«, fuhr Cagliostra fort, »ist diese Sache mit dem Vertrauen gerade etwas angeschlagen.«

»Warum?« Merle wurde hellhörig, weil sie nicht wusste, was sie von diesem Serafin zu halten hatte. Vielleicht ging er zu große Risiken ein. Falls die Gefahr bestand, dass er sie beide oder auch nur Junipa in Gefahr brachte, wollte sie das wissen.

»Keine Sorge, deine Freundin mit den Spiegelaugen ist bei ihm gut aufgehoben. Die beiden haben sich gegenseitig das Fell gerettet.« Sie fuhr eine Kralle aus und zog sie langsam über die Tonziegel. Das Geräusch war nicht laut, ging Merle aber durch und durch. »Und besser, sie mögen sich, als dass sie einander nicht leiden können, oder?«

»Dann wäre er nicht hier. Obwohl das einiges leichter machen würde.«

»Du kennst ihn von früher«, stellte Cagliostra fest.

»Merkt man mir das so sehr an?«

»Du bist nicht besonders gut im Nichtanmerkenlassen.«

»Besten Dank.«

»Bin ich auch nicht.«

Merle musste lächeln. »Hast du immer so schlechte Laune?«

»Und du?«

»Ich bin nur müde. Und die Erinnerungen machen es nicht besser.«

»Das kenne ich«, sagte die Katze.

»Was genau bist du?«, wollte Merle wissen. »So was wie Serafins Gewissen, das ihm mal links, mal rechts über die Schulter schaut und Ratschläge gibt?«

Cagliostra blickte zu ihr auf. »Haben die Menschen so was in deinem Venedig? Ein Gewissen aus Fleisch und Blut, das auf ihrer Schulter sitzt?«

Merle wollte etwas Ironisches erwidern, bis ihr klarwurde, dass die Katze die Frage völlig ernst meinte. »Nein«, antwortete sie. »Das sagt man nur so. Oder stellt es sich vor. Das ist einfach nur ein … Bild, schätze ich.«

»Hätte ja sein können. Wo ich herkomme, können die meisten Katzen reden. Hier dagegen schleichen sie die ganze Zeit still in irgendwelchen Ecken herum, schlafen dauernd und schreien höchstens mal, wenn ihnen was nicht passt. Ich finde meine Artgenossen in dieser Stadt nicht besonders inspirierend.«

»Und trotzdem bleibst du bei Serafin.«

»Er ist ein guter Junge. Und ich könnte auch gar nicht zurück, selbst wenn ich wollte.«

Merle war neugierig, wie es Cagliostra hierher verschlagen hatte, aber sie hatte den Eindruck, dass die Katze nicht darüber sprechen wollte. Sie zog die Knie noch enger an und schlang die Arme darum. »So toll ist das nicht, dauernd von einer Welt in die andere zu stolpern.«

»Dazu zwingt euch doch keiner, oder?«

»Wir sind auf der Suche nach meinem Vater.«

»Ich weiß. Junipa hat Serafin davon erzählt. Auch von diesem Herz der Stadt.«

Merle horchte auf. »Kennst du den Weg dorthin? Zum Herz der Stadt?«

»Nein. Ich weiß nicht mal, was genau das sein soll. Ein Ort, der alle Städte verbindet, weil er in jeder existiert … Soll das ein Haus sein? Ein Platz?«

»Wenn ich das wüsste. Wahrscheinlich ist es viel komplizierter.« Wie immer, dachte sie müde.

Cagliostra spreizte den rechten Flügel ab und leckte sich in aller Seelenruhe das Gefieder. Nach einer Weile legte sie ihn wieder an und sagte: »Da ist jemand, der jede Straße in Venedig kennt, jede Ecke, jede Tür und jedes Fenster.«

»Wer soll das sein?«

Cagliostra schien sich erst dem anderen Flügel widmen zu wollen, überlegte es sich dann aber anders. Merle hatte den Eindruck, dass die Katze ihre letzten Worte bedauerte. »Kann auch sein, dass er nie davon gehört hat. Genau wie ich.«

Plötzlich sprang sie auf, entfaltete beide Schwingen und lief auf die Dachkante zu. Kurz vor den braunen

Gräsern, die aus der Regenrinne wuchsen, hielt sie inne und blickte zu Merle zurück.

»Falls Serafin nach mir fragt, sag ihm, ich wäre beleidigt. Er kennt das schon.« Es klang, als lächelte sie beim Sprechen, auch wenn der Ausdruck ihres Katzengesichts derselbe blieb.

»Warte«, bat Merle. »Wen hast du gerade gemeint? Wer kennt jeden Ort in Venedig?«

Cagliostra stieß sich ab und schwebte vom Dach, schlug einen Haken, kehrte zu Merle zurück und flatterte ein wenig unbeholfen vor ihr in der Luft. »Ich hätte nichts sagen sollen. Das bringt euch nur in größere Gefahr.«

»Als wäre dir das einfach so rausgerutscht!«

»Mir rutscht eine Menge einfach so raus. Serafin sagt, ich hätte ein loses Mundwerk. Natürlich habe ich in Wahrheit gar keinen Mund.«

Merle funkelte die Katze zornig an. »Nenn mir einen Namen! Dann finde ich ihn auch ohne dich.«

»Ihn. Es. Wer weiß, was er wirklich ist.« Cagliostra glitt über Merle hinweg. »Tut mir leid wegen des Kratzers auf deiner Stirn. Das war keine Absicht. Oder nur ein bisschen.« Ihre Flügel schlugen schneller, und sie flog rasch davon, nach Osten, tiefer in die Nebelschwaden.

»Heh!«, rief Merle ihr hinterher, aber die Katze war schon verschwunden.

»Merle?« Junipa schob ihren Kopf durch die Luke und kraxelte die letzten Leitersprossen herauf ins Freie. »Ich muss mit dir reden.«

Sie wirkte so aufgelöst, dass Merle ihr besorgt entgegenkrabbelte. »Was ist passiert?«

Junipas Lippen waren zu einem schmalen, blutleeren Strich geworden, und einen Augenblick lang verspürte Merle das Bedürfnis, sie in den Arm zu nehmen und festzuhalten. Sie hatte ihre Freundin selten so aufgewühlt erlebt, und Junipa hatte in der Vergangenheit wahrlich oft genug Grund dazu gehabt.

»Es ist wegen Serafin«, sagte Junipa.

Merles Herzschlag geriet kurz ins Stolpern. »Was hat er getan?« Nach den Erfahrungen mit seinen letzten drei Inkarnationen schien ihr nichts unmöglich.

»Getan?« Ein Lächeln flackerte über Junipas blasse Züge. »Das meinte ich nicht. Er ist eigentlich … ganz nett.«

»Gut. Zum Glück.« Merle konnte es nicht länger für sich behalten: »Weißt du was? Es gibt jemanden, der vielleicht weiß, wie wir das Herz der Stadt finden können!«

Eine Sekunde später bereute sie bereits, dass sie Junipa damit überrollt hatte. Sie hatte die gute Nachricht einfach hinausposaunen müssen, weil es ihr erster Hoffnungsschimmer seit so langer Zeit war. Zugleich verfluchte sie ihren Mangel an Einfühlungsvermögen.

Aber Junipa wirkte fast erleichtert und sah sie mit spiegelnden Augen an. »Wie kommst du darauf?«

»Die Katze hat so was gesagt.«

Junipa verzog das Gesicht zu einer Grimasse. »Cagliostra scheint ganz eigene Gründe zu haben für alles, was sie tut.«

Merle winkte ab. »Ist auch egal. Was wolltest du gerade sagen?«

»Schon gut.« Junipa schüttelte den Kopf. »Das hier ist wichtiger. Wir fragen ihn einfach danach.« Schon drehte sie sich um und wollte zurück ins Haus klettern.

»Junipa?«

Sie ließ sich nicht beirren.

»Junipa.«

Ihre Freundin hielt kurz vor der Luke inne. Sie zögerte, ehe sie sich wieder zu ihr umdrehte.

Merle lächelte, erstaunt darüber, wie leicht es ihr fiel. »Es ist völlig in Ordnung, dass du ihn magst.«

»Er hat sein Leben aufs Spiel gesetzt, um mich –«

»Mir macht das nichts aus«, fiel Merle ihr ins Wort. »Er ist nicht derselbe Serafin. Er sieht nur so aus.«

Und während sie sprach, überlegte sie, ob das wirklich die Wahrheit war. Sagte sie das nur, damit Junipa sich nicht schlecht fühlte? War nicht doch, ganz tief in ihr, ein Anflug von … nun, wenn nicht Eifersucht, dann doch Irritation? Doch was immer es sein mochte, es richtete sich nicht gegen Junipa. Wenn überhaupt, dann gegen das Schicksal, das es heimtückischerweise so eingerichtet hatte, dass sie in jedem verdammten Venedig den gleichen Menschen begegneten.

Auch denen, deren Anblick einen wie ein Dolchstoß traf, wenn man sich nicht dagegen wappnete. Merle lief mit einer Menge emotionalem Rüstzeug herum, aber dagegen war sie nicht gefeit.

»Es ist nur«, begann Junipa, brach ab und dachte kurz

nach. »Er ist nicht wie die anderen, die wir getroffen haben«, sagte sie. »Er … sorgt für seine kranke Mutter.«

Die beiden sahen einander an.

Dann brach erst Merle in Gelächter aus, gleich darauf auch Junipa. Sie konnten einander kaum ansehen, ohne dass eine sofort wieder losprustete, beide ganz rot vor Scham.

»O Gott, tut mir leid«, brachte Merle mühsam hervor, »wirklich, das ist ganz schrecklich … Ich meine, seine Mutter ist krank und wir …«

Junipa kam auf sie zu und umarmte sie. Merle schlang die Arme um sie, und dann beruhigten sich beide ganz allmählich.

»Über so was lacht man nicht«, sagte Merle, doch der Brustton der Überzeugung wollte ihr nicht so recht gelingen. Heucheln war wohl keine ihrer Stärken. »Es ist nur *so* ein Klischee, dass er nicht nur aussieht, wie er eben aussieht, und dabei noch *nett* ist, sondern auch noch …«

Sie spürte, wie erneutes Lachen in ihr aufstieg, und sie schämte sich wirklich dafür. Aber sie konnte gerade nicht anders, und sie sah, dass es Junipa genauso erging, und dann dachte sie, dass sie es sich redlich verdient hatten, wieder gemeinsam über etwas zu lachen. Und zum Teufel mit dem Anstand und den guten Sitten.

Schließlich hatten sich beide wieder gut genug im Griff, dass sie einander in die Augen sehen konnten.

»Wo ist er jetzt?«, fragte Merle. »Noch in der Werkstatt?« Der Raum würde für sie in jedem Venedig Arcimboldos Zauberspiegelwerkstatt bleiben.

»Er wollte Cagliostra suchen«, sagte Junipa. »Er hat wohl nicht wirklich geglaubt, dass sie mit dir hier raufgehen würde.«

Merle deutete in den Nebel, der wie graue Ströme zwischen den Dächern dahinfloss. »Sie ist weggeflogen. Ich soll ihm ausrichten, sie sei eingeschnappt. Aber wahrscheinlich weiß er das selbst.«

Sie gingen zur Luke, und Junipa kletterte als Erste auf der Leiter hinunter zum Dachboden. Unten angekommen wartete sie, bis Merle die quietschende Luke geschlossen hatte und ihr folgte. Zwischen den Balken über ihren Köpfen wehten Vorhänge aus verlassenen Spinnweben. Als sie sich gemeinsam durchs Halbdunkel auf den Weg zur Treppe machten, musste das Knarren der Dielen im ganzen Haus zu hören sein.

Unvermittelt fragte Junipa: »Wenn mein Herz wirklich aus Stein ist, warum kann ich dich dann gernhaben? Oder überhaupt irgendwen?«

»Weil es dabei gar nicht auf dein Herz ankommt«, sagte Merle. »Oder darauf, woraus es gemacht ist.«

»Aber ich kann damit nie mehr zurück nach Hause gehen.« In ihrem Venedig war die Gefahr zu groß, dass sie erneut in den Bann des Steinernen Lichts geriet. Das Herz, das man ihr in Axis Mundi eingesetzt hatte, hatte sie in ihrer Welt zu einer Dienerin des Lichts gemacht, und diese Gefahr bestand dort weiterhin.

Merle blieb auf der Treppe stehen und nahm Junipas

Hände. »Ein Herz, das steinhart ist und dich trotzdem am Leben hält, ist die allerbeste Sache der Welt. Keiner kann es dir brechen, wenn er einfach aus deinem Leben verschwindet.«

Junipa versuchte zu lächeln, aber das ließ sie nur noch verletzlicher erscheinen. Dabei war sie so stark wie Merle, stärker sogar, denn sie lebte mit ihren Verlusten – ihren Augen, ihrem Herzen –, ohne je zu verzweifeln.

»Komm«, sagte Merle und setzte sich in Bewegung. »Ich glaube, wir haben uns einiges zu erzählen.«

16

Serafin erreichte die Stelle, an der der Kanal der Ausgestoßenen in eine breitere Wasserstraße mündete. Der Nebel war aufgestiegen und hing als feiner Schleier auf Höhe der oberen Stockwerke. Darunter war das Licht grau eingefärbt, die Sicht völlig klar. In der einen Richtung sah er eine Gondel davongleiten, in der anderen einen Mann gehen, der in einem Korb auf dem Rücken einen Haufen glitzerndes Silber transportierte. Vielleicht auch nur tote Fische.

Niemand sonst war zu sehen. Schon gar keine Katze mit goldenen Schwingen.

Serafin hatte nicht ernsthaft damit gerechnet, Cagliostra hier zu finden. Falls sie nicht mit Merle aufs Dach gelaufen war, flog sie vermutlich ein paar Runden über dem Viertel und hielt nach Verfolgern Ausschau. Wenn sie beleidigt war – und wann war sie das nicht, wenn ihr etwas gegen den Strich ging? –, reagierte sie sich ab, indem sie wilde Haken in der Luft schlug, ein paar lahme Tauben aufscheuchte oder einem Wetterhahn den Kamm verbog.

Es kam ihm selbst sonderbar vor, dass er gerade jetzt das Gefühl hatte, ein paar Minuten allein sein zu müssen. Wenn er hinab ins Wasser schaute, meinte er Junipas Silberaugen zu sehen wie Münzen auf dem Grund des Kanals. Und wenn er hinüber zu den Fenstern am anderen Ufer blickte, kam es ihm vor, als stünde ihr Spiegelbild neben seinem. Sie war nicht das erste Mädchen, das er geküsst hatte, aber er hatte niemals solche Schmetterlinge im Bauch gehabt. Und so laute Warnungen seiner inneren Stimme im Ohr.

Gewiss, auch er wurde immer wieder von der Garde gejagt, aber dabei ging es ums Schlammsammeln, hier und da um einen Diebstahl. Junipa und Merle hingegen waren Teil einer sehr viel größeren Geschichte, und alles in ihm sträubte sich dagegen, in diese Sache hineingezogen zu werden. Er hatte genug eigene Probleme.

Andererseits hatte er sich nun einmal darauf eingelassen. Es war nicht nur die eine Entscheidung gewesen, Junipa im Canal Grande vor den Schlammsammlern zu retten. Danach hatte er mehrfach Gelegenheit gehabt, sich zu verabschieden und sie sich selbst zu überlassen, zuletzt gerade eben erst, als sie ihre Freundin wiedergefunden hatte.

Er hätte gehen können.

Stattdessen hatte er sie geküsst. Was die Angelegenheit selbst bei wohlwollender Betrachtung nicht unkomplizierter machte.

Dabei wäre es längst an der Zeit gewesen, Bastets Phiolen zu seiner Mutter zu bringen. Es spielte keine Rolle, ob sie das Mittel heute nahm oder morgen, aber mit jeder Stunde, die verging, jeder Konfrontation, wuchs das Risiko, dass die Fläschchen in seinem Rucksack beschädigt wurden.

Außerdem war da etwas, das er den beiden verschwiegen hatte. Junipa hatte von diesem Ort gesprochen, den sie suchten, in diesem und jedem anderen Venedig, und obwohl er selbst nie von einem Herz der Stadt gehört hatte, kannte er doch jemanden, der kundiger war in diesen Dingen.

Jemanden, den er niemals wiedersehen wollte, weil ihm allein die Erinnerung an ihre Begegnung eine Höllenangst einjagte.

»Serafin!«

Instinktiv riss er den Kopf nach oben, als er Cagliostras Ruf in seinen Gedanken hörte, sah aber nur die milchige Nebeldecke, als hätte jemand fadenscheinige Bettlaken zwischen den oberen Fensterreihen aufgespannt.

»Serafin, hier!«

Einen Atemzug später plumpste Cagliostra durch die Schwaden. Womöglich hatte sie durch den Dunst die Entfernung zum Boden falsch abgeschätzt. Ihre Schwingen schlugen hektisch auf und nieder, der Schwanz steuerte gegen, und so bekam sie kurz vor dem Wasser die Kurve und schoss über den Kanal auf Serafin zu.

»Wo hast du –«

Sie ließ ihn nicht ausreden. *»Schlechte Neuigkeiten. Ich war zu Hause. Vielleicht haben dich die Sammler im Canal Grande erkannt, jedenfalls muss dich irgendwer verpfiffen haben.«*

Er schmeckte Blut, als er sich auf die Unterlippe biss, aber den Schmerz spürte er nicht. »Was ist passiert?«

»Ich bin nach Hause geflogen, um« – wahrscheinlich um

übellaunig sein Kissen in ihren Korb zu zerren –, *»um nach dem Rechten zu sehen. Und da sind sie aufgetaucht. Dieses Mädchen, Merle, und noch jemand.«*

»Merle? Die ist hier bei uns.«

»Ich weiß«, entgegnete Cagliostra noch immer außer Atem. *»Und sie hätte durch die Gassen niemals schneller dort sein können als ich. Aber sie sieht aus wie Merle, sie gleicht ihr bis aufs Haar.«*

Ihm war klar, was das bedeutete. Merles Inkarnation aus diesem Venedig hatte die Bühne betreten. Plötzlich ärgerte er sich über sich selbst, weil er nicht gleich verlangt hatte, dass Merle ihnen schilderte, was genau nach ihrer Gefangennahme geschehen war – und wem sie begegnet war.

»Und Mama?«

»Sie haben ihr nichts getan.« Cagliostra landete auf dem Gehweg über dem Wasser und blickte zu ihm auf. *»Jedenfalls nicht, bis ich losgeflogen bin. Ich glaube, sie erwarten dich, und wenn du auftauchst, werden sie –«*

»Sie als Faustpfand benutzen«, führte er ihren Satz zu Ende. »Wie sind sie in die Wohnung gekommen? Die Tür hat vier Schlösser und einen Eisenriegel.« Er selbst hatte all diese Sicherungen angebracht, nachdem ihr Viertel durch Hunger und Wassermangel immer unsicherer geworden war. Eher früher als später hatte er seine Mutter von dort wegbringen wollen.

Er rannte zurück zum Haus zu den Mädchen. Wenn er quer durchs Gebäude zur Hintertür lief, sparte er zwei, drei Minuten.

Cagliostra flog neben ihm her. *»Sie haben eine Geheimtür benutzt.«*

»Was für eine Geheimtür?«

»Sie wäre nicht besonders geheim, wenn du davon –«

»Sei jetzt nicht neunmalklug! Was für eine Tür?«

Cagliostra hüstelte, als müsse sie weit ausholen. Doch dann sagte sie nur: *»Zwischen Schrank und Fenster.«*

»Da ist keine Tür.«

»Nur die geheime.«

»Auch keine verdammte geheime!«

»Selbst wenn sie vorher nicht da war – worauf ich nicht wetten würde –, jetzt ist sie es.«

Serafin wurde schneller. Sie waren kurz vor der Haustür. Den Rucksack mit den Phiolen hatte er in dem großen Raum am Ende des Korridors zurückgelassen. Die Angst um seine Mutter ließ seinen Atem stolpern. Sein Atem klang rasselnd, als wäre er durch die halbe Stadt gesprintet und nicht nur den verfluchten Kanal hinunter.

»Junipa?«, rief er, als er ins Innere stürmte. »Merle?«

»Möglich, dass sie noch auf dem Dach sind«, gab Cagliostra zu bedenken. *»Willst du sie wirklich mitnehmen?«*

»Wenn das zuhause wirklich Merles Doppelgängerin ist, kann es nicht schaden, sie dabeizuhaben.«

»Und wenn sie unter einer Decke stecken?«

Serafin hielt sekundenlang inne, dachte nach, schüttelte den Kopf. »Das glaube ich nicht. Du hast gesagt, da war ein Mann. Wer war das? Einer von der Garde? Von der Gilde?«

»Ich konnte sein Gesicht nicht sehen!«, sagte sie, jetzt wieder laut. »Er war groß und trug ein schwarzes Gewand mit Kapuze. Nicht mal seine Hände konnte ich in den langen Ärmeln sehen. Überhaupt nichts von ihm.«

»Das ist der Kartograph.« Merle stand auf der Treppe, so bleich wie die Wand hinter ihr, und auch Junipa kam die Stufen herunter. Ihre Augen suchten seine. Aber sie lächelte nicht.

Serafin wandte sich wieder an Cagliostra. »Stimmt das? War es ein Kartograph?«

»Woher soll ich das wissen?«, gab sie zurück. »Ich hab keinen Schimmer, wie diese Kartographen aussehen.«

»Wie du ihn beschrieben hast«, sagte Junipa. »Vermummt von Kopf bis Fuß. Dunkle Gewänder bis zum Boden. Sie tragen Kapuzen und Masken. Niemals zeigen sie einem ihr Gesicht.«

»Hm, ja«, gab die Katze zu, »das würde passen. Sein Gesicht lag im Schatten der Kapuze. Kann sein, dass da auch noch eine Maske war.«

»Wie kommt der zu uns nach Hause?« Es kostete Serafin große Überwindung, nicht einfach loszurennen. Vorher musste er erfahren, was ihn erwartete.

»Und wer ist bei ihm?«, fragte Merle. »Jemand, der aussieht wie ich?«

Cagliostra japste vor Aufregung. »Also kennt ihr euch!«

»Ja«, sagte Merle ruhig. »Auf Murano wollte sie mich foltern, damit ich ihr verrate, wo Junipa steckt.«

»Wie bist du freigekommen?« Serafin hatte noch nie

von jemandem gehört, der aus Muranos Kerkern zurückgekehrt war. Die Glasbrenner ließen nicht alle ihre Gegner verschwinden, manche erduldeten sie in aller Öffentlichkeit mit gönnerhafter Großzügigkeit. Doch wer einmal nach Murano verschleppt worden war, der tauchte nie wieder auf.

»Meerjungfrauen haben mich befreit«, sagte Merle. »Eigentlich nicht mich, sondern eine andere Meerjungfrau. Ich war nur dabei.«

»Meerjungfrauen!«, entfuhr es Cagliostra.

Serafin war nicht sicher, was er von dieser Geschichte halten sollte. Ihm blieb keine Zeit, ihr weiter auf den Zahn zu fühlen, aber ihm war auch nicht wohl dabei, das alles einfach hinzunehmen.

»Sie sagt die Wahrheit.« Junipa kam zu ihm, ignorierte Cagliostras giftigen Blick und deutete zur Tür. »Wir sollten gehen.«

Er sah sie an, bemerkte aber, wie sich Merle im Hintergrund abwandte. »Was passiert mit euch, wenn es wirklich der Kartograph ist, der euch durch den goldenen Spiegel gefolgt ist?«

»Am Ende hat er sich mit diesem Nicodemus verbündet«, sagte Junipa. »Das wäre klüger, als sich die Glasbrenner zum Feind zu machen. Wahrscheinlich hat er zwei, drei von ihnen getötet, damit man ihm zuhört.«

»Die andere Merle würde sonst wohl kaum mit ihm zusammenarbeiten«, sagte Merle verbissen. »Auf irgendeine Weise muss er sich bei Nicodemus Respekt verschafft haben, nachdem er aus dem Spiegel gekommen ist.«

Fieberhaft überlegte Serafin, wie er mit der Situation umgehen sollte.

»Sie wollen mich.« Junipa berührte wie beiläufig seine Finger. »Also muss ich dorthin. Dann lassen sie deine Mutter vielleicht gehen.«

»Und was geschieht mit dir?«

»Ich finde schon einen Weg. Die Kartographen brauchen mich, er wird mir nichts tun.«

Merle schüttelte den Kopf. »So einfach ist das nicht, das weißt du.«

Cagliostra winkte am Boden mit einer Schwinge, und als keiner sie beachtete, stieg sie zwischen ihnen empor bis auf Augenhöhe. »Ich werde erst mal zum Fenster hochfliegen und die Lage auskundschaften.«

Serafin stimmte zu, dann lief er in den großen Raum am Ende des Korridors und schnappte sich den Rucksack. Kurz erwog er, ihn hier zu verstecken, aber das war zu unsicher.

Plötzlich stand Junipa neben ihm. »Tut mir leid, dass wir euch in all das hineingezogen haben.«

Er blickte zur Tür, sah weder Merle noch Cagliostra, und gab Junipa einen flüchtigen Kuss. »Wir müssen einen Weg finden, damit keinem etwas zustößt, weder dir noch meiner Mutter.«

Ein schwaches Lächeln zuckte um Junipas Mundwinkel, als sie nickte. Sie sah nicht sehr überzeugt aus.

»Kommt hier entlang!«, rief er hinaus auf den Gang.

»Wenn wir über den Hinterhof laufen, sind wir schneller.«

Merle kam herein, Cagliostra schwebte über ihrer linken Schulter.

»Ich passe auf sie auf«, sagte die Katze in Serafins Gedanken. *»Oder besser auf euch alle.«*

Augenblicke später brach er die morsche Tür an der Rückseite auf und lief mit den Mädchen auf einen Innenhof zwischen bröckelnden Fassaden. Hier roch es noch stärker nach feuchtem Gestein als am Kanal. Aus den leeren Häusern rundum drang ein Knirschen und Knacken, als wollten sich die Gemäuer jeden Moment zusammenfalten.

Merle betrachtete kurz den Steinbrunnen in der Mitte des Platzes, die verzierte Ummauerung und den halbrunden Metalldeckel. Dann wechselte sie einen schnellen Blick mit Junipa.

Cagliostra flog vorneweg, und sie folgten ihr durch einen schmalen Bogen hinaus ins Labyrinth der Gassen.

17

»Da oben ist er!« Merle verbarg sich neben Junipa und Serafin im Schatten einer Gassenmündung und spähte angestrengt zu dem Haus hinüber, das er ihnen gezeigt hatte. »Er steht am offenen Fenster und wartet auf uns.«

»Bist du sicher?« Serafin verengte auf der Suche nach etwas Verdächtigem die Augen. »Im zweiten Stock?«

»Jetzt ist er weg.«

Das Haus war ein unscheinbarer Bau mit vier Etagen und abbröckelndem Verputz. Eindrucksvoll war einzig die schwere Tür, die wie so viele von Venedigs Eingängen mit Schnitzereien geschmückt war; allerdings hatte auch sie schon bessere Tage gesehen. Sie führte hinaus auf einen kleinen Platz, in den drei Gassen und mehrere Torbögen mündeten. Vor dem Haus waren vier Soldaten postiert worden, kräftige Männer in den Uniformen der Stadtgarde. Einer hatte eine altmodische Hellebarde neben sich aufgepflanzt, die anderen waren mit Gewehren bewaffnet. Alle vier trugen schmale Säbel an den Gürteln.

Merle, Junipa und Serafin zogen sich ins Halbdunkel zurück, um sich zu beraten.

Der Kartograph in der Wohnung würde nicht zögern, Serafins Mutter zu töten, sobald er nur den geringsten Vorteil darin sah. Immerhin machte ihn das einigermaßen berechenbar – ganz im Gegensatz zu Merles Doppelgängerin. Merle hatte den anderen unterwegs von ihrer Begegnung mit ihr erzählt, allerdings vorerst verschwiegen, dass ihr Ebenbild Gefallen daran fand, Wehrlose zu quälen. Sie war sicher, dass Serafin sonst etwas Unüberlegtes tun würde.

»An den Gardisten kommen wir nicht vorbei«, sagte er, aber seine Miene verriet, dass er es trotzdem versuchen würde.

Merle wollte gerade einen anderen Vorschlag machen, als Cagliostra zu ihnen zurückkehrte. Die Katze war in einem weiten Bogen hinauf zu den Fenstern geschwebt und hatte einen Blick hineingeworfen.

»Deine Mutter liegt in ihrem Bett«, sagte sie zu Serafin. »Sie ist allein in ihrem Zimmer. Die anderen beiden warten vorn.«

»Was heißt vorn?«, fragte Junipa.

»Gleich hinter dem Eingang liegt der Wohnraum mit der Küche. Die beiden Schlafkammern gehen davon ab, andere Zugänge haben sie nicht.«

»Das heißt, um deine Mutter rauszuholen, müssten wir erst an den Gardisten vorbei und dann an der anderen Merle und dem Kartographen«, sagte Junipa niedergeschlagen. »Das schaffen wir nie.«

Und wohin sollten wir dann auch mit ihr gehen?, dachte Merle. Die Frau war todkrank, mit ihr wegzulaufen schien unmöglich. Aber sie sprach ihre Bedenken nicht aus, weil Serafin das natürlich nicht hören wollte. An seiner Stelle wäre es ihr kaum anders ergangen.

Cagliostra meldete sich zu Wort. »Ich kann versuchen, die Gardisten abzulenken.«

Serafin schüttelte den Kopf. »Darauf werden die nicht reinfallen. Wahrscheinlich wissen sie von dir, und dann wäre ihnen sofort klar, dass ich in der Nähe bin.«

»Dann mach ich das«, sagte Merle.

»Du?«, fragte Serafin.

»Ja.«

Die beiden starrten sich an.

»Merle«, sagte Junipa, »das wird nicht funktionieren.«

»Eine andere Wahl haben wir nicht, oder?«

Serafin riss die Augen weit auf, als er begriff. »Du willst dich als *sie* ausgeben? Zu ihnen rübergehen und … was? Ihnen den Befehl zum Abmarsch geben?«

»So in etwa, ja. Eigentlich ziemlich genau so.«

»Du hast andere Sachen an als sie! Außerdem müssen die gesehen haben, wie sie ins Haus gegangen ist. Wenn du jetzt über die Straße auf sie zukommst –«

Merle unterbrach sie: »Am Ende werden sie auf das vertrauen, was sie vor sich sehen. Sie ist eine Agentin der Gilde. Und wenn die Glasbrenner wirklich solche Macht besitzen, wie du sagst, dann werden ein paar einfache Soldaten es nicht wagen, sie festzuhalten, um erst mal oben nachzufragen, ob die andere Merle zufällig eine Zwillingsschwester hat.« Junipa sah nicht überzeugt aus, deshalb fuhr Merle fort: »Ich bezweifle, dass sie den Männern von mir erzählt hat. Also, ich locke sie weg, und ihr rennt rüber. Ihr wartet unten im Haus, bis ich wieder da bin, und wir gehen zusammen hoch.«

»Und dann?«, fragte Junipa.

»Bleib du lieber hier«, sagte Serafin zu ihr. »Ich geh alleine hoch.«

Merle musste Junipa nicht einmal ansehen, um zu wissen, dass Serafins Absicht grundlegend falsch war. Junipa würde nicht einmal in Erwägung ziehen, untätig in einem Versteck zu sitzen, während er und Merle sich in Gefahr begaben.

»Der Kartograph bringt dich um«, sagte Junipa zornig. »Mir tut er nichts, weil er mich noch braucht.« Nach kurzem Zögern fügte sie hinzu: »Außerdem haben sie Angst vor meinen Augen.«

»Wieso das?«

»Ich glaube, sie sehen sich darin so, wie sie wirklich sind. Ohne ihre Vermummung.«

»Das erfindest du gerade, oder?«

Wütend fuhr sie ihn an: »Etwa damit du mir *erlaubst* mitzugehen?«

»Was? Nein. So hab ich das doch gar nicht –«

Merle fiel ihm ins Wort. »Regelt ihr das unter euch, ja?« Ihr war ohnehin klar, wie es ausgehen würde. Serafin meinte es gut, aber das änderte nichts an Junipas Entschlossenheit. Ihr verletzliches Äußeres hatte schon viele getäuscht. »Ich will jedenfalls keine Zeit mehr verlieren.«

Sie schenkte Junipa ein aufmunterndes Lächeln, trat aus dem Schatten der Gassenmündung und ging zielstrebig auf die vier Soldaten zu.

18

»Mut hat sie ja«, sagte Serafin.

Junipa nickte verbissen und ließ den Blick nicht von Merle, die in diesem Moment von den Gardisten bemerkt wurde.

Rund fünfzig Meter lagen zwischen der Gassenmündung und dem Wachtrupp vor dem Haus. Die drei Fenster im zweiten Stock waren leer. Falls der Kartograph wirklich dort oben gestanden hatte, hatte er sich zurückgezogen. Serafin fragte sich, ob Merle überhaupt in Erwägung gezogen hatte, dass man sie von dort oben entdecken könnte, oder ob sie es einfach darauf ankommen ließ.

Die Angst um seine Mutter pochte wie ein zweites Herz in seiner Brust, und ein Teil von ihm war Merle dankbar für das, was sie da versuchte. Nur war niemandem damit geholfen, wenn die Soldaten sie festnahmen und zu Nicodemus brachten.

Die Männer vor der Tür wechselten irritierte Blicke, als Merle vor ihnen stehen blieb. Sie trug noch dieselbe Kleidung wie bei ihrem Sturz aus dem Spiegel. Anders als bei Serafin und Junipa war der schlimmste Schmutz herausgewaschen worden, während sie vor der Friedhofsinsel im Wasser getrieben hatte. Für die Männer gab es trotzdem genug gute Gründe, misstrauisch zu sein.

Und misstrauisch waren sie, das war selbst von weitem nicht zu übersehen.

»Macht sie so was öfters?«, flüsterte Serafin.

»Sie hat ihre Momente«, murmelte Junipa.

»Und gehen die immer gut aus?«

»Kann man so nicht behaupten.«

Er fluchte leise.

»Immerhin«, sagte sie, »haben wir es bis hierher geschafft. Irgendwie.« Das klang, als wisse sie selbst nicht so recht, wie ihnen das gelungen war.

Angespannt sahen sie zu, wie Merle mit den Soldaten sprach und dabei erstaunlich gelassen wirkte. Mehr als Wortfetzen waren auf die Distanz nicht zu verstehen, aber Merle gestikulierte dabei die Gasse hinunter, wo sich mehrere Menschen entfernten; wahrscheinlich waren sie aus einem der anderen Häuser gekommen. Es waren drei, und weil sie so weit entfernt waren, konnte Serafin nicht erkennen, ob es sich um Männer oder Frauen handelte.

Junipa griff nach seiner Hand.

»Darauf fallen die nie rein«, sagte er leise, kam aber nicht umhin, Merles Dreistigkeit zu bewundern.

Die Soldaten sahen einander kurz an, dann setzten sie sich in Bewegung und eilten hinter der fernen Gruppe her. Merle zögerte, aber als einer der Uniformierten sich zu ihr umsah und etwas sagte, schloss sie sich den Männern notgedrungen an.

»Wie zum Teufel –«, begann Serafin, aber dann sah er es.

Es war nicht allein Merles Behauptung gewesen, die die Gardisten davon überzeugt hatte, bei den Gestalten am Ende der Gasse könne es sich um die Gesuchten handeln. Ein winziger goldener Klecks bewegte sich hinter den dreien her, von weitem gerade noch zu erkennen. Die drei Gestalten hatten die Katze vermutlich noch gar nicht bemerkt, die lautlos hinter ihnen herschlenderte, aber für die Soldaten war die Sache klar. Wie viele goldene Katzen konnte es in Venedig schon geben?

Bald waren die drei hinter einer Ecke außer Sicht. Cagliostra folgte ihnen, nicht ohne vorher demonstrativ mit den Flügeln zu schlagen, um den letzten Zweifel der Gardisten auszuräumen. Die Männer und Merle rannten hinterher und waren bald weit genug vom Haus entfernt, sodass Serafin und Junipa es wagen konnten, ihr Versteck zu verlassen.

Ein letzter Blick zu den Fenstern der Wohnung – niemand war zu sehen –, dann überquerten sie im Laufschritt den Platz und erreichten Augenblicke später die angelehnte Haustür. Noch einmal schauten sie Merle und den Gardisten nach, bis auch sie hinter der Ecke verschwanden.

»Du hast eine kluge Katze«, sagte Junipa leise, als sie das Treppenhaus betraten.

»Manchmal ist sie ganz nützlich.«

»Ich hoffe nur, den beiden passiert nichts.«

»Cagliostra kann auf sich aufpassen.« Was Merle betraf, war er da nicht ganz so sicher. Wie würden die

Soldaten reagieren, wenn sie herausfanden, dass Merle sie auf die Falschen gehetzt hatte? Auch Junipa sah besorgt aus.

»Die glauben, dass sie unter Nicodemus' Schutz steht«, sagte er. »Sie werden ihr schon nichts tun.«

Junipa wirkte nicht allzu überzeugt.

Vorsichtig bewegten sie sich die Stufen hinauf. Aus mehreren Wohnungen drangen Stimmen, doch niemand zeigte sich. Ohne Verzug erreichten sie den zweiten Stock.

Serafin deutete den dunklen Korridor hinunter. »Die Tür am Ende«, flüsterte er und zog sein Messer.

Die letzten Schritte bis zur Wohnung überwanden sie langsam, um nur ja keinen verdächtigen Laut zu verursachen. Als sie an der Tür lauschten, herrschte erst Stille. Dann erklang leises Schluchzen.

Serafin stöhnte auf, bemerkte aus dem Augenwinkel, dass Junipa ihn aufhalten wollte, schob sie beiseite und stieß die Klinke nach unten.

Ein kühler Luftzug wehte ihm entgegen. Im ersten Moment schien es, als ginge er von der schwarzen Silhouette aus, die vor einem der beiden Fenster stand. Erst beim zweiten Hinsehen begriff Serafin, dass das Fenster gerade erst geöffnet worden war und die kühle Luft von draußen hereindrang.

Der Kartograph war groß, nahezu zwei Meter, und trug einen langen Kapuzenmantel aus mehreren Lagen, vermutlich um sicherzugehen, dass nie auch nur ein einziger Lichtstrahl darunterkroch. Die glatte Maske unter der Kapuze schimmerte wie flüssiger Teer, und im ersten Augenblick glaubte Serafin, dass Rauch von ihr aufstieg. Dann wirkte es wie Hitzeflimmern, ein *schwarzes* Flimmern rund um die Konturen der Gestalt, das die Farben des Hintergrunds verschwimmen ließ. Die Wirklichkeit selbst schien diese Kreatur abzustoßen wie einen Krankheitskeim, kämpfte dagegen an, indem sie gegen ihre Ränder anbrandete und versuchte, sie zu zersetzen. Was immer der Kartograph war, er gehörte nicht in diese Welt, und die Welt wusste das sehr genau.

Serafin zwang sich, seinen Blick von dem Wesen zu lösen und weiter nach links zu sehen. Die Türen der beiden Schlafkammern standen offen, und neben dem Schrank war tatsächlich eine dritte Tür, die gestern Abend noch nicht da gewesen war. Der geheime Eingang, von dem Cagliostra gesprochen hatte.

Seine Mutter lag nicht mehr im Bett, sondern war auf einem schlichten Holzstuhl platziert worden. Ihr schwarzes Haar hing ihr wirr ins Gesicht, die trüben Augen blickten starr nach vorn. Sie war nicht gefesselt, und das war auch nicht nötig. Ein Mädchen, das wie Merles Zwillingsschwester aussah, stand hinter ihr und hielt eine lange Klinge an ihren Hals.

Die andere Merle öffnete den Mund, um etwas zu sagen – Drohungen, gewiss, denn ein triumphierendes Lächeln spielte um ihre Mundwinkel –, doch Serafin war schneller. Sein eigenes Messer wirbelte wie von selbst in seiner Hand herum, er holte aus und schleuderte es mit aller Kraft. Die Augen des Mädchens weiteten sich vor Überraschung, als sie begriff, dass er ohne Zögern zum Angriff überging.

Serafin hatte auf ihre Stirn gezielt – keine Zeit für Ritterlichkeit –, und dass die Klinge sie verfehlte, hatte sie einzig ihrem Instinkt zu verdanken. Die meisten Menschen weichen nach rechts unten aus, und Serafin hatte das einkalkuliert. Sie aber wirbelte in einer halben Drehung nach links und riss dabei Serafins Mutter mit sich. Die stieß einen Schrei aus, als sie vom Stuhl gezogen wurde und die Klinge des Mädchens in ihren Hals schnitt.

Serafin stürmte brüllend nach vorn.

»Bleib, wo du bist!«, rief Merles Doppelgängerin, aber er achtete nicht darauf. Da war Blut am Hals seiner Mutter – sie war verletzt, vielleicht sogar schwer.

Am Rand seines Blickfelds bewegte sich nun auch der Kartograph, jedoch nicht auf Serafin zu, sondern in Richtung der Tür, wo Junipa aufgetaucht war.

Etwas schoss wie ein Feuerball von außen durchs Fenster herein und prallte mit einem Kreischen gegen die Kapuze des Geschöpfs. Goldene Krallen schlossen sich von hinten um den Schädel, während gefiederte Schwingen lautstark schlugen und Cagliostra samt ihres Gegners nach hinten rissen, zurück zum Fenster. Der Kartograph geriet ins Straucheln und stürzte hinterrücks gegen den Rahmen.

Serafin sah nicht, was weiter geschah, denn er stieß sich im Laufen vom Boden ab, sprang über seine Mutter hinweg und prallte gegen das Mädchen. Ihr Messer flog durch die Luft, und nun brüllte sie nach den Soldaten. Serafin wollte seine Gegnerin packen, doch sie entwand sich geschickt seinen Händen, versetzte ihm einen Faustschlag ins Gesicht und stolperte von ihm fort.

»Du hast ja keine Ahnung, mit wem du dich anlegst«, stieß sie atemlos aus und ließ offen, ob sie die Gilde oder den Kartographen meinte.

Aber falls sie geglaubt hatte, Hilfe von ihrem Verbündeten zu bekommen, wurde sie enttäuscht.

Der Kartograph war verschwunden. Am Fensterrahmen wehte ein schwarzer Stofffetzen, draußen erklang wütendes Maunzen, dann ein Aufschlag. Schließlich Stille. Cagliostra hatte den Kartographen in die Tiefe gerissen.

Serafin zog seine Mutter an sich und beugte sich über sie. Sie röchelte und keuchte, die Wunde an ihrem Hals blutete stark, und ihre blassen Augen waren auf einen unsichtbaren Punkt an der Decke gerichtet.

Ein wütender Aufschrei drang wie von fern an seine Ohren, er hörte Schritte, dann nahm er verschwommen Junipa wahr, die sich wie eine Furie auf die zweite Merle stürzte.

19

Merle war noch ein gutes Stück von der Piazza entfernt, als der Kartograph rückwärts aus dem Fenster stürzte, den Kopf in Flammen gehüllt, die sich im nächsten Moment als goldene, kreischende Katze entpuppten.

Im Sturz versuchte Cagliostra, sich von der schwarzen Gestalt zu lösen, aber die hielt sie mit beiden Händen fest wie einen Helm, den sie auf keinen Fall verlieren wollte. Dabei drehte der Kartograph sich nach hinten, fiel mit dem Kopf voran – und krachte in der nächsten Sekunde hart auf das Pflaster.

Merle stieß einen Schrei aus, als sie mit ansah, wie das Wesen mit seinem ganzen Gewicht auf die Katze prallte und sie unter sich begrub. Einem gewöhnlichen Menschen hätte dieser Aufschlag auf der Stelle das Genick gebrochen.

Merle befand sich noch immer in der Gasse, durch die sie den Soldaten gefolgt war. Die drei Verdächtigen waren fort gewesen, als sie die Ecke erreicht hatten, und so hatte Merle den Männern aufgetragen, sie in den angrenzenden Häusern zu suchen. Sie selbst wolle zurückgehen und auf den Schlammsammler warten, hatte sie gesagt und einen Säbel verlangt. Der Soldat mit der Hellebarde hatte ihr seinen ausgehändigt.

Mit der Waffe in der Hand beschleunigte sie ihre Schritte und rannte in Richtung der Piazza.

Cagliostra war unter dem schwarzen Berg aus Stoffen begraben. Nur ein goldener Flügel ragte darunter hervor. Zwei lose Federn wehten über den Platz.

Der Kartograph bewegte sich, wälzte sich herum und stand auf. Unter ihm kam die zerschmetterte Katze zum Vorschein. Suchend schaute er sich nach etwas um, und als Merle den Rand des Platzes erreichte, sah sie, was es war: Die schwarze Maske war beim Aufprall am Boden zerbrochen, ihre Scherben lagen unweit des leblosen Tiers am Boden.

Ein entsetzlicher, gellender Schrei drang unter der Kapuze hervor. Das Wabern, das den Kartographen umgab, loderte wie eine schwarze Flamme empor. Er schlug die behandschuhten Hände vors Gesicht, rannte vorgebeugt los, bog mit wehenden Gewändern in die nächste Gassenmündung und war nicht mehr zu sehen.

Merle erreichte die Stelle unter dem Fenster, sank auf die Knie und beugte sich über Cagliostra. Die Katze lebte nicht mehr. Merle tastete ihren Körper ab. Wie filigran und verletzlich er unter dem goldenen Fell und den Schwingen war. Cagliostras Augen waren geschlossen, der Hals zu weit nach hinten gebogen. Sie musste zahlreiche Brüche und Quetschungen erlitten haben, als der Koloss auf sie gestürzt war.

Es war grauenvoll, das Tier so daliegen zu sehen, und zugleich dachte Merle, dass Cagliostra so wenig ein Tier gewesen war wie Vermithrax oder ein Tiefseeleviathan. Sie fragte sich, wie sie Serafin die traurige Nachricht überbringen sollte. Behutsam hob sie den federleichten

Körper vom Boden auf, ignorierte die Blicke der Menschen aus dunklen Fensterhöhlen, und trug ihn hinüber zur Haustür. Aus Sorge, jemand könnte Cagliostra stehlen, nahm sie sie mit ins Innere des Hauses, bettete sie neben die Treppe und legte ihre Schwingen an. Sie würden sie später mitnehmen.

Dass der Kartograph keine ernsthaften Verletzungen davongetragen hatte, mochte mit dem zu tun haben, was er war. Merle wusste aus Erfahrung, wie empfindlich Kartographen auf Beschädigungen ihrer Masken reagierten, aber sie hatte nie erlebt, dass eine vollständig zerstört worden war. Schwächte das ihren Träger? Oder würde er in dieser Stadt der Maskeraden schon in wenigen Minuten mit einer neuen auftauchen? Besser, sie beeilten sich.

Sie lief zurück zur Stelle des Aufschlags, sammelte die vier schwarzen Scherben der Maske auf und steckte sie ein. Später würde Zeit sein, um sie zu inspizieren.

Gerade wandte sie sich wieder dem Haus zu, als aus dem offenen Fenster im zweiten Stock ein Schrei erklang.

Junipa.

Merle vergaß die Maske und die Katze und das Ungeheuer in Schwarz, packte den Säbel und rannte die Treppe hinauf.

20

Als Junipa sich auf die andere Merle stürzte, war Serafin vollends damit beschäftigt, die Blutung am Hals seiner Mutter zu stillen. Er hatte sich noch nie im Leben so hilflos gefühlt, und das gleich in zweifacher Hinsicht: Seine Mutter starb ihm unter den Fingern weg – buchstäblich, denn er presste seine Hände auf die Wunde –, und zugleich konnte er nichts tun, um Junipa zu helfen. Er würde eine von ihnen verlieren, egal, was er tat. Womöglich sogar beide.

Merle hatte erwähnt, dass ihre Doppelgängerin eine Agentin der Glasbrennergilde war, eine Spionin, angesichts ihrer Jugend wahrscheinlich noch in der Ausbildung, aber talentiert genug, um Nicodemus' Vertrauen zu genießen.

Was das tatsächlich bedeutete, erkannte er jetzt.

Junipas Angriff war von vornherein zum Scheitern verurteilt. Sie war mit bloßen Händen auf ihre Gegnerin zugerannt, getrieben einzig von ihrem Zorn, und kämpfte wie eine Amateurin: mit Schlägen und mit Tritten. Die zweite Merle hingegen war trainiert, um weit raffiniertere Attacken abzuwehren. Was genau sie tat – eine verwirrende Abfolge von Bewegungen ihrer Hände –, war mit dem Auge kaum nachzuverfolgen. Alles ging so schnell, dass Junipa wohl selbst nicht begriff, wie ihr geschah. Innerhalb weniger Herzschläge wurde sie von den Füßen gerissen, flog mit einem Aufschrei rückwärts gegen den schweren Kleiderschrank, prallte ab und fiel auf den Rücken. Dann war ihre Gegnerin über ihr, rammte ihr die Knie auf die Oberarme und legte beide Hände um Junipas Hals.

»Nicht wehren!«, sagte sie scharf. »Versuch's gar nicht erst!«

Das Blut unter Serafins Fingern erkaltete, sobald es aus der Wunde austrat. Er wagte nicht, die Hand vom Hals seiner Mutter zu nehmen, ebenso wenig wie fester zu pressen, denn dann würde er ihr die Luft abdrücken.

»Ich hab gesagt, gib Ruhe!«, fuhr die zweite Merle das Mädchen am Boden an.

Junipa bäumte sich erneut auf, nicht willens, sich geschlagen zu geben, obwohl der Griff um ihre Kehle immer kraftvoller wurde.

»Lass sie los!«, brüllte Serafin.

»Kümmer dich um deinen Kram«, entgegnete Merles Doppelgängerin lapidar.

»Ich bring dich um!«, schrie er quer durch den Raum. »Dafür bring ich dich um!«

Sie sah schon gar nicht mehr zu ihm herüber, sondern blickte nur auf Junipa hinab. »Du wirst jetzt Ruhe geben. Ich weiß nicht, was ihr mit meinen Leuten gemacht habt, aber hier werden bald noch mehr auftauchen. Und dann wirst du mich nach Murano begleiten.«

»Das werde ich … ganz sicher … nicht«, brachte Junipa stöhnend hervor. Der Druck auf ihren Hals wurde noch einmal verstärkt.

Hastig blickte Serafin sich nach etwas in seiner Reichweite um, mit dem er die Verletzung seiner Mutter hätte abbinden können, aber da war nichts. Schließlich begann er, sich mit einer Hand das Hemd auszuziehen, was sich als schwieriger erwies als erhofft. Die Mädchen wechselten abermals Worte miteinander, doch er verstand sie nicht, weil er zu beschäftigt damit war, den letzten Ärmel freizubekommen. Hektisch knüllte er den Stoff zusammen, bis er eine Art Kissen bildete, das er fest auf die Wunde presste. Dann schlang er die leeren Ärmel darum und verknotete sie, immer in der Sorge, seiner Mutter die Luft abzuschnüren. Sie war bewusstlos, aber noch hob und senkte sich ihr Brustkorb.

»Du gibst keine Ruhe, wie?«, fragte die zweite Merle, ließ Junipas Hals los, griff ihr ins Haar und schlug ihren Hinterkopf hart auf den Boden. Junipa schrie auf und wehrte sich aus Leibeskräften. Es gelang ihr, einen Arm unter dem Knie ihrer Gegnerin hervorzuziehen und die Faust nach oben zu rammen.

Der Hieb reichte nicht aus, um der anderen Merle mehr als ein müdes Lächeln abzuringen. Aber er zeigte ihr, dass sie Junipa unterschätzt hatte. Und dass drastischere Maßnahmen erforderlich waren.

»Nicodemus will dich sehen«, brachte sie hervor, »aber eigentlich geht es ihm nur um deine Augen. Und Spiegelaugen sind *tote* Augen, nicht wahr? Ich könnte dir deine Augen mit einem Suppenlöffel aus dem Gesicht brechen. Wie würde dir das gefallen?«

Serafin vollendete den provisorischen Verband. Das

Ergebnis war ernüchternd. Innerhalb von Sekunden färbte sich der Stoff des Hemdes rot. Er musste ihn entfernen, um erneut mit der bloßen Hand auf die Wunde zu drücken.

Er würde seine Mutter nicht sterben lassen, für niemanden auf der Welt, aber er wollte auch Junipa nicht verlieren. Er kannte sie kaum, gewiss, und selbst wenn sie das hier überstand, würde sie bald wieder fortgehen auf der Suche nach dem Herz der Stadt – es sei denn, er half ihr, es *hier* zu finden, in seinem Venedig. Vielleicht war er in der Lage dazu, denn die Angst, die ihn bisher davon abgehalten hatte, verblasste angesichts dessen, was er gerade durchmachte. Der Mann, der den Weg zum Herz der Stadt vielleicht kannte, konnte ihm nach alldem hier keine Furcht mehr einjagen.

»Hast du mich verstanden?«, brüllte Merles Ebenbild das Mädchen am Boden an.

Junipa versuchte es mit einem zweiten Schlag, doch diesmal packte die Andere ihren Arm und drehte ihn brutal zur Seite.

Junipa brüllte vor Schmerz.

»Lass sie los!«

Die Worte kamen nicht von Serafin. Während er seine Hand weiterhin auf die Wunde presste, blickte er zur Tür.

Da stand Merle, in der rechten Hand einen Säbel.

Ihre Doppelgängerin rief, dass sie Junipa töten würde, wenn sie nur einen Schritt näher käme, doch da war Merle längst unterwegs. Mit wenigen schnellen Sätzen sprang sie auf ihr Ebenbild zu und holte dabei mit der Klinge aus.

Wieder war die zweite Merle schneller.

Als Junipa gegen den Kleiderschrank geprallt war, hatte sich die Tür einen Spalt weit geöffnet. Das Türblatt befand sich gleich neben ihnen, und die Agentin der Glasbrenner machte sich das zunutze. Sie packte es mit der einen Hand, riss es über Junipa hinweg auf und wehrte damit den Säbel ab. Die Klinge bohrte sich in das Holz, drang aber nicht hindurch, denn an der Rückseite befand sich ein hoher Spiegel; sein daumendickes Glas hielt die Spitze auf.

Junipa nutzte den Augenblick der Ablenkung und rollte sich unter ihrer Peinigerin zur Seite. Dabei riss sie Merles Doppelgängerin mit sich, die verlor ihr Gleichgewicht und bewahrte sich nur vor einem Sturz, indem sie Junipa losließ und nach hinten robbte. Kurz sah es aus, als bliebe sie in dem Durcheinander aus Beinen und Armen gefangen, dann kam sie auf die Füße.

Merle hatte derweil versucht, den Säbel aus dem Holz zu ziehen, doch das erwies sich als schwierig. Stattdessen griff sie nun mit beiden Händen nach Junipa, zerrte sie von ihrer Gegnerin fort und stieg über sie hinweg, um sich der Agentin mit leeren Händen zu stellen.

Ihre Doppelgängerin war fort.

»Die Geheimtür!«, rief Serafin, ohne seine Mutter loszulassen. »Sie ist durch die Geheimtür gelaufen!«

Jene Tür, die eigentlich nicht hätte da sein dürfen. Der Kartograph musste etwas damit zu tun haben. Und was war eigentlich aus ihm geworden? War er bei dem Sturz aus dem Fenster umgekommen, oder würde er jeden Moment wieder auftauchen?

Merle half Junipa auf die Beine. »Schaffst du das allein? Stehen, meine ich.«

»Ja … sicher.« Junipas silberne Augen weiteten sich, als sie begriff, was Merle vorhatte. »Du kannst ihr nicht allein folgen!«

Aber Merle zerrte schon wieder an dem Säbel, bekam ihn endlich frei und deutete zu Serafin. »Hilf ihm. Ich kümmere mich um sie.«

Und damit stürmte sie durch die schmale Geheimtür in die Dunkelheit, rief noch etwas, das Serafin nicht verstand, und war nicht mehr zu sehen.

»Merle!«, brüllte Junipa ihr hinterher, schien ihr erst folgen zu wollen, sah dann aber Serafin mit seinen Händen voller Blut. Schwankend kam sie zu ihm herüber. An ihrem Hals prangten feuerrote Würgemale.

»Wir können deine Mutter retten«, sagte sie heiser und blickte sich suchend im Zimmer um. »Erst versorgen wir die Wunde. Und dann schaffen wir sie schleunigst von hier weg.«

Wohin?, wollte er fragen, doch bevor er die Frage stellen konnte, ahnte er bereits die Antwort.

21

Um Merle war es im ersten Augenblick stockfinster. Dann schälten sich die Wände eines engen Gangs aus dem Dunkel, rohe Ziegelmauern und ein Teppich aus Staub.

Es gab nur eine Richtung, in die ihre Doppelgängerin laufen konnte. Sie war irgendwo vor ihr, gewiss nicht weit entfernt.

Der Gang führte zwischen den Wänden des Hauses um scharfe Ecken, dann einige Stufen hoch und wieder hinunter. Er war nur wenig breiter als ihre Schultern, ein erwachsener Mann konnte sich hier vermutlich nur mühsam vorwärtsbewegen. Doch Geheimgänge wie dieser wurden auch nicht für Verfolgungsjagden gebaut, sondern zum Schleichen, Lauschen und Beobachten. Alle paar Meter fielen nadelfeine Lichtstrahlen durch Gucklöcher zu Wohnungen und Treppenhäusern. Manchmal ragten Balkenenden herein, so niedrig, dass sie ausweichen musste, um sich nicht den Schädel aufzuschlagen. Staubfäden verfingen sich in ihren Haaren und klebten an ihrem Gesicht.

Die Fußspuren der Anderen waren im Halbdunkel vage zu erahnen, aber an einigen Abzweigungen war sich Merle nicht sicher und wünschte sich, Serafin wäre hier und würde mit einem Fingerschnippen eine Flamme entzünden. So musste sie sich auf ihren Instinkt verlassen und horchte auf Laute in der Ferne, die von überall hätten kommen können.

Gab es überall in Venedig diese geheimen Gänge zwischen den Wänden? Viele Häuser der Stadt waren zur gleichen Zeit und im selben Baustil errichtet worden. Gut möglich, dass sich dieses Labyrinth durch ganze Viertel zog – eines mehr in einer Stadt, die mehr Irrgärten beherbergte als jede andere: Gassen, Kanäle, Geheimgänge, dazu die Wege zwischen den verborgenen Gärten, die verwinkelten Stege auf den Dächern, ganz zu schweigen von den unterseeischen Routen der Meerjungfrauen.

Merle fürchtete, ihre Doppelgängerin könnte ihr hinter einer Ecke auflauern, und zwang sich, langsamer zu werden. Doch als sie eine weitere steile Treppe hinauflief, erkannte sie, dass die Andere in eine Sackgasse gelaufen war, an deren Ende eine schmale Tür lag. Sie stand weit offen.

Merle näherte sich ihr vorsichtig und erkannte, dass ihre Gegnerin die Gänge in den Wänden verlassen hatte. Vor ihr lag ein weitläufiger Dachboden – nur dass der *Boden* sich gut fünf Meter unter ihr befand und die Tür hinaus auf ein Gitterwerk aus dicken Balken im oberen Teil des Speichers führte.

Noch einmal schaute sie sich um, weil sie fürchtete, jemand käme von hinten, um sie von der Schwelle in die Tiefe zu stoßen. Doch Gang und Treppe waren verlassen, und auch die Fußspuren wiesen nur in eine Richtung – hinaus auf einen Balken. Es war nicht unmöglich, darüberzubalancieren, doch sie sah keine Notwendigkeit dafür. Tatsächlich war sie nicht einmal mehr sicher, warum sie der anderen Merle gefolgt war. Sie war nicht besonders geschickt im Umgang mit einem Säbel – auch wenn sie in den vergangenen zwei Jahren gewisse Erfahrungen gesammelt hatte und einige Wochen bei einem betrunkenen Fechtmeister in die Lehre gegangen war. Hätte sie die Wahl gehabt, wäre sie ihrer Doppelgängerin lieber nie wieder begegnet, als sich auf einen Kampf mit ihr einzulassen.

Trotzdem blieb ihre Wut. Die andere Merle hatte die Meerjungfrau aus reiner Lust am Quälen gefoltert, hatte ihr das Gleiche angedroht und nun Serafins Mutter verwundet, vielleicht gar getötet. Alle Vernunft in ihr schrie danach, umzudrehen und mit Junipa aus diesem Venedig zu verschwinden. Nur würde es so einfach nicht sein. Und dann war da noch ihre erste Spur zum Herz der Stadt.

»Du!«, drang ihre eigene Stimme aus dem Gewirr der Dachbalken. Nicht ihr Name, als wollte die andere Merle nicht wahrhaben, wen sie da vor sich hatte. »Komm her, wenn du es wagst.«

Merle blickte nach unten. In der Düsternis war der Boden nur als graue Masse auszumachen und hätte ebenso gut aus Nebel über einem viel tieferen Abgrund bestehen können. Schließlich schüttelte sie den Kopf, im Vertrauen darauf, dass die Andere sie beobachtete. »Mir bricht kein Zacken aus der Krone, nur weil ich nicht so lebensmüde bin wie du.«

»Aber du bist wie ich.«

»Ganz sicher nicht.«

»Womöglich weißt du nur nicht, was in dir steckt.« Ihre Widersacherin war nicht zu sehen, sosehr Merle sich auch bemühte, sie im Dunkel zwischen den Balken aufzuspüren. »Was hast du gefühlt, als ich die Meerjungfrau im Wasser hab tanzen lassen?«

»Dass die Welt ohne dich besser dran wäre. Diese Welt und jede andere.«

Die zweite Merle lachte. »Das ist das, was du *gedacht* hast. Weil du ach so anständig und tugendhaft bist, nicht wahr? Aber was war mit deinen Gefühlen? War da nicht ein klitzekleines bisschen Aufregung, als die Elektrizität sie hat zucken lassen? Warst du nicht neugierig, was geschehen würde, wenn ich den Schalter länger umlegen würde? Vielleicht wäre sie im Wasser gekocht worden wie ein Hummer. Mach dir nichts vor: Wenn man die Stärkere ist, dann ist alles möglich.«

»Es ist kein Zeichen von Stärke, wenn man jemanden quält, der sich nicht wehren kann.«

»Aber wer hatte das Fischweib denn überhaupt erst eingesperrt? Ich, natürlich. Du darfst mir ruhig ein wenig mehr zutrauen.« Wieder lachte sie leise. »Du solltest uns besser kennen, dich und mich. Immerhin sind wir so was wie Schwestern.«

Merle stand noch immer an der Türschwelle, eine Fußlänge von der Kante entfernt. Sie fürchtete sich nicht davor, über diese Balken zu laufen. Höhenangst hatte sie keine, das wusste sie spätestens seit ihrem Ritt auf dem Rücken des fliegenden Obsidianlöwen. Und sie traute sich zu, einen Angriff mit ihrem Säbel abzuwehren. Nur wusste sie nicht, ob ihre Doppelgängerin ihr eine Falle gestellt hatte. Besaß sie eine Schusswaffe? Dann aber hätte sie längst feuern können, seit Merle wie auf dem Präsentierteller am Rand des Abgrunds stand.

»Wir sind keine Schwestern!«, rief sie in die Speicherhalle hinaus, um Zeit für ihre Entscheidung zu gewinnen. »Wir sehen nur zufällig aus wie welche.«

»Haarspalterei«, kam die Antwort. »Nicodemus sagt, wir sind Aspekte derselben Persönlichkeit. Nur dass ich auf der richtigen Seite stehe und du auf der falschen.«

Natürlich, dachte Merle, sie muss dieser Meinung sein. Vermutlich meinte die andere Merle dort draußen wirklich, dass sie alles richtig machte. Und dass nur sie ein Anrecht darauf besaß, die Merle dieser Welt zu sein. Womit sie nicht ganz falschlag. Eine von ihnen war ein Eindringling in diesem Venedig und brachte die Dinge durcheinander, während die andere alles daransetzte, die bisherigen Verhältnisse zu bewahren.

Als dächte sie dieselben Gedanken, rief ihre Doppelgängerin: »Du tauchst aus dem Nichts auf und erlaubst dir ein Urteil über das, was ich tue und wofür ich eintrete. Die Glasbrenner sorgen in dieser Stadt für Stabilität. Sie geben den Menschen Arbeit, damit die ihre Familien ernähren können. Venedig braucht das Glas und all jene, die ihm Form verleihen. Der Stadtrat besteht nur aus Heuchlern und Dummköpfen. Ohne Nicodemus wäre längst alles im Chaos versunken.«

»Hat er dir das eingeredet?«, erwiderte Merle. »Dass er der Retter Venedigs ist und es ohne das Foltern von Gefangenen nicht geht?« Behutsam setzte sie einen Fuß auf den Balken, zog dann den zweiten hinterher. Das Holz knirschte.

»Er hat mir gar nichts eingeredet.« Die zweite Merle trat hinter mehreren Streben hervor auf den zentralen Balken, der als Hauptachse durch den gesamten Speicher führte. »Und nun kommst du her, mit einem Säbel in der Hand, um … was eigentlich zu tun? Meine Welt zu verändern, weil sie dir nicht gefällt? Weil sie nicht dem entspricht, was du aus deiner kennst? Ich versteh's nicht, also erklär's mir.« Sie streckte beide Handflächen vor, um zu zeigen, dass sie selbst unbewaffnet war.

Merle ging weiter, zwei, drei, vier Schritt auf den Balken hinaus. Bei jeder Bewegung ächzte und vibrierte das Holz unter ihr. Ihre Augen gewöhnten sich an das schwache Licht auf dem Dachboden. Die Höhe hatte sie vorhin falsch eingeschätzt, der Abgrund war noch tiefer: eher sieben oder acht Meter, genug, um sich bei einem Sturz das Genick zu brechen.

»Wenn es der Stadt unter der Herrschaft der Gilde so gutgeht«, sagte Merle, »warum ist dieser Speicher dann leer? Wo sind die großen Handelsschiffe, die Venedig reich gemacht haben?«

»Ist es das, was du willst?«, rief ihre Doppelgängerin. »Uns erklären, wie und mit wem wir Geschäfte machen sollen? Nicodemus weiß am besten, was gut für die Stadt ist.«

Sie glaubt wirklich daran, dachte Merle. Wahrscheinlich würde sie diesen Nicodemus noch verteidigen, wenn er ihr ins Gesicht lachte und gestand, dass es ihm nie um etwas anderes als die eigene Macht gegangen war. Aber wusste sie selbst das denn so genau? Sie war ihm auf Murano nicht begegnet, und – zugegeben – ihr Bild von ihm setzte sich vor allem aus Mutmaßungen zusammen.

»Du hast mich entführt«, sagte Merle und war sich bewusst, dass sie der letzten Frage auswich. »Du hast mich in eine Flasche gesteckt und mir gedroht, mich zu foltern. Was erwartest du? Dass ich dir recht gebe?«

»Nein«, gab die Andere zur Antwort, »nur dass du verstehst, warum ich das tun musste. Und immer wieder tun würde.«

»Du lügst!«, entgegnete Merle. »Du und ich, wir sind ziemlich gut darin, uns was vorzumachen. Du lügst nicht nur mich an, sondern auch dich selbst. Nicodemus und dir ging es die ganze Zeit allein um Junipa und ihre Spiegelaugen.«

Jetzt kam ihr die zweite Merle auf dem Balken langsam entgegen, und obwohl sie nicht die gleiche Kleidung trug, erschien es Merle, als blickte sie in einen Spiegel. Soweit sie das beurteilen konnte, glichen sich ihre Gesichter wie ein Ei dem anderen. Und trotzdem war da etwas Fremdes, so als sähe sie ihre eigenen Züge zum ersten Mal aus einer ungewohnten Perspektive.

»Die Spiegelaugen deiner Freundin sind kostbarer, als du dir vorstellen kannst«, sagte ihr Ebenbild. »Wenn es Nicodemus gelänge, Blinde damit sehend zu machen, kämen die Händler aus aller Welt zurück nach Venedig. Es würde keine Rolle mehr spielen, dass der Wasserspiegel sinkt. Für ein solches Wunder würden sie jeden Preis bezahlen.«

»Wie kommt ihr darauf, dass ihr Junipas Augen selbst herstellen könnt?«

»Nicodemus weiß alles über Glas und seine Verarbeitung. Glasbrennen ist nicht nur eine Kunst, dabei sind auch Magie und Alchemie im Spiel. Glaub mir, wenn er diese Augen untersuchen kann, dann wird er erkennen, wie sie funktionieren. Und wie er selbst welche erschaffen kann.«

»Um sie zu untersuchen, müsste er sie herausnehmen. Er würde Junipa dabei blenden, wahrscheinlich sogar töten.« Wenn Merle eines wusste, dann, dass sie das niemals zulassen würde. An Junipa war bereits zweimal herumexperimentiert worden: erst als Arcimboldo ihr die Spiegelscherben eingesetzt hatte, dann in Axis Mundi, wo Lord Lichts Chirurg ihr Herz gegen ein Stück des Steinernen Lichts ausgetauscht hatte.

Die andere Merle lächelte dünn. »Ein einziges Opfer, damit es Tausenden bessergeht. Jemand, der so selbstlos ist wie du, müsste das doch verstehen.«

»Ich bin bestimmt nicht selbstlos.« Der Balken schien kaum merklich auf und ab zu schwingen, als ihre Doppelgängerin sich erneut in Bewegung setzte. Die beiden gingen aufeinander zu, hoch über dem Abgrund des leeren Dachbodens, umwirbelt von Schwärmen grauer Staubflocken. Merle packte den Säbel ein wenig fester.

»Was willst du überhaupt?«, fragte die zweite Merle spöttisch. »Dass wir uns ein Säbelduell liefern und dabei von Balken zu Balken hüpfen wie die Musketiere in den Büchern? Dann muss ich dich enttäuschen. Ich bin nicht mal bewaffnet.« Sie verzog den Mund zu einem verächtlichen Grinsen, das Merle einmal mehr schaudern ließ.

Zwischen ihnen lagen noch drei Meter. Mittlerweile hatte Merle sich fast zehn Schritte von der Tür zu den Geheimgängen entfernt. Nicht zum ersten Mal fragte sie sich, ob ihre Gegnerin wirklich allein war.

»Vor allem will ich, dass ihr Junipa in Frieden lasst«, sagte sie.

»Und dann? Zurück in den Spiegel?« Ihre Doppelgängerin schüttelte lächelnd den Kopf. »Nein, ich glaube nicht, dass du einfach von hier verschwinden wirst. Der Fremde aus dem Spiegel ist nicht der Einzige, der euch auf den Fersen ist, oder? Wo er herkommt, gibt es noch mehr wie ihn.«

»Was habt ihr mit dem Kartographen zu schaffen?«, fragte Merle.

Ihr Gegenüber sah nicht glücklich aus, als sie sagte: »Der Spiegel aus dem Kanal ist nach Murano gebracht worden. Wenig später ist er daraus aufgetaucht. Er hat einige Wachen getötet, bis Nicodemus mit ihm gesprochen hat. Wie sich gezeigt hat, war er vernünftigen Argumenten gegenüber aufgeschlossen. Er verfolgt euch, weil ihr ihm etwas gestohlen habt, behauptet er. Er will es zurück, das ist alles.«

Merle hatte nichts als Lügen erwartet. Trotzdem fröstelte sie, weil sie wusste, wie gefährlich der Pakt war, den Nicodemus mit dem Kartographen geschlossen hatte. Gefährlich und verdammt dumm. »*Das* hat er behauptet? Dass wir etwas gestohlen haben?« Sie ertappte sich dabei, dass sie ebenso abfällig lächelte wie ihr Ebenbild. »Ich kann dir verraten, was er wirklich will: genau dasselbe wie ihr. Junipa und ihre Augen. Und euch wird er sie auf keinen Fall überlassen. Wenn er Junipa vorhin in die Finger bekommen hätte, wärst du nicht mehr am Leben.«

War ihre Doppelgängerin wirklich so naiv? Ein Anflug von Verunsicherung erschien in ihrem Blick. Erst nach Sekunden begriff Merle, dass nicht der Kartograph der Grund dafür war.

»Du solltest dir das ansehen«, sagte die Andere und schaute mit gerunzelter Stirn an Merle vorbei.

»Erwartest du wirklich, dass ich mich umdrehe?«

»Ich würd's dir empfehlen.«

Merle war nicht sicher, warum sie ihr in diesem Augenblick glaubte. Es war der älteste Trick der Welt, natürlich, aber gerade weil sie selbst ihn nie angewandt hätte, traute sie das auch ihrer Gegnerin nicht zu. Was ein Fehler sein mochte.

Sie streckte die Säbelspitze weiter vor und sah zugleich über die Schulter nach hinten.

Erst hörte sie es nur – ein Knirschen und Mahlen wie von einem Schwarm Termiten, der sich am Dachgebälk zu schaffen machte –, dann sah sie Bewegung im Halbdunkel, als erwachten die Schatten zum Leben.

Tatsächlich waren es Wolken aus Holzstaub, die dort aufstiegen, wo der breite Balken in der Wand verankert war. Noch während ihr das klarwurde, erklang ein metallischer Laut, so als würde ein Stück Eisen mit Urgewalt verbogen.

Sie hatten beide denselben Fehler gemacht. Eigentlich unausweichlich, dachte sie nüchtern. Sie hätten diesen Balken niemals betreten dürfen.

»Ich würde vorschlagen –«, begann ihre Doppelgängerin.

Merle wandte sich zu ihr um, und während tief in ihr blanke Panik explodierte, sagte sie scharf: »Du wirst uns gehenlassen!«

Die Andere riss die Augen auf. »Du willst verhandeln? Jetzt?«

Ein zweites Quietschen von nachgebendem Metall. Die nächste Verankerung brach aus dem morschen, wurmzerfressenen Holz.

»Nicht verhandeln«, sagte Merle mit einer Ruhe, die augenscheinlich nicht nur sie überraschte. »Wenn du zu dieser Tür willst, dann gibst du mir dein Wort, dass du Junipa und mich gehenlässt. Und du solltest überzeugend sein. Weil du sonst sterben wirst.«

»Wir werden beide sterben, wenn wir nicht sofort –«

»Dein Wort!«

»Kannst du haben.«

»Sag es!«

Die dritte Verankerung brach aus dem Holz. Merle glaubte nicht, dass es noch viele weitere gab. Schon jetzt hatte sie das Gefühl, dass der Balken sich zur Seite neigte, ganz langsam entlang seiner Längsachse kippte.

»Ich geb dir mein Wort, dass ihr gehen könnt«, brachte die Andere hervor.

Merle begann, sich rückwärts Richtung Tür zu bewegen. Sie ging vorsichtig, wagte nicht, ruckartige Schritte zu machen. Ihre Doppelgängerin folgte ihr, ungeachtet des Säbels, der in ihre Richtung zeigte.

»Es war eine schwachsinnige Idee, mich auf diesen Balken zu locken.« Merle wurde nun doch etwas schneller, weil das Holz immer lauter ächzte.

»Es war eine schwachsinnige Idee, mir zu folgen«, sagte die Andere. »Ich hätte dich hier oben umgebracht.«

»Gut zu wissen.«

»Als könnten wir einander belügen.«

Ihre Blicke trafen sich, und zum ersten Mal war da so etwas wie Übereinstimmung zwischen ihnen.

»Wie weit ist es noch?«, fragte Merle, ohne sich umzuschauen.

»Ungefähr drei Meter. Du musst schneller gehen.«

Sie schüttelte den Kopf. »Die Erschütterungen würden –«

Der Rest des Satzes wurde von einem entsetzlichen Kreischen abgeschnitten.

Dann gab es einen Ruck, der sie beide fast in die Tiefe warf. Die Andere sprang vor, ganz instinktiv, um sich an etwas oder jemandem festzuhalten, während Merle selbst alles auf eine Karte setzte, herumfuhr und rannte.

Sie schaffte es fast bis zur Schwelle, als ein weiterer Ruck durch den Balken fuhr und um sie eine Wolke aufstieg, die nach verschimmeltem Sägemehl roch.

Hinter ihr schrie ihre Doppelgängerin panisch auf.

Merle ließ den Säbel fallen, stieß sich ab und sprang.

Sie krachte mit dem Schienbein auf die Eisenschwelle – und griff ins Leere. Ihre Hände suchten nach etwas, um sich festzuhalten, aber da rutschte sie schon von der Kante ab und fiel.

Etwas glitt über ihren Rücken – fremde Finger und irgendwie doch ihre eigenen. Sie bekam die Schwelle zu fassen, krallte sich daran fest, schlug mit den Knien gegen die Mauer unterhalb der Tür und begriff zugleich, dass der Balken verschwunden war.

Im nächsten Augenblick ertönte das ohrenbetäubende Poltern seines Aufschlags. Wolken von Staub stiegen um sie auf.

Merle hing an der Öffnung und wusste, dass sie abstürzen würde. Länger als ein paar Sekunden konnte sie nicht durchhalten, so wenig wie es ihr gelingen würde, ihr ganzes Gewicht an den Fingerspitzen aufwärtszuziehen.

Ihr rechter Fuß trat auf etwas, das ein Sockel sein mochte. Eine Eisensprosse in der Wand, schräg unterhalb der Stelle, an der der Balken verankert gewesen war. Und da war noch eine, unmittelbar neben ihr. Wenn sie herankam, irgendwie, mit einem ganz leichten Schwingen, dann konnte sie es vielleicht schaffen.

Sie dachte nicht länger nach, stieß sich zur Seite hin ab, verlor prompt den Halt an der Schwelle und stürzte erneut.

Es fühlte sich an wie mehrere Meter. In Wahrheit war es nur ein leichtes Absacken, bevor ihre Hand die oberste Sprosse zu fassen bekam. Sie fand Halt, packte auch mit der zweiten zu und schob zugleich den linken Fuß neben den rechten auf eine tiefere Sprosse.

So hing sie da, wer weiß wie lange, bis sie wieder atmen und irgendwann einen klaren Gedanken fassen konnte.

Falls ihre Doppelgängerin einen Schrei ausgestoßen hatte, war er im Getöse des berstenden Balkens untergegangen. Merle blickte nach unten, doch die Staubwolke war zu dicht, um den Boden zu erkennen.

Sie zögerte nur kurz, dann machte sie sich mit bebenden Knien und feuchten Händen an den Abstieg. Bei jeder Sprosse fürchtete sie, sie könnte so morsch sein wie die Verankerungen des Balkens.

Schließlich kam sie wohlbehalten unten an, inmitten wogenden Dunsts und tief im Inneren überzeugt, dass die andere Merle fort sein würde, verschwunden in den Staubwolken, und dass sie sich ein andermal erneut gegenüberstehen würden.

Schon nach wenigen Schritten stieß sie auf die Leiche. Ihre Doppelgängerin lag verdreht auf dem Balken, der Rücken gebrochen wie das Holz unter ihr. Ihr Kopf hing nach hinten, ihre Augen waren aufgerissen und vollkommen weiß. Erst beim zweiten Hinsehen erkannte Merle, dass Pupille und Iris beider Augäpfel von einer dichten Staubschicht bedeckt waren.

Es gab keinen Zweifel, dass sie tot war, aber Merle zwang sich trotzdem, nach ihrem Handgelenk zu greifen und den Puls zu suchen. Ihre eigenen Finger zitterten so sehr, dass sie ihn wohl auch dann nicht gespürt hätte, wenn er noch da gewesen wäre.

Einen Moment lang blieb sie so stehen, die Hand ihres Ebenbildes in ihrer, atmete den Staub des Dachbodens ein und versuchte, irgendetwas zu fühlen, etwas zu denken. Zuletzt gab sie auf, ließ die Tote zurück und machte sich an den Aufstieg.

22

In der Wohnung wurde sie erwartet.

Junipa und Serafin waren fort, ebenso die verletzte Frau. Statt ihrer saß da Cagliostra inmitten der Verwüstung und leckte sich die rechte Pfote.

Merle blieb in der offenen Geheimtür stehen und starrte die Katze fassungslos an. »Du warst tot«, stellte sie fest, nicht besonders geistreich, aber der Tod war gerade sehr präsent in ihren Gedanken, und das war Entschuldigung genug für eine Menge dummer Sätze.

»Allerdings«, sagte Cagliostra. »Passiert mir öfter.«

»Ich hab dich eigenhändig draußen aufgesammelt und ins Treppenhaus gelegt.«

»Schönen Dank dafür. Ich bevorzuge es, nicht von irgendwelchen Karren überrollt zu werden. Einmal hat mich so ein Kerl aufgelesen, um mich auszustopfen. Heutzutage kann man niemandem mehr trauen.«

Merle betrat das Zimmer und schob die Tür hinter sich zu. Wäre ihr Erstaunen über Cagliostras wundersame Auferstehung nicht so groß gewesen, hätte sie sich darüber gewundert, dass die Tür fugenlos mit der gekalkten Wand verschmolz. So aber nahm sie es gleichgültig zur Kenntnis.

»Ist das so ein Neun-Leben-einer-Katze-Ding?«

»Wir haben eine andere Bezeichnung dafür«, sagte Cagliostra, »aber ja, im Kern ist es das. Sieben hab ich aufgebraucht. Bleiben noch zwei. Ich sollte anfangen, besser auf mich achtzugeben. Alles in allem ein bisschen kürzertreten.«

Merles Blick fiel auf den offenen Kleiderschrank und den Spiegel an der Innenseite der Tür. »Sind sie da durchgegangen? Mit Serafins Mutter?«

Cagliostra senkte ihre Vorderpfote, setzte sie sorgfältig neben die andere und sah zu Merle auf. »Ich persönlich habe davon abgeraten, noch mal durch die Spiegelwelt zu gehen, aber das Gebot der Eile … Und deine Freundin war wohl der Meinung, sie könnte den Weg finden. Ich hoffe nur, sie lockt nicht noch mehr von diesen –«

»Den Weg wohin?«, fiel Merle ihr ins Wort.

»An einen Ort, an dem man Serafins Mutter helfen kann.«

Merle wartete ungeduldig ein paar Sekunden ab. »Und?«

»Und was?«

»Herrgott, was ist das für ein Ort?«

»Ich kann dich hinführen, wenn du darauf bestehst. Nicht durch den Spiegel. Durch die Gassen.«

»Hat Serafin dir das aufgetragen?«

Die Katze seufzte. »Wenn du mich so fragst – ja, hat er. Nicht, dass ich verpflichtet wäre, ihm zu gehorchen. Aber weil du meine sterblichen Überreste in Sicherheit gebracht hast, bin ich gern behilflich.« *Gern* war natürlich eine Lüge, daran ließ ihr Tonfall keinen Zweifel.

»Wohin also gehen wir?«, fragte Merle.

»Zu Bastets Palazzo. Ich bring dich hin, werde aber selbst keine Pfote hineinsetzen.«

Junipa hatte ihr von Bastet erzählt. Die Tatsache, dass sie und die Fließende Königin einmal ein und dieselbe Göttin gewesen waren, hätte ein Grund sein können, ihr zu vertrauen. Oder das genaue Gegenteil.

»Gut«, sagte sie. »Worauf warten wir?«

»Da wäre noch was«, sagte die Katze. »Vielleicht willst du einen Blick auf das hier werfen.« Mit der Nase stupste sie ein gerolltes Papier an, dass vor ihr zwischen anderen Utensilien lag, die beim Kampf in der Wohnung verstreut worden waren.

Merle hob die Rolle auf und schob sie auseinander. Das Papier hatte zahlreiche Knicke. Jemand war daraufgetreten. Auf den ersten Blick schien es sich um den Grundriss eines Hauses zu handeln, ähnlich einem Bauplan. Jede Etage war separat nebeneinander abgebildet.

»Was ist das?«

»Der Kartograph hat es verloren.«

Beinahe hätte sie den sonderbaren Plan angewidert fallen lassen. Sie hielt zum ersten Mal eine Karte in der Hand, die einer dieser Kreaturen gehörte, und der Anblick verblüffte sie. Das hier war eindeutig kein Plan der Spiegelwelt.

»Du hast keine Ahnung, wie man sie benutzt, stimmt's?«, fragte Cagliostra.

»Das ist nur ein Haus«, entgegnete Merle. »Etwa *dieses* Haus?«

»Ganz genau.«

»Warum hatte er eine Karte von dem Haus dabei, in dem Serafin lebt?«

»Spürst du es denn nicht?«

Merle riss der Geduldsfaden. »Könntest du wohl *einmal* eine klare Antwort geben?«

Die Katze erhob sich und streckte ihre Beine. Ihre Knochen knackten wie die eines alten Menschen. Vielleicht war ihre Heilung noch nicht ganz abgeschlossen.

»Das ist keine gewöhnliche Karte«, sagte Cagliostra. »Und ganz sicher keine, die der Kartograph mal eben gezeichnet hat, als er zur Tür hereinkam. Würdest du damit in einem anderen Haus stehen, würde sie dieses andere Haus zeigen. Der Plan verändert sich, je nachdem, wo du dich gerade befindest.«

Merle runzelte die Stirn. »Also Magie.« Wieder hätte sie das Ding am liebsten zurück auf den Boden geworfen. Ihre Fingerspitzen kribbelten vom Kartographenzauber, mit dem der Plan getränkt war.

»Schau genau hin«, empfahl ihr Cagliostra.

Widerwillig tat sie es. Und plötzlich verstand sie, was die Katze meinte. »Darauf sind die Geheimgänge und ihre Türen verzeichnet!«

»Hosianna!«, rief die Katze. »Eine Blinde ist sehend geworden!«

Tatsächlich waren da in unauffälligem Dunkelbraun zusätzliche Linien hinter den Wänden zu sehen, außerdem Markierungen zwischen manchen Türen und Fenstern. Auf den ersten Blick erschienen sie nur wie architektonische Kennzeichnungen, nichtssagend für einen Laien. Hatte man ihre Bedeutung jedoch erst einmal durchschaut, ergaben sie einen Sinn.

»Und das funktioniert in allen Häusern der Stadt?«, fragte sie staunend.

»Ich hab's nicht ausprobiert. Ich war damit beschäftigt, tot zu sein.«

»Aber du weißt darüber Bescheid.«

»Aus einem früheren Leben.« Cagliostras Tonfall klang angemessen selbstzufrieden. Wie alle Katzen liebte sie offenbar die Geheimnistuerei.

Merle rollte die Karte zusammen und steckte sie ein. Schlagartig verschwand das Kribbeln aus ihren Fingern und breitete sich in ihrem Brustkorb aus. Sie stieß einen erschrockenen Laut aus, riss die Rolle wieder hervor und hielt sie am Rand mit Daumen und Zeigefinger fest.

»Davon wollte ich gerade abraten«, sagte Cagliostra mit leisem Schnurren.

»Hast du auch einen konstruktiven Vorschlag, oder ist Abraten alles, was du kannst?«, fragte Merle giftig.

»Ich für meinen Teil würde annehmen, dass ein Kartograph diese Karte möglicherweise wittern kann. Vielleicht ist es also keine gute Idee, sie mit sich herumzutragen.«

Merle stöhnte leise, dann nickte sie. »Eigentlich schade drum.«

»Zünd sie an und wirf sie in den Ofen«, empfahl Cagliostra.

»Warum hast du sie mir dann überhaupt erst gezeigt?«

»Weil es von Vorteil ist, Finger zu haben, wenn man Zündhölzer benutzen will. Ich kann eine Menge, aber Feuer machen gehört nicht dazu.«

Es war verlockend, die Karte zu behalten. Trotzdem fühlte Merle sich ein wenig beschwingt, als sie damit hinüber zum Ofen ging. Sie öffnete die Klappe, nahm die Dose mit den Streichhölzern, die danebenlag, und zündete die Papierrolle am unteren Ende an. Ein paar Sekunden lang sah sie zu, wie die Flamme sich daran entlangfraß, und dabei war ihr, als gewänne das Kribbeln in ihren Fingern an Intensität. Als gut die Hälfte verbrannt war, warf sie den Rest in den Ofen, wartete einen Moment und schloss dann die Eisenklappe.

»Gut gemacht.« Cagliostra klang, als hätte sie erwartet, dass Merle die Karte trotz allem mitnahm. »Er wird nicht glücklich sein, wenn ihm klarwird, was du getan hast.«

»Der Kartograph? Du weißt eine Menge über ihn.«

»Ich habe mehr als nur eine Welt gesehen«, sagte die Katze.

»Warum bist du in der hier geblieben?«

»Sie ist nicht schlechter als andere. Und ich mag den Jungen.« Mit unergründlichem Katzenblick fügte sie hinzu: »Aber untersteh dich, ihm das zu verraten.«

»Willst du deshalb nicht in Bastets Haus? Weil dort der Ausgang liegt?«

»Übergänge zwischen den Welten neigen dazu, einen gewissen Sog zu entwickeln«, sagte Cagliostra. »Erst recht, wenn man sie schon ein paar Male benutzt hat. Man kann süchtig danach werden, weil damit immer auch die Hoffnung einhergeht, ausgerechnet in der nächsten Welt erwarte einen das, was man sich am sehnlichsten wünscht.« Sie musterte Merle erwartungsvoll. »Du kennst das, nehme ich an.«

Merle sah hinüber zum Spiegel und der verschwundenen Tür. So viele geheime Eingänge und Ausgänge. Es kam ihr vor, als wäre die sichtbare Struktur der Welt nichts anderes als die Wasseroberfläche des Meeres draußen vor der Stadt: Wer konnte schon wissen, welche Reiche sich darunter verbargen?

Schließlich gab sie sich einen Ruck. »Verschwinden wir, bevor der Kartograph wieder auftaucht.«

Cagliostra strich mit dem Schwanz über den Boden, als wollte sie ihre Spuren beseitigen, breitete ihre Schwingen aus und flog voraus ins Treppenhaus.

23

»Und wer bist du?«, fragte das dunkelhäutige Mädchen, das ihr die Tür geöffnet hatte. Sie trug ein kurzes schwarzes Kleid, die nackten Arme und Beine waren mit verschlungenen Ornamenten aus Henna bedeckt.

»Merle. Meine Freunde sind hier.« Das wusste sie nicht mit Bestimmtheit, und sie hatte nicht vorgehabt, so barsch zu sein. Doch der Blick des Mädchens war derart abweisend, dass Merle rasch begriff, dass sie auch von anderen keine Freundlichkeit erwartete. Tatsächlich schien es die vorrangige Aufgabe der Dienerin zu sein, die Außenwelt von Bastets Palazzo fernzuhalten. Ihrer Miene nach zu urteilen hatte sie heute schon viel zu viel davon hereinlassen müssen.

»Nanini«, ertönte eine dumpfe Stimme wie aus dem Nichts.

Das Mädchen schnitt eine gequälte Grimasse, dann trat sie beiseite und ließ Merle eintreten. »Komm schon rein.«

Nanini führte Merle durch einen Innenhof voller Katzen, eine Treppe hinauf, über eine Galerie und durch mehrere Gänge. Überall tollten die Tiere umher, hangelten sich an Vorhängen empor oder lagen einfach nur da und dösten mit halbgeschlossenen Augen. Dass so viele von ihnen außergewöhnliche Merkmale aufwiesen – von zu vielen Beinpaaren bis hin zu zwei Köpfen, die in einer fremden Sprache miteinander debattierten –, verstärkte die traumartige Atmosphäre dieses Ortes. Über dem seltsamen Gemenge aus Ausgelassenheit und Ruhe hing ein Schleier von Wachsamkeit, so als wäre jeder hier auf der Hut vor allem, was von außen kam.

»Merle!« Junipa schlüpfte durch einen Türspalt, eilte ihr entgegen und umarmte sie, als hätten sie einander seit Wochen nicht gesehen. Die Würgemale an ihrem Hals waren blasser geworden, aber noch immer deutlich zu sehen. »Was ist passiert? Als du in diesen Geheimgang gelaufen bist, da dachte ich –«

»Sie wird keinem mehr weh tun«, sagte Merle leise.

Junipa sah sie durchdringend mit ihren Spiegelaugen an, dann nickte sie kaum merklich.

Neben ihnen kräuselte Nanini die Stirn, doch sie ließ Merles Worte unkommentiert. »Bastet heißt euch willkommen.«

»Danke.«

»Welchen Narren sie auch immer an euch gefressen haben mag«, fügte Nanini leiser hinzu und die Ahnung eines Lächelns huschte über ihre Züge, so als hätte sie Mühe, ihre Garstigkeit aufrechtzuerhalten.

Merle wandte sich wieder an Junipa. »Wie geht es Serafins Mutter?«

»Sie wird es überstehen.«

»Gott sei Dank.«

»Bastet ist bei ihr. Serafin natürlich auch.« Sie deutete zu der hohen Eichentür, aus der sie auf den Gang getreten war. »Sie sind da drinnen. Komm.«

Als Merle gleich darauf Bastet begegnete, wünschte sie sich, Junipa hätte sie vorgewarnt. Zu wissen, dass sie einer leibhaftigen ägyptischen Göttin gegenüberstehen würde, war einschüchternd genug; dass sie sich als zwei Meter große Frau mit Fell und Katzenkopf entpuppte, machte die Sache nicht einfacher.

Bastet blickte kurz auf und grüßte wortlos, als Merle von Junipa in den Raum geführt wurde. Dann wandte sie sich wieder Serafins Mutter zu, die vor ihr auf einem Bett lag, auf dem sonst vermutlich weitere Katzen tollten. Die Begrüßung war so beiläufig, dass Merle konsterniert stehen blieb. Nach ihren Erfahrungen mit Sekhmet wusste sie, dass nicht jede Tat einer Göttin von Donnerschlag und Blitzgewitter begleitet wurde – dass Bastet jedoch auf jeden hoheitsvollen Gestus verzichtete, kam auch für sie überraschend.

Serafin saß auf der anderen Seite des Bettes und hielt die Hand seiner Mutter. Die Angst in seinen Augen versetzte Merle einen Stich. Zuletzt hatte sie ihn – nein, nicht *ihn* – mit eine solchen Miene gesehen, als sie sich im Eisernen Auge gegenübergestanden hatten. Damals hatte seine Besorgnis ihr gegolten. Keine Minute später hatte er sein Leben für sie gegeben.

Junipa berührte ihre Hand.

Merle folgte ihr zum Fußende des Bettes. »Wie schlimm ist die Wunde?«, fragte sie unbeholfen, ehe ihr klarwurde, dass die Verletzung nicht mehr blutete und Bastet augenscheinlich mit etwas anderem beschäftigt war.

Die Katzengöttin hatte die Augen geschlossen und hielt ihre großen Hände über das Gesicht der Frau. Merle betrachtete die Zeichnung von Bastets Fell, die muskulösen Glieder ihres geschmeidigen Körpers, den langen Katzenschwanz, der langsam hin und her schwang. Das feine, hellbraune Fell auf ihren Handrücken stand aufrecht, die langen Finger waren gespreizt.

Serafins Mutter gab keinen Laut von sich, und Merle nahm an, dass sie schlief. Und doch war da Bewegung in ihr, ein leichtes Zittern, das ihren ganzen Körper erfasst hatte.

Schließlich nahm Bastet die Hände vom Gesicht der Kranken und richtete sich auf. »Es wird ihr bald bessergehen«, sagte sie zu Serafin. »Auch ihren Augen.«

Der Rucksack mit der Medizin, den er wie einen Goldschatz hütete, stand neben ihm am Boden und hatte wie durch ein Wunder den Kampf in der Wohnung unbeschadet überstanden. Merle bemerkte seinen verunsicherten Blick darauf, ehe er wieder Bastet ansah.

»Du hast sie geheilt?«, fragte er mit tonloser Stimme.

»Die Wunde am Hals ist geschlossen«, antwortete die Katzengöttin. »Sie hat viel Blut verloren, aber es wird sich erneuern. Gib ihr ein paar Tage Zeit, dann ist der Verlust ausgeglichen.«

»Ein paar Tage«, murmelte er gedankenverloren.

Junipa schien zu spüren, was in ihm vorging. »Serafin«, sagte sie sanft, aber mit warnendem Unterton.

Als er abermals aufblickte, geradewegs in Bastets Katzengesicht, funkelte Zorn in seinen Augen. »Du hättest das schon die ganze Zeit über tun können, oder? All die Male, die ich für dich in die Kanäle hinabgestiegen bin … Es hätte dich nur, ich weiß nicht, *das hier* gekostet … Und sie wäre gesund geworden.«

Merle presste die Lippen aufeinander, um sich nicht einzumischen. Zugleich schob sie auf dem unteren Bettende ihre Hand über Junipas Finger. Als sich ihre Blicke trafen, schüttelte sie stumm den Kopf.

»Sie wird gesund werden, Serafin«, sagte Bastet ruhig, ohne auf seinen Vorwurf einzugehen. »Sie kann hierbleiben, bis es ihr bessergeht. Nanini wird nach ihr sehen.«

Über sein Gesicht flackerten Wut und Erleichterung in einem stakkatohaften Wechselbad der Gefühle. Gerade als es aussah, als würde sein Zorn die Oberhand gewinnen, blitzte eine Träne in seinem rechten Auge auf, er atmete tief durch und flüsterte: »Danke.«

Nichts von alldem überraschte Merle. Sekhmet war letztlich genauso gewesen: rücksichtslos auf ihren Vorteil bedacht, verschwiegen, wenn es um die Risiken für andere ging, jedoch nie um freundschaftlichen Rat verlegen. Es war müßig, von Göttern Mitgefühl oder Selbstlosigkeit zu erwarten. Sie dachten anders, fühlten anders – und wenn sie sich in die Belange von Sterblichen einmischten, hatte die Sache in der Regel einen Haken. Merle hoffte, dass die Heilung seiner Mutter Serafin nicht irgendwann Kopf und Kragen kosten würde.

Bastet wandte sich mit einem Ruck zu Merle um,

als wüsste sie genau, was in ihr vorging. Ihre grünen Katzenaugen blitzten, und in diesem Moment verstand Merle, warum Cagliostra diesen Palazzo nie wieder betreten wollte. Es war nicht nur die Lockung des Übergangs – es war die Furcht vor der Macht, die hinter diesen Augen lauerte, und vor einer Fremdheit, die den Unterschied zwischen Katze und Mensch bei weitem überstieg.

»Ihr seid mir hierfür nichts schuldig«, sagte Bastet. »Dies ist mein Dank für treue Dienste und für die Erinnerungen, die Junipa mir gebracht hat. Das hat mir viel bedeutet.«

Merle warf ihrer Freundin einen Seitenblick zu.

»Außerdem bitte ich um einen Gefallen«, fuhr Bastet fort.

Da kommt es, dachte Merle. Also doch.

»Ich würde mich gern mit dir unterhalten, Merle. Unter vier Augen.«

Merle fröstelte. »Natürlich.«

Mit einer Geschmeidigkeit, die nicht zu ihrer Größe und ihrem menschlichen Körperbau passte, glitt Bastet heran, ergriff Merles Hand wie die eines Kindes und geleitete sie aus dem Zimmer.

24

»Ich kenne dein Venedig«, sagte Bastet, während sie Merle eine Wendeltreppe hinaufführte. »Ich war schon dort. Wenn auch nicht in dieser Gestalt.«

Merle wusste nicht, was sie darauf erwidern sollte, deshalb murmelte sie nur: »So?«

»Ich kann den Übergang zwischen den Welten nutzen, aber ich muss dafür zur Katze werden. Ganz und gar zu einer Katze. Ich verliere meine Macht, solange ich in anderen Welten weile, in denen man sich nicht mehr an mich erinnert, und bin dazu verdammt, sie als Tier zu erkunden. Wenn ich den Weg zurück finde – und das ist nicht immer einfach –, schlüpfe ich durch den Spalt zwischen den Welten in meinen Palazzo und werde erst hier wieder die, die jetzt vor dir steht.«

»Als Katze sieht man sicher eine Menge Dinge, die Menschen verborgen bleiben«, sagte Merle. »Oder jemandem, der den Körper eines Menschen trägt.« Wie ein Kleid, dachte sie schaudernd. Einst war auch sie auf diese Weise *getragen* worden.

»Man sieht Dinge, die selbst einer Göttin verborgen bleiben«, bestätigte Bastet, während ihr Katzenschwanz lautlos über die Stufen strich.

Merle war schon einmal von einer Göttin ausgenutzt worden, auch wenn sie darüber Verbündete geworden waren, und sie hatte kein Verlangen, das noch einmal zu erleben. Die Katzengöttin mochte spüren, dass sie von der Fließenden Königin berührt worden war – und dass sie die Verschmelzung mit ihr heil überstanden hatte.

Wollte Bastet ihr anbieten, dasselbe für sie zu tun? Sollte Merle sie in sich tragen, während sie durch die Spiegel andere Welten betrat?

Am oberen Ende der Treppe öffnete Bastet eine Holztür, so niedrig, dass sie sich bücken musste, um hindurchzugehen. Merle folgte ihr hinaus auf die überdachte Plattform eines Turms. Von hier aus bot sich ihnen eine atemberaubende Aussicht über das ziegelrote Dächermeer von Venedig, über versteckte Terrassen, winzige Innenhöfe und die Gespinste aus Wäscheleinen in den Gassen. Der Nebel löste sich allmählich auf und gab den Blick frei auf die sinkende Sonne im Westen. Ihre Strahlen brachten Fenster zum Glühen und legten flirrende Aureolen um Kirchtürme, Wetterhähne und Fahnenmasten.

So vertraut Merle dieser Anblick auch war, so war es doch der Geruch der Stadt, der ihr vorgaukelte, wieder zu Hause zu sein. Fast war es, als würden aus der Tiefe unter ihr jeden Moment die Stimmen von Arcimboldo und Unke ertönen, wie während der kurzen, unbeschwerten Zeit, die Merle in der Zauberspiegelwerkstatt verbracht hatte.

»Du hast Heimweh«, sagte Bastet, als sie neben ihr an die gemauerte Brüstung trat. Das Turmdach über ihnen ruhte auf vier Ecksäulen, oben im Gebälk flatterte ein

Vogel. Vom Wind wurde der ferne Streit zweier Gondolieri herangetragen.

»Und genau deshalb hast du mich hier raufgebracht«, sagte Merle. »Damit es noch ein wenig schlimmer wird.«

Die Katzengöttin schnurrte leise. »Ich möchte nur, dass du dich erinnerst. Und mich daran teilhaben lässt.«

»Hat Junipa das nicht schon getan?«

»Sie sagt, du bist Sekhmet begegnet. Aber es war mehr als eine Begegnung, oder?«

Merle schwieg, während ihr Blick dem Flug einiger Gänse folgte, die von der Lagune Richtung Festland zogen. »Was willst du wirklich von mir, Bastet?«

»Sekhmet und ich waren einmal eins. Und ich glaube, das haben wir beide gemeinsam, du und ich.«

Merle lächelte bitter. »Du bist eine Göttin. Ich nur irgendein Mädchen. Ich glaube nicht, dass wir irgendwas gemeinsam haben.«

»Sekhmet und ich haben uns einen Körper geteilt, bis uns der Glaube der Menschen entzweigerissen hat. Aber immerhin *haben* sie damals noch an uns geglaubt. Heute sind wir vergessen, und jede von uns geht auf ihre Weise damit um.« Sie verstummte kurz, dann sagte sie: »In Wahrheit bin ich schon lange keine Göttin mehr.«

»Trauerst du den alten Zeiten nach?«

»Den Tempeln und den Statuen? Den Anbetungen und Opfergaben?« Bastet schüttelte ihr Katzenhaupt. »Nichts von alldem. Aber ich vermisse die Freiheit, gehen zu können, wohin und in welcher Gestalt ich will.«

Merles innere Anspannung wuchs. Sie würde sich wehren, wenn Bastet versuchen sollte, ihren Körper zu übernehmen. Am Ende mochte es zwecklos sein, doch kampflos würde sie sich der Katzenfrau auf gar keinen Fall ausliefern.

»Du bist nervös«, stellte Bastet fest, ohne sie anzusehen.

»Und?«

»Dafür gibt es keinen Grund. Ich werde dir nichts antun.«

»Sagte die Katze zur Maus, bevor sie sie verschlang.«

Bastets Lachen klang beinahe menschlich. »Du traust mir nicht.«

»Du hättest Serafins Mutter die ganze Zeit über heilen können. Stattdessen hast du ihn ausgenutzt.«

»Nicht nur ihn«, sagte die Katzengöttin. »Viele von seiner Sorte. Verzweifelte Menschen, die bereit sind, bei Neumond in die Kanäle zu steigen und nach etwas zu suchen, das sie mir bringen können.«

»Wozu brauchst du all das Zeug?«

»Das meiste trägt Nanini hinaus in die Stadt und verkauft es. Dieses Haus muss instand gehalten werden. Die Katzen brauchen Futter. Früher konnte ich vieles aus dem Nichts erschaffen, aber das ist vorbei.«

»Also nutzt du die Schlammsammler aus, um das alles hier am Laufen zu halten?«

»Natürlich.«

»Gibt es keinen einfacheren Weg?«

»Doch«, sagte Bastet, »ich hätte einen Pakt mit Nicodemus' Glasbrennern schließen können oder mit einem der anderen, die vor ihm in dieser Stadt das Sagen hatten. Oder ich könnte rauben, was nötig ist. Stattdessen habe ich mich entschlossen, all diesen Menschen eine Aufgabe zu geben. Was zu meiner eigenen Aufgabe wurde.« Der Blick ihrer Katzenaugen wanderte über die Dächer. »Kein Sterblicher kann nachfühlen, was es bedeutet, wenn einem die Göttlichkeit geraubt wird. Männer und Frauen verzweifeln, wenn ihnen ihr Besitz oder ihr Stand oder ein geliebter Mensch abhandenkommt. Aber das ist nichts gegen den Verlust, den ich erlitten habe. In mir war die Allmacht der Schöpfung, die Urkraft des Anbeginns. All das ist verschwunden, als die Menschen aufgehört haben, zu mir zu beten. Um nicht vollständig zu verblassen, musste ich meinem Dasein eine neue Bedeutung geben, musste gebraucht werden. Menschen wie Serafin sind darauf angewiesen, dass ich für sie da bin – ob sie mich dafür lieben oder hassen spielt keine Rolle. Auch den Göttern wurden alle möglichen Gefühle entgegengebracht, mal Dankbarkeit, mal Wut. Solange die Menschen nur *etwas* empfinden, wenn sie mir gegenüberstehen, werde ich weiterleben.«

Merle hatte den Blick vom Panorama der Stadt gelöst und Bastet beim Sprechen beobachtet: ihr elegantes Katzenprofil, die zitternden Schnurrhaare, das leuchtende Grün ihrer Augen. Und sie begann zu verstehen, was Bastet ihr sagen wollte. Und warum sie Merle hier heraufgeführt hatte.

»Du möchtest wissen, wie Sekhmet es gemacht hat«, sagte sie so leise, dass der Seewind aus dem Süden die Worte fast fortriss. »Auf welche Weise es ihr gelungen ist, nicht in Vergessenheit zu geraten.«

Bastet nickte. »Du scheinst sie besser zu kennen als irgendwer sonst. Abgesehen von mir selbst.«

Kurz suchte Merle nach den richtigen Worten, dann erzählte sie Bastet die ganze Geschichte. Von den Vernichtungsfeldzügen des Ägyptischen Imperiums, der Belagerung Venedigs und dem Schutz, den Sekhmet der Stadt als Fließende Königin gewährt hatte. Wie die Verräter sie in eine Phiole gesperrt hatten, um sie den Ägyptern auszuliefern, und wie die Königin Merle dazu gebracht hatte, den Inhalt des Fläschchens auszutrinken, um sie fortan in ihrem Körper zu beherbergen. Merle übersprang die meisten ihrer gemeinsamen Abenteuer, berichtete aber von der Festung der Sphinxe im Nildelta, von der Auferstehung ihres grausamen Götzen und wie es der Königin gelungen war, ihn zu vernichten. Dabei hatte sie Merle verlassen und war in einen anderen Menschen geschlüpft, um ihm all seine Lebenskraft zu entziehen. Merle verschwieg, wer dieser Mensch gewesen war.

Bastet hörte aufmerksam zu, und obwohl ihr Blick dabei auf den dämmrigen Himmel über der Stadt gerichtet blieb, hatte Merle das Gefühl, dass sie jede ihrer Regungen registrierte, jedes Schwanken ihrer Stimme.

»Also hat auch Sekhmet sich selbst eine Aufgabe gegeben«, sagte Bastet schließlich. »Sie hat die Verantwortung für dein Venedig übernommen, für all die Menschen, die vom Ägyptischen Imperium bedroht wurden. So hat sie dafür gesorgt, dass sie nicht vergessen wurde.«

Ist es wirklich so einfach?, fragte sich Merle. War das Eintreten der Fließenden Königin für die Bewohner Venedigs am Ende reiner Selbstzweck gewesen? Doch daran wollte sie nicht glauben.

»Junipa hat gesagt, zuletzt sei Sekhmet zu einer Suche aufgebrochen.« Die Katzengöttin ließ eine Hand auf der Brüstung liegen, drehte sich halb um und sah Merle an. »Nach wem hat sie gesucht?«

»Nach einer anderen, die so ist wie ihr«, sagte Merle. »Es gab Gerüchte, dass das Zarenreich weit im Osten unter dem Schutz der Baba Jaga steht. Sekhmet hat geglaubt, dass auch sie einmal eine Göttin war.«

Traurig sagte Bastet: »Dann sucht sie nach einer Schwester.«

»Du glaubst, sie sucht in Wahrheit nach dir?«

»Nach einem Ersatz für mich, denn ich bin ja hier. Jede von uns gibt es immer nur ein einziges Mal, ganz gleich, in welcher Welt wir uns gerade aufhalten. Und ohne meine alte Macht werde ich diese hier wohl nicht mehr verlassen.« Sie stieß einen Seufzer aus, der sehr nach der Fließenden Königin klang. »Ich danke dir, Merle. Dafür, dass du mir das alles erzählt hast. Ich weiß, was du befürchtest, und ich verspreche dir, dass deine Furcht unbegründet ist. Ich will weder deinen Körper noch dass du mich hinüber in andere Welten trägst. Ich habe gelernt, mich mit dem zufriedenzugeben, was ich hier habe. Jemand muss den Übergang hüten und für die Katzen sorgen.«

Merle versuchte, sich ihre Erleichterung nicht anmerken zu lassen. »Was geschieht mit Serafins Mutter?«

»Sie kann bleiben, bis es ihr bessergeht. Es wird nicht lange dauern.« Die grünen Augen blitzten kurz auf. »Das gilt nicht für euch andere. Dieser Palazzo ist kein Ort für Menschen.«

Merle hatte ohnehin nicht vorgehabt, länger als nötig zu bleiben. Aber sie musste noch etwas in Erfahrung bringen. »Junipa und ich sind auch auf einer Suche«, sagte sie. »Nach einem Ort, der das Herz der Stadt genannt wird.«

Bastet nickte bedächtig.

»Kennst du den Weg dorthin?«

»Nein. Weder von diesem Venedig aus noch von einem der anderen.«

Verzweiflung und eine gehörige Portion Ärger stiegen in Merle auf. »Aber es muss einen Weg geben! Mein Vater hat jahrelang danach geforscht, und er war überzeugt, dass man das Herz der Stadt betreten kann.«

»Das habe ich auch nicht bestritten.« Bastet wandte sich zu der niedrigen Holztür, die hinab in den Turm führte. »Du kannst mir glauben, wenn ich dir sage, dass ich den Weg nicht kenne. Aber es gibt jemanden, der womöglich mehr darüber weiß. Jemanden, der vertraut damit ist, Grenzen zu überschreiten, die bislang nicht einmal du und ich überquert haben. Euer Freund Serafin ist ihm begegnet, aber er hat einen guten Grund, warum er nicht darüber sprechen will.«

Merle schlüpfte an ihr vorbei und öffnete die knarrende Tür. »Fragen wir ihn.«

»Ich glaube, genau das befürchtet er, seit er euch beiden begegnet ist.«

25

Noch vor wenigen Stunden hätte Serafin jeden für verrückt erklärt, der behauptet hätte, er würde seine Mutter einmal in der Obhut Naninis zurücklassen. Ausgerechnet Nanini, die ihm stets nur mit Hochmut begegnet war, wenn er wie ein Bittsteller vor dem Palazzo aufgetaucht war, um Bastet die Beute aus den Kanälen zu bringen.

Doch etwas war mit Nanini geschehen. Was er stets für Arroganz gehalten hatte, erkannte er nun als Fürsorge: für die Katzen, für Bastet, für diesen ganzen merkwürdigen Ort auf der Schwelle zu anderen Welten. Und mit ebendieser Fürsorge widmete sie sich der Pflege seiner Mutter, nahm ihm das feuchte Tuch aus der Hand, tupfte sanft das Gesicht der Kranken ab und bedeckte ihre geschlossenen Augen mit den Blättern lindernder Kräuter.

»Du musst dich ausruhen«, sagte sie. »Sucht euch einen Platz irgendwo im Palazzo und versucht, ein paar Stunden zu schlafen. Bastet wird euch bald bitten zu gehen, und in Wahrheit wird das keine Bitte sein, sondern ein Befehl. Nutzt die Zeit, die euch hier bleibt, und kommt wieder zu Kräften.«

Das klang so gar nicht wie die Nanini, die er kannte, und zugleich doch genau wie sie. Sie hatte mehr Ähnlichkeit mit einer Katze, die ihre Jungen schützte, als mit einer Dienerin, und er fragte sich, ob sie womöglich nicht immer dieses schlanke, braunhäutige Mädchen gewesen war und ob die gemalten Ornamente auf ihren Gliedern als Ersatz für das Fell dienten, das sie einmal bedeckt hatte.

»Sie hat recht.« Junipa ergriff seine Hand und stand mit ihm von der Bettkante auf. »Irgendwann müssen wir schlafen.«

»Draußen auf dem Gang steht ein Korb mit etwas zu essen«, sagte Nanini. »Nehmt euch, was ihr braucht. Und lasst es euch nicht von den Katzen wegfressen.«

Es kostete ihn Überwindung, seine Mutter zu verlassen, aber er wusste auch, dass er im Augenblick nichts für sie tun konnte. Und er vertraute Bastets Versprechen, dass sich ihr Zustand bald bessern würde. Noch so ein Wunder, das er am Morgen für unmöglich gehalten hätte.

Draußen auf dem Korridor kam ihnen Merle entgegen. Sie schien dringend mit ihnen über etwas reden zu wollen, doch Junipa schnitt ihr kurzerhand das Wort ab, hob den Korb mit dem Essen auf und konzentrierte sich darauf, inmitten des Katzengewimmels ein Zimmer zu finden, in dem die drei für sich sein konnten.

Schließlich saßen sie einander in alten, plüschigen Sesseln gegenüber, die für Menschen gemacht zu sein schienen, die doppelt so groß waren wie sie. Beim Essen rutschte Junipa zu Serafin zwischen die Samtkissen und vergewisserte sich mit einem kurzen Blick zu Merle, dass das in Ordnung war. Die schenkte ihnen ein kurzes

Lächeln, riss ein Stück aus einem Laib Brot und aß es mit sichtlichem Genuss. Sie schien angestrengt über etwas nachzudenken, und Serafin spürte, dass einige dieser Gedanken ihm galten. So wusste er schon, welche Frage ihr auf der Zunge brannte, als sie schließlich satt und müder als zuvor in den Riesensesseln lagen.

»Ist es wahr, dass du jemanden kennst, der uns zum Herz der Stadt führen kann?«

»Hat Bastet das gesagt?«

»Ja.«

»Sie hat ihre Augen wirklich überall.«

»Wohl eher ihre Katzen.« Junipa musterte ihn neugierig von der Seite. »Bessere Spione gibt es nicht.«

»Sie hat gesagt, dass sie keinen Zugang zum Herz der Stadt kennt.« Merle strich sich Krümel von der Kleidung, aber Serafin bemerkte, dass ihr beiläufiger Ton nur gespielt war und sie dabei weiterhin ihn ansah. »Ich weiß nicht, ob das bedeuten soll, dass es hier keinen Zugang *gibt*. Für mich würde das klingen, als hätte ein Haus einen Keller, aber keine Treppe, die hinunterführt.«

»Manchmal liegt die Kellertreppe außerhalb des Hauses«, sagte Junipa. »Wer immer das alles erschaffen hat, hat die Manifestierten Städte gebaut wie Stockwerke in einem Haus – einem Haus mit endlos vielen Etagen. Jede Etage ist eine eigene Welt. Im Grunde ist es gar nicht so schwer, sich ein Bild davon zu machen.«

»Dann wäre das Herz der Stadt vielleicht gar keine wirkliche Verbindung zwischen den Stockwerken wie ein Treppenhaus«, sagte Serafin, »sondern tatsächlich der Keller. Und den kann man nur vom tiefsten Punkt des Hauses aus erreichen, richtig?«

Merle nickte nachdenklich. »Und deshalb brauchen wir jemanden, der uns den Weg dort hinunter zeigt. Also« – ihr Blick fixierte ihn –, »hat Bastet die Wahrheit gesagt?«

Sie würde keine Ruhe geben, das war ihm klar. Nach kurzem Zögern sagte er: »Ich bin mal jemandem begegnet, dem keine Tür verschlossen bleibt. Er kennt jeden Weg durch die Stadt, und auf vielen davon bewegt er sich viel schneller als gewöhnliche Menschen.«

Junipa legte die Stirn in Falten. »Wer soll das sein?«

Er rückte sich neben ihr zurecht, dann sagte er: »Der Lampenentzünder.«

Wieder sahen die beiden Mädchen einander an, und diesmal las er Zweifel in ihren Mienen.

»Venedig hat unzählige Gassen, und in vielen davon gibt es Gas- und Petroleumlaternen«, erklärte er. »Bei Einbruch der Dunkelheit wandert der Lampenentzünder mit seinem Stab durch die Stadt und zündet eine Flamme nach der anderen an. War das in eurem Venedig nicht so?«

»Unsere Stadt ist jahrzehntelang belagert worden«, sagte Junipa. »Neben allen anderen Vorräten ist auch das Petroleum zur Neige gegangen, deshalb sind die meisten Laternen nachts dunkel geblieben. Aber wenn man sie alle hätte anzünden wollen, hätte das niemals ein Mann allein hingekriegt. In einer ganzen Nacht hätte er höchstens ein paar Bezirke geschafft, aber auf keinen Fall alle Laternen der Stadt.«

»Hier ist es nur einer«, sagte Serafin. »Keiner sieht ihn kommen, keiner sieht ihn gehen. Nur manchmal, aus dem Augenwinkel, bemerkt man seinen Schatten, aber wenn man ihm folgt, ist er immer schon hinter der nächsten Ecke verschwunden.«

»Klingt wie ein Geist«, sagte Merle.

Serafin nickte. »Manche sagen, er geht durch die Wände der Häuser, als wären sie aus Nebel. Andere, dass er geheime Abkürzungen kennt.«

»Oder geheime Türen wie auf dem Plan des Kartographen.« Merle hatte ihnen davon erzählt, und nun schien sie es zu bedauern, dass sie die Karte verbrannt hatte.

»Das war etwas anderes«, widersprach Serafin. »Die Geheimtüren auf dem Plan sind für jedermann, der sie findet. Die Gänge zwischen den Wänden existieren wirklich, manchmal werden welche sichtbar, wenn ein Haus abgerissen oder eine Mauer durchbrochen wird. Der Kartograph hatte nur die passende Karte dazu.« Wieder fragte er sich, was aus dem Wesen geworden war, kehrte aber gleich zum eigentlichen Thema zurück. »Der Lampenentzünder ist ganz bestimmt kein Kartograph. Eine Legende über ihn besagt, dass er nur solchen Menschen erscheint, die bald sterben werden. Wer dem Tod ganz nah ist, der kann ihn draußen in den Gassen sehen.«

Junipa tastete nach seiner Hand, und ihre Finger waren eisig. »Hast du ihn gesehen? Wolltest du deshalb nicht darüber sprechen?«

»Ja.«

»Aber du bist nicht gestorben«, stellte Merle fest.

»Nein, aber in dem Moment war ich überzeugt, dass mein Leben vorbei wäre … Das war vor ungefähr zwei Jahren.«

Junipas Spiegelaugen schienen aufzuleuchten. »Dieses Gefühl, von dem du erzählt hast. Die Narbe vom Tod eines Anderen.«

Abermals nickte er.

»Die Narbe von was?«, hakte Merle nach.

In wenigen Sätzen fasste er zusammen, was er schon Junipa berichtet hatte. Zum Schluss sagte er: »Wenn ich darüber rede, klingt es gar nicht mal so schlimm. Aber tatsächlich war es, als … als würde die ganze Welt um mich herum weggerissen, und nur noch ich war da, ganz allein. Und ich war sicher, dass sich der Tod *genau so* anfühlen muss. Nur war das damals gar nicht mein Tod, sondern … der des anderen Serafin. In eurer Welt. Jedenfalls vermute ich das.«

Im Schein der Kerzen, die sie vor dem Essen im Zimmer angezündet hatten, sah Merle sehr blass aus. »Du hast gespürt, wie er gestorben ist?«

Junipa kam ihm zuvor: »Es war am selben Tag. Wir haben das nachgerechnet.«

Für ein paar Sekunden schien Merles Gesicht zu zerfließen. Sie bekam sich wieder unter Kontrolle, starrte aber eine Weile lang stumm in eine Kerzenflamme.

»Möglich wär's«, sagte sie dann. »Vielleicht gibt es Verbindungen zwischen all unseren Ebenbildern. Ich bin dabei gewesen, als meine Doppelgängerin ums Leben gekommen ist, aber wenn ich anderswo gewesen wäre, in einem anderen Venedig, dann hätte ich es vielleicht genauso gespürt wie du. Kann sein, dass es jeder von uns dann und wann spürt, nur kennt niemand sonst den Grund – dass in diesem Augenblick eines unser anderen Ichs gestorben ist.«

Serafin schauderte bei dem Gedanken. Wenn er wirklich Doppelgänger in allen Manifestationen Venedigs hatte, dann konnte es jederzeit wieder geschehen. Ein anderer Serafin mochte bei einem Unfall sterben oder an einer Krankheit, und dann würde ihn dieses Gefühl erneut überkommen. Vielleicht würde es dann nicht mehr so furchtbar sein, nun, da er die Ursache kannte. Trotzdem erfüllte ihn die Vorstellung mit Schrecken.

Merle sah aus, als spielte sie in Gedanken dasselbe durch, während Junipa weiterdachte.

»Als du dem Lampenentzünder begegnet bist«, sagte sie, »da hast du geglaubt, es wäre der Grund dafür, dass es dir so schlecht ging. Dass die Gerüchte über ihn wahr wären und du bald sterben müsstest.«

»Ja«, sagte Serafin mit belegter Stimme. »Aber vielleicht ist es auch genau umgekehrt: Weil ich dem Tod so nah war – dem Tod des anderen Serafin –, war ich überhaupt erst in der Lage, den Lampenentzünder zu sehen.«

»Was genau hast du gesehen?«, fragte Merle.

»Wie er in einem Haus verschwunden ist. Er hat die Flamme am Ende seines Stabes gelöscht, ist hineingegangen und war fort.« Beinahe hatte er das Gefühl, sich dafür entschuldigen zu müssen. »Ich weiß, dass das nicht besonders furchteinflößend klingt.«

Junipa blickte nachdenklich von einem zum anderen. »Wenn er ein Mensch ist, nur eben einer mit besonderen Fähigkeiten, dann muss er irgendwo wohnen. So wie jeder andere auch.«

»Würdest du das Haus wiederfinden?«, fragte Merle.

»Ich hab seitdem immer einen großen Bogen um die Gegend gemacht«, erwiderte Serafin. »Aber ja, ich denke schon. Wenn wir das Haus wirklich finden *wollen*, dann führe ich euch hin.« Er schenkte Junipa ein nervöses Lächeln. »Auch wenn es mir lieber wäre, wenn ihr ihm nicht begegnet.«

Sie winkte ab. »Die Frage ist ja, ob wir das überhaupt können. Du hast ihn gesehen, weil im selben Moment« – sie warf einen verunsicherten Seitenblick auf Merle –, »weil eben passiert ist, was passiert ist. Das heißt aber auch, dass Merle und ich ihn vielleicht gar nicht sehen können.«

»Vielleicht doch, wenn Serafin bei uns ist.« Merle machte Anstalten aufzustehen. »Versuchen wir's. Gehen wir hin und … ich weiß nicht, klopfen an.«

Junipa huschte zu ihr hinüber und presste sie sanft zurück in den Sessel. »Erst mal ruhen wir uns aus. Ich kann keine Stunde länger auf den Beinen bleiben, und du auch nicht, so wie du aussiehst.«

»Aber –«

Serafin kam Junipa zu Hilfe. »Außerdem wäre es so früh am Abend ohnehin zwecklos. Wahrscheinlich ist er gerade aufgebrochen, um die Lampen anzuzünden. Bis er damit fertig ist, ist es tiefste Nacht – so war es jedenfalls damals. Vorher brauchen wir gar nicht zu ihm zu gehen.«

»Außerdem kommt es auf ein paar Stunden mehr auch nicht mehr an«, fügte Junipa hinzu.

Merle sah aus, als wollte sie widersprechen, blickte dann jedoch in die entschlossenen Gesichter der beiden, seufzte leise und gab ihre Gegenwehr auf. »Ihr habt ja recht.«

Draußen vor der Zimmertür balgten sich zwei Katzen, dann erklang ein scharfer Pfiff, und es herrschte Ruhe. Nanini, dachte Serafin verblüfft, sie ist ganz in der Nähe. Er war nicht sicher, ob ihn das beruhigte oder eher nervös machte.

Junipa kuschelte sich neben Merle in den Sessel und hielt ihre Hand, als wollte sie ganz sichergehen, dass ihre Freundin nicht auf dumme Gedanken kam. Und so war Merle tatsächlich die Erste, der die Augen zufielen. Ihr ruhiger Atem verriet, dass sie eingeschlafen war.

Auch Serafin überkam bleierne Müdigkeit. Nicht einmal den Katzengeruch nahm er noch wahr. Er und Junipa sahen einander über die kurze Entfernung zwischen den Sesseln an, und als er einschlief, tat er es mit einem Lächeln und ihrem Bild in seinen Gedanken: wie sie dasaß, die angezogenen Knie zur Seite geneigt, eine Hand auf Merles, die andere auf der Armlehne des gewaltigen Sessels, das weißblonde Haar ein wenig wirr um das schmale Gesicht, das sein Lächeln zaghaft erwiderte.

Selbst im Traum hatte er noch das Gefühl, dass der Blick ihrer Spiegelaugen auf ihm ruhte. Vielleicht hatte sie geschwindelt und brauchte gar keinen Schlaf. Vielleicht hatte sie das nur gesagt, damit Merle und er endlich zur Ruhe kamen, während sie selbst über beide wachte.

26

Die Übergänge zwischen Venedigs vielen Vierteln waren so unsichtbar wie seine Gespenster, und bei Nacht ließen sich auch die verwinkelten Wege, die von einem ins andere führten, kaum voneinander unterscheiden.

Merle beobachtete Serafin, während er sie zum Haus des Lampenentzünders führte, der seinerseits Cagliostra argwöhnische Blicke zuwarf. Die goldene Katze war wieder aufgetaucht, nachdem sie Bastets Palazzo verlassen hatten, und flog jetzt auf Augenhöhe vor ihnen her.

Merle sprach sie an: »Du kennst den Weg ebenfalls, oder?«

»Natürlich«, sagte Cagliostra, ohne sich umzudrehen. »Ich war dabei, in der Nacht, als es passiert ist.«

»Was hältst du von diesem Lampenentzünder?«

»Ich?« Das klang ein wenig zögerlich für die sonst so redselige Katze.

»Du bist weit rumgekommen und hast viel gesehen.«

Serafin murmelte: »Vielleicht ein bisschen zu viel gesehen.«

»Was soll das denn heißen?« Cagliostra ließ sich zurückfallen und krallte sich an Serafins Schulter.

»Ich frage mich«, sagte er, ohne ihr das Gesicht zuzuwenden, »woher Bastet wohl weiß, dass ich dem Lampenentzünder begegnet bin.«

Empört stellte Cagliostra ihren Katzenschwanz aufrecht. »Du glaubst, ich hätte dich für sie bespitzelt?«

»*Sie* war jedenfalls nicht dabei, als es passiert ist.«

Cagliostra rümpfte die Nase. »Du überschätzt dich ganz schön, wenn du glaubst, Bastet hätte irgendein Interesse an dir, das über dein Gewühle im Schlamm hinausgeht.«

»Mag sein«, entgegnete Serafin. »Aber jemand muss es ihr erzählt haben.«

»Ich setze nicht eine Pfote in ihren stinkenden Palazzo, falls dir das entgangen sein sollte!«

Junipa blickte ratlos zu Merle herüber, aber auch sie konnte nur mit den Achseln zucken. Serafin und die Katze mussten das untereinander ausmachen.

Cagliostra löste sich pikiert von seiner Schulter und flog aufwärts. »Ich schau mich mal nach der Garde um.« Sie schoss zwischen die Dächer und wurde eins mit dem Nachthimmel.

»Ich glaube, du tust ihr unrecht«, sagte Junipa.

»Vielleicht.«

»Und wenn Bastet sich der Augen *aller* Katzen bedienen kann?«, fragte Merle. »Immerhin ist sie eine Katzengöttin. Oder war mal eine.«

Serafin seufzte. »Mag sein. Ich würde Cagliostra jederzeit mein Leben anvertrauen, aber manchmal fühlt es sich an, als würden wir Bastets Schatten niemals los.«

»Dafür kann sie doch nichts.«

»Ich weiß.« Er sah hinauf in die Dunkelheit. »Wenn sie zurückkommt, entschuldige ich mich bei ihr.«

Offenbar lagen bei ihnen allen die Nerven blank. Der Tod von Merles Doppelgängerin hatte ihnen eine Atempause verschafft, doch die Glasbrennergilde und ihr Meister Nicodemus würden deshalb nicht aufgeben. Größere Sorge bereitete Merle jedoch der Kartograph. Sein Auftauchen in Serafins Wohnung hatte gezeigt, dass er sich mit seiner Flucht aus der Spiegelwelt nicht zufriedengab. Möglicherweise hielt er sich ganz in der Nähe auf. Sie war dankbar, dass Cagliostra von oben die Augen offen hielt.

Auf schmalen Brücken überquerten sie mehrere Kanäle. Einmal meinte Merle, den Schemen einer Meerjungfrau unter der Oberfläche zu sehen. Wahrscheinlich eine Spiegelung. Vielleicht auch ihr Gewissen. Kalandras Tod würde sie noch lange begleiten.

Alle Laternen, die sie passierten, brannten bereits. In vielen Gassen gab es nur eine oder zwei, einsame Orientierungspunkte in der Finsternis, keine durchgängige Beleuchtung. Trotzdem mussten in der ganzen Stadt Hunderte davon stehen, und die Vorstellung, ein einzelner Mann könne sie innerhalb weniger Stunden anzünden, war aberwitzig.

Schließlich erreichten sie eine Gasse, die in völligem Dunkel lag: keine Laterne weit und breit. Aus seiner Jacke zog Serafin eine Kerze, die er im Palazzo stibitzt hatte, und schnippte mit den Fingern. Ein Glutpunkt entstand am Ende des Dochts und wurde zur Flamme. Die Selbstverständlichkeit, mit der das geschah, verblüffte Merle. Junipa warf ihr ein verhaltenes Grinsen zu. Der Serafin, den Merle geliebt hatte, war ein Meisterdieb gewesen, aber gewiss kein Magier.

Die schwarzen Fassaden auf beiden Seiten der Gasse entpuppten sich als Rückfronten ohne Eingänge. Fenster gab es nur vereinzelt in den oberen Stockwerken. Lediglich ein einziges Gebäude zwischen all den hohen Ziegelmauern besaß eine Tür. Es hatte ein Fenster im ersten und zweiten Stock und war so schmal, dass der Eindruck entstand, es würde von den angrenzenden Wänden zerquetscht. Selbst die schlichte Haustür war so eng, dass ein breitschultriger Mann nur seitwärts hindurchpasste.

Cagliostra segelte zu ihnen herab. »Zwei Ecken weiter ist eine Patrouille unterwegs.« Sie landete zu Serafins Füßen, blickte erwartungsvoll zu ihm auf und tappte mit einer Kralle aufs Pflaster.

»Tut mir leid«, flüsterte er. »Wirklich.«

Sie ließ sich Zeit, ehe sie sein Friedensangebot annahm, dann strich sie versöhnlich mit dem Körper an seinem Schienbein entlang.

Ein flüchtiges Lächeln huschte im Kerzenschein über Serafins Züge, dann sah er die beiden Mädchen an. »Bereit?«

Merle und Junipa wechselten einen Blick und nickten.

Er hob die linke Hand, um zu klopfen. Ehe er das Holz berühren konnte, schwang die Tür nach innen auf.

»Du«, sagte eine Stimme. »Natürlich.«

Cagliostras Fell stellte sich auf, aber genau wie Serafin

wich sie keinen Schritt zurück. Merle und Junipa, die unmittelbar hinter den beiden standen, atmeten scharf ein.

In der Schwärze jenseits der Tür flammte ein Licht auf und legte sich um einen Umriss, zu hoch und breit für den Rahmen. Eine unförmige Silhouette im Kapuzenmantel.

Der Kartograph hatte sie nicht gefunden, er hatte sie *erwartet*. Merle öffnete den Mund zu einem Warnruf, packte Junipa am Arm und wollte sie nach hinten reißen.

Da verblasste das Schreckgespenst aus ihrer Erinnerung und zog sich zu einer anderen Gestalt zusammen, kleiner und schmaler. Als hätte jemand eine Scheibe aus schwarzem Glas beiseitegezogen, fiel der Schein der Kerze mit einem Mal auf das Gesicht eines alten Mannes, nicht größer als Serafin, mit wildem weißen Haar und einem Bart, der lange nicht in Form geschnitten worden war. Er trug einen schwarzen Gehrock mit auffallend prallen Taschen.

Merle spürte, wie Junipa neben ihr erleichtert ausatmete. Hatte sie den Kartographen auch gesehen? Oder eine andere Illusion, die sie hatte abschrecken sollen?

»Du hast jemanden mitgebracht«, sagte der alte Mann mit einem Blick auf Cagliostra, die vorwitzig an ihm vorbei ins Innere des Hauses glitt.

»Sie kennen mich?«, fragte Serafin perplex.

»Ich habe mich schon gefragt, wann du auftauchst.« Ruhig griff der alte Mann nach Serafins Kerze, nahm sie ihm aus der Hand, zog sie nah an sein Gesicht und betrachtete die Flamme aufmerksam von allen Seiten – sogar von oben, ohne dass sein Haar dabei Feuer fing. Schließlich streckte er die Zunge heraus und hielt die Spitze mitten in die Flammen. Zwei, drei, vier Sekunden lang, bis Merle kaum noch hinsehen konnte und ihm die Kerze am liebsten aus der Hand geschlagen hätte.

»Die hast du selbst angezündet, oder?«, fragte der Mann, nachdem er die Zunge ohne sichtbare Verbrennung zurückgezogen hatte.

Serafin nickte sichtlich verblüfft.

»Nicht schlecht, nicht schlecht«, murmelte der Alte, drückte ihm die Kerze wieder in die Hand und trat beiseite. »Kommt rein. Eure Katze fühlt sich eh schon wie zu Hause.«

»Hier gibt es Mäuse«, rief Cagliostra erfreut aus dem Inneren, gleich darauf schepperte es und ein aufgebrachtes Piepsen ertönte.

»Dass du ja deine Krallen von ihnen lässt«, sagte der Mann, schien aber nicht ernsthaft besorgt. Prompt erklang ein Aufheulen, dann kam Cagliostra herangeschossen und presste sich an Serafins Hosenbein.

»Meine Mäuse sind keine gewöhnlichen Mäuse«, erklärte der Alte mit einem Schulterzucken.

Nacheinander betraten sie das Haus durch die schmale Tür und fanden sich in einem erstaunlich gemütlichen, schlauchförmigen Zimmer wieder. Statt des einen Lichts, das zu Anfang den unheimlichen Umriss geformt hatte, brannten jetzt mehrere Petroleumlampen und Kerzen. Es gab volle Bücherregale, eine Kiste mit seltsamen Schnitzereien, zwei Sessel und einen gusseisernen Ofen, auf dem ein Teekessel dampfte. Über dem Kaminsims hing eine Uhr ohne Zeiger. Im hinteren Teil des Raumes führte eine Holztreppe nach oben, im Boden daneben befand sich eine geschlossene Falltür. Außerdem stand an einer Wand ein Klavier, das als Ablage für allerlei Dokumente und Bücher diente.

Nichts von alldem vermittelte den Eindruck von jemandem, den man fürchten musste, weil er anderen Menschen den Tod brachte.

»Salvestro«, sagte der Alte. »Das ist mein Name. Dich kenne ich« – er deutete auf Serafin –, »auch wenn ich nicht weiß, wie du heißt. Und ihr beiden seid die Mädchen, von denen die Meerjungfrauen plappern.«

Merle hatte das Gefühl, kurz nach Luft schnappen zu müssen. »Ich bin Merle.«

»Junipa.«

»Mein Name ist Serafin.«

»Cagliostra«, sagte Cagliostra. »Falls das irgendwen interessiert.«

Der alte Mann ging erstaunlich behände in die Hocke und streckte zutraulich die Hand nach der Katze aus. »Ich hoffe, meine Mäuse haben dir nicht allzu übel mitgespielt.«

»Es sind nur Mäuse«, gab Cagliostra eingeschnappt zurück.

Aus einer Ritze hinter dem Klavier drang ein markerschütterndes Gebrüll, das Merle an den Ruf eines Steinlöwen erinnerte.

»In der Tat«, sagte Salvestro schmunzelnd. »Nur Mäuse.« Er richtete sich auf, ging zum Ofen und nahm den Teekessel herunter. »Möchte jemand?«

Alle schüttelten die Köpfe. »Danke«, sagte Merle.

Er goss sich eine Tasse ein, nippte daran und zuckte zurück. »Autsch«, entfuhr es ihm.

Merle fragte gar nicht erst, warum er sich an heißem Tee die Zunge verbrannte, nicht aber an einer Flamme.

Serafin löschte die Kerze und hielt sie ein wenig unschlüssig in der Hand, ehe er sie zurück in seine Jacke schob.

»Serafin«, sagte Salvestro nachdenklich, während er sie alle durch den Dampf aus seiner Tasse musterte. »Und Merle. Und Junipa. Das Mädchen mit den Spiegelaugen.«

»Und Cagliostra«, sagte die Katze.

Wieder ertönte das Mäusegebrüll hinter dem Klavier.

»Die Glasbrenner suchen nach dir, aber das weißt du vermutlich«, fuhr er mit Blick auf Junipa fort. »Allerdings nicht offiziell, so als würden sie dich lieber unbemerkt in die Finger bekommen. Nicodemus scheint bemüht zu sein, diese Angelegenheit nicht an die große Glocke zu hängen. Teile der Garde sind eingeweiht, aber nur jene, die der Gilde hörig sind. Die Meerjungfrauen sagen, ein paar Schlammsammler hätten dich durch den Canal Grande gejagt, aber von denen lebe keiner mehr. Das Wasser hat sie wohl alle erwischt, gleich nachdem du dich mit einem Jungen und einer goldenen Katze in Luft aufgelöst hast.« Sein Blick wanderte weiter zu Serafin und Cagliostra. »Mir war bis eben nicht klar, dass du dieser Junge bist.« Ehe sich Cagliostra abermals einmischen konnte, setzte er hinzu: »Und du die Katze.«

»Warum sprechen die Meerjungfrauen mit Ihnen?«, fragte Merle.

»Sie haben auch mit dir gesprochen, oder nicht?«, entgegnete Salvestro. »Sie suchen sich ihre Verbündeten sehr genau aus.«

Offenbar musste das als Antwort genügen. Er war der Lampenentzünder von Venedig, ein Mann, der geheime Wege kannte, rätselhafte Abkürzungen, und vielleicht sogar durch Wände gehen konnte. Es hätte sie nicht wundern sollen, dass er bei seinen nächtlichen Wanderungen auch auf Meerjungfrauen traf, nutzten sie doch die Dunkelheit, um ins Reich der Menschen vorzustoßen.

»Ich habe Sie ein einziges Mal gesehen«, sagte Serafin. »Und das auch nur von weitem. Sie hatten Ihr Gesicht der Tür zugewandt. Wie haben Sie mich wiedererkannt?«

Salvestro lächelte mysteriös. »Du trägst einen ganz besonderen Tod in dir. Ich kann das fühlen.«

Für einige Atemzüge verschlug es ihnen allen die Sprache.

»Einen Tod, der ein großes Gewicht für eine ganze Welt hatte«, fuhr Salvestro fort. »Ich hätte dich auch über größere Entfernung gespürt.«

Serafin wurde blass und lehnte sich versehentlich auf

die Papiere auf den Klaviertasten. Ein misstönender Laut jaulte aus dem Instrument, und Cagliostra beobachtete mit Genugtuung, wie drei Mäuse in Panik hinter dem Klavier hervorhuschten, um Salvestros Schuhe wuselten und unter einem Sessel verschwanden.

»Verzeihung«, sagte Serafin verdattert und trat einen Schritt zurück.

Salvestro grinste. »Für euch mag das alles sehr mysteriös klingen. Aber in Wahrheit ist es ganz einfach. Ein Lampenentzünder vertreibt nicht nur die Finsternis, wenn er nachts das Licht in die Gassen trägt, sondern auch manch anderen Schrecken. Deshalb ist es gut, wenn er einen Teil davon in sich trägt. Und nicht wenige Schrecken enden mit dem Tod.«

Serafin sah zu Junipa, die ihre Hand nach seiner ausstreckte und sie dann demonstrativ festhielt.

»Nein, nein«, sagte Salvestro, »das sollte keine Prophezeiung sein. Du wirst nicht sterben, Junge. Jedenfalls nicht so bald. Oder sagen wir, falls dir etwas zustoßen sollte, dann habe ich es nicht kommen sehen. Ich bin nicht besonders gut in diesen Dingen, wisst ihr, auch wenn die Leute sich gern etwas anderes erzählen … Sollen sie ruhig, das hält sie auf Abstand. Aber weder verkünde ich den Tod noch bringe ich ihn. Ich spüre ihn nur in den Menschen. Aber ich werde den Teufel tun, das jedermann auf die Nase zu binden.«

»Warum sagen Sie's mir?«, fragte Serafin tonlos.

Merle fand ihre Stimme wieder. »Er sieht in dir, was er selbst ist.«

Salvestro nickte unbeschwert, so als kreiste das Gespräch um Wein und gutes Essen. »Glaubst du, du hättest sonst diese Gasse gefunden? Dieses Haus? Dafür braucht es gewisse Talente. In dieser Stadt gibt es nicht viele, die sie besitzen. Ich, du … und mein alter Freund Nicodemus.«

Sie horchten alarmiert auf.

»Ihr Freund?«, fragte Merle angespannt.

»Wir waren einmal Freunde, vor langer Zeit«, sagte Salvestro. »Nicodemus und ich gingen beim selben Meister in die Lehre. Wir hatten beide bestimmte Fähigkeiten, und unser Meister wollte, dass wir mit ihnen die Geheimnisse des Glases und der Spiegel erforschen. So wie er es vor uns getan hatte. Aber dann wurde ich auserwählt, dies hier zu tun … das Licht zu hüten … und Nicodemus wurde allmählich zu demjenigen, der er heute ist.« Der Lampenentzünder schaute von einem zum anderen und lachte über die Sorge in ihren Gesichtern. »Wir sehen uns nicht mehr oft, er und ich. Man könnte sagen, wir haben uns miteinander abgefunden. Venedig braucht das Glas, um zu überleben. Und wie alle anderen brauchen die Glasbrenner das Licht. Nicodemus und ich haben uns arrangiert. Was bleibt uns sonst auch übrig?«

»Nicodemus ist ein Ungeheuer«, sagte Serafin.

»Zumindest umgibt er sich gelegentlich mit welchen«, entgegnete der alte Mann. »Ob ihn das selbst zu einem macht …? Er selbst würde wohl sagen, dass er nur tut, was getan werden muss. So wie unser Meister es uns beigebracht hat. Er tut es auf seine Weise, ich auf die meine.«

Merle musste an Arcimboldo und Umberto denken, die Meister, bei denen Junipa, Serafin und sie selbst in die Lehre gegangen waren. Die beiden waren Freunde gewesen, bis ein Streit sie entzweit hatte. Auch Arcimboldo hatte immer das Richtige gewollt und sich dafür sogar an Lord Licht verkauft. Hatte ihn das zu einem schlechteren Menschen gemacht? Sie hatte sich diese Frage oft gestellt und nur eine einzige Antwort darauf gefunden: dass die Dinge niemals so einfach waren, wie sie auf den ersten Blick erschienen.

Salvestro ging zur Wand hinüber, wo ein Stab aus glattem Holz lehnte. Er war ein wenig größer als der alte Mann und hatte am oberen Ende einen metallenen Aufsatz, der vage an die Kerzenhalterung eines Leuchters erinnerte. Als Salvestro den Stab in die Hand nahm, flackerte eine Flamme daraus empor.

»Bald wird ihn ein anderer tragen müssen«, sagte er zu Serafin. »Und bisher bin ich noch keinem begegnet, der besser dafür geeignet wäre.«

»Sie kennen mich doch gar nicht«, widersprach Serafin energisch. »Abgesehen von dieser … Todsache.«

»Fang«, rief Salvestro, und schon flog der Stab aufrecht aus seiner Hand zu dem Jungen hinüber.

Der packte blitzschnell zu und brachte die daumengroße Flamme nah vor sein Gesicht. Während er sie ansah, erschien ein Leuchten in seinen Augen, als betrachte er gerade einen Diamanten.

»Sie würde ausgehen, wenn sie dich nicht als Träger akzeptieren würde«, sagte Salvestro. »Ich wusste, dass du kommst, und sie wusste es auch.«

Serafin löste sich vom Anblick der Flamme. Dann reichte er den Stab an Junipa weiter, die ihn zögernd entgegennahm. Das Feuer erlosch augenblicklich. Kopfschüttelnd gab sie ihn Serafin zurück, und sofort sprang die Flamme erneut aus der Spitze des Stabes.

»Könnte auch irgendein Taschenspielertrick sein«, sagte Serafin. »Das beweist gar nichts.«

Merle kam es vor, als redete er gegen besseres Wissen an. Salvestro schien das genauso zu sehen. Und es verärgerte ihn.

»Taschenspielertricks?« Sein Schatten an der Wand wuchs bedrohlich um einen halben Meter, obwohl er selbst sich nicht veränderte. Licht – und folglich auch Schatten – waren sein Element und reagierten auf seine Stimmungen. »Du glaubst, dass ich dich betrügen will, Junge?«

Serafin atmete tief durch und schüttelte den Kopf. »Aber was, wenn ich kein Lampenentzünder sein will?«

»Dann sprich es aus!« Die Stimme des alten Mannes war kaum lauter als zuvor, trotzdem kam es Merle vor, als hallte sie in dem schmalen Raum von den Wänden wider. »Nicht als Frage, sondern sag mir ganz klar, dass du nicht sein willst, was ich bin.«

»Wie soll ich das wissen? Ich weiß doch nichts über Sie.«

»Warum sonst bist du hergekommen?«

»Eigentlich«, ergriff Junipa das Wort, »wollten wir Sie um Ihre Hilfe bitten.«

Sogar die Schatten um seine Augen vertieften sich. »Hilfe wobei?«

Merle machte einen halben Schritt vor. »Wir suchen das Herz der Stadt. Und wir glauben, dass Sie den Weg dorthin kennen.«

Salvestros Schatten stieß an die Decke. »Das Herz der Stadt?« Nun grollte seine Stimme tatsächlich, und wäre dies ein gewöhnliches Haus in einer normalen Gasse gewesen, hätte man sie vermutlich noch einen Straßenzug entfernt gehört. Doch etwas sagte Merle, dass dem nicht so war. Auch die Patrouille der Garde wusste wahrscheinlich nicht, dass diese Gasse existierte, und marschierte gerade daran vorbei.

»Ich glaube«, sagte sie, »dass ich im Herz der Stadt meinen Vater finde.«

Serafin ächzte auf, als der Stab wie von Geisterhand seinen Fingern entrissen wurde und aufrecht zu Salvestro hinüberflog. Der schnappte ihn wie beiläufig aus der Luft und wandte sich von ihnen ab.

»Herz der Stadt«, murmelte er vor sich hin, den Kopf zwischen die Schultern gezogen, als tuschelte er mit sich selbst. »Sie wissen es nicht besser. Natürlich nicht.«

Merle starrte seinen Rücken an, während er sich entfernte. »Wir wissen von den Manifestierten Städten.«

Der Lampenentzünder wirbelte herum, verblüffend leichtfüßig für seine greise Gestalt. »Die Städte gehören zum Fabularium. Was *genau* wisst ihr darüber?«

Sie wollte gerade antworten, als sie Serafins Kopfschütteln bemerkte. *Lass mich das machen*, schien sein Blick zu sagen, und obwohl sie ihn vor Aufregung erst ignorieren wollte, überlegte sie es sich anders und ließ Serafin den Vortritt.

»Städte wie Venedig«, sagte er zu Salvestro, »existieren in Tausenden von Geschichten. So vielen Geschichten, dass sich manche Versionen dieser Städte manifestiert haben und nebeneinander existieren. Durch die Spiegelwelt kann man von einer Manifestation in die nächste wechseln, und jede unterscheidet sich ein wenig von der anderen. In vielen leben die gleichen Menschen, aber auch sie sind nie genau dieselben … wie Schauspieler, die auf der Bühne in unterschiedliche Rollen schlüpfen.«

Salvestro sah ihn eindringlich an, während sein Schatten den hinteren Teil des Zimmers auszufüllen schien. Die Dunkelheit brodelte dort geradezu.

»Hmm«, machte er schließlich. Nichts sonst. Dann noch einmal: »Hmm.«

»Der Tod, den Sie in mir gespürt haben«, fuhr Serafin fort, »das war der Tod eines anderen Serafin in einem anderen Venedig. Vielleicht war das Zufall oder auch Schicksal. Merle hat ihn sehr gerngehabt. Sie hat ihn verloren, weil er sich für eine Sache geopfert hat, die viel größer war als er, größer auch als Sie, Salvestro.« Serafin sprach mit fester, entschlossener Stimme, und fast meinte Merle, dass auch sein Schatten ein wenig gewachsen war und dabei den von Junipa berührte.

»Nicht nur ihn hat Merle verloren, sondern auch ihren Vater. Zwei der wichtigsten Menschen in ihrem Leben. Und nun haben Sie die Möglichkeit, ihr einen davon zurückzugeben. Wäre ich der Lampenentzünder, dann würde ich keine verdammte Sekunde zögern!«

Für einen Augenblick schien hinter Salvestros unscheinbarer Gestalt erneut ein Licht aufzuflammen, das einen glühenden Rand um seine Konturen malte. Der Schatten am Ende des Zimmers wurde davon verzehrt, geradezu aufgesogen, doch dann stand da wieder ein unscheinbarer alter Mann mit einem Stab in der Hand, an dessen Ende eine kleine Flamme zuckte.

»Wärest du der Lampenentzünder«, sagte er zu Serafin, »dann wüsstest du, wie dunkel der Weg ins Herz der Stadt ist.«

Junipa ergriff das Wort: »Merle und ich sind in die Hölle gereist und von dort zurückgekehrt. Wir waren in Axis Mundi und sind Lord Licht und den Lilim begegnet. Wie viel schlimmer kann da der Weg zum Herz der Stadt sein?«

Falls Salvestro wusste, dass sich hinter dem Namen Axis Mundi die Stadt im Zentrum der Hölle verbarg, so verriet er es durch keine Regung. Doch bei der Erwähnung Lord Lichts ruckte seine linke Augenbraue nach oben und blieb dort wie angenagelt hängen.

»Ist das wahr?«, fragte er leise.

Merle konnte nicht einschätzen, wie er reagieren würde, aber sie sagte: »Lord Licht ist mein Großvater. Jedenfalls der Lord Licht meiner Welt.«

Tatsächlich hatte sich ihr Großvater, Professor Burbridge, selbst zum Herrscher der Hölle aufgeschwungen und den Namen Lord Licht angenommen wie einen Ehrentitel. In Salvestros Welt mochte sich Gott weiß wer dahinter verbergen.

Der alte Mann kam wieder näher, blieb unmittelbar vor Junipa stehen und blickte konzentriert in ihre Spiegelaugen, so als könnte er darin erkennen, was sie gesehen hatten.

»Da ist ein Licht«, sagte er leise. »Ein ganz besonderes Licht.«

Er hatte sein Leben dem Entzünden von Lichtern gewidmet. Und Junipa musste erkannt haben, dass ihre Nähe zum Steinernen Licht den Ausschlag geben mochte. Sie hatte Salvestro nur dazu bringen müssen, nach den Spuren des Lichts in ihr zu suchen. Und nun sah er es in ihren Augen, spürte, was sie in ihrem Brustkorb trug.

Während Merle angespannt auf Salvestros Antwort wartete, sagte Serafin: »Ich werd's tun. Wenn Sie uns ins Herz der Stadt bringen, dann werde ich der nächste Lampenentzünder … Falls ich wirklich der Richtige dafür bin.«

Junipa wirbelte zu ihm herum. »Serafin«, sagte sie, »du musst das nicht tun.«

»Besser, als mein Leben lang im Schlamm nach Kupfermünzen zu suchen. Es ist immerhin –«

»Eine Aufgabe«, fiel Salvestro ihm ins Wort. »Und eine Verantwortung, die man nicht leichtfertig übernimmt.«

»Ich gebe Ihnen mein Wort«, sagte Serafin. »Wenn

Sie mir beibringen, was ich wissen muss, dann werde ich Ihr Nachfolger.«

Eine Weile lang sah Salvestro ihn wortlos an. Dann lächelte er und machte eine weit ausholende Handbewegung, die den ganzen Raum einschloss. »Was du wissen musst, findest du hier. In den Büchern, den Dokumenten, aber vor allem … dort.« Er deutete mit dem Ende des Stabes auf Serafins Stirn, dann auf sein Herz. »Und dort.«

Zuletzt schwenkte er den Stab zu Junipa herum und ließ die Flamme in ihren Spiegelaugen tanzen. »Ganz besonders aber *hier.* Gemeinsam tragt ihr mehr Licht in euch als irgendwer sonst, von dem ich jemals gehört habe.«

Merle sah Junipa und Serafin einen langen Blick wechseln, so verstört wie aufgeregt. Ja, dachte sie, Salvestro hat recht. Da war etwas zwischen den beiden wie ein unsichtbares Glühen, und ob man es nun Licht nannte oder ein anderes Wort wählte, spielte letzten Endes gar keine Rolle.

»Wir müssen zurück sein, bevor die nächste Nacht anbricht«, sagte Salvestro. »Denn dann muss einer von uns die Lampen entzünden.«

»Ich kenne die geheimen Wege nicht«, sagte Serafin.

»Oh, das wirst du«, entgegnete Salvestro. »Du wirst sie vor dir sehen, genau wie diese Gasse, die kaum ein anderer sehen kann. Die Wege, die Türen, die Abkürzungen zwischen den Lampen. Das Licht ist schneller als jeder Gedanke, und du wirst von ihm lernen. So wie wir alle. Lerne vom Licht, dann wirst du sein wie das Licht. Schneller als ein Gedanke.«

Serafin stand die Ratlosigkeit ins Gesicht geschrieben, aber er nickte zögernd, und Junipa ergriff wieder seine Hand. Da wusste Merle, dass sie ihre Freundin verlieren würde, ganz gleich, was am Ende dieser Nacht geschehen mochte. Die Erkenntnis tat ihr weh, doch es war eine andere Art von Verlustschmerz als jener, an dem sie fast zerbrochen wäre.

»Habt ihr schon von den Schattenstädten gehört?«, fragte Salvestro.

»Das sind Manifestierte Städte, über die keine Geschichten mehr erzählt werden«, sagte Merle rasch. »Sie geraten in Vergessenheit, kollabieren zu einer einzigen Stadt und vergehen.«

Salvestro setzte zu einem Nicken an, schüttelte dann jedoch den Kopf. »Sie vergehen nicht, sondern bleiben als ein Schatten ihrer selbst erhalten. Schwarze Ruinen, von allem Licht verlassen. Kalt und leer und so nah am Rand der Wirklichkeit, dass selbst sie in ihnen zu Staub zerfällt.«

Merle wusste nicht, was das bedeuten sollte, und sie fragte sich, ob er sie abschrecken wollte.

»In den Manifestationen gibt es keinen Zugang zum Herz der Stadt«, fuhr er fort, »wohl aber in den Schattenstädten, denn sie sind marode und porös. Je älter eine Schattenstadt ist, desto größer sind die Risse in ihrem Gewebe. Durch einen davon könnte es gelingen, das Herz der Stadt zu betreten. Falls dein Vater es wirklich bis dorthin geschafft hat, dann muss auch er diesen Weg gegangen sein.« Er schien kurz nachzudenken. »Gewiss durch die älteste Schattenstadt von allen, so alt, dass selbst ihr Name in Vergessenheit geraten ist.«

Während Merle, Junipa und Serafin einander ratlos ansahen, und Cagliostra langsam eine Schwinge über ihre Augen breitete, als könnte sie sich auf diese Weise unsichtbar machen, ging Salvestro zum hinteren Ende des Raumes, wo die schmale Holztreppe in die oberen Stockwerke führte.

»Unterwegs musst du mir alles über deinen Vater erzählen, Merle«, sagte er. »Und über deinen Großvater, über Lord Licht.«

Er bückte sich und schob seinen Stab durch einen Eisenring an der Falltür im Boden. Er ließ den Stab los, stand auf und machte eine langsame Handbewegung von unten nach oben. Gehorsam schwebte der Stab in der Horizontalen aufwärts und hob dabei die Falltür empor.

Die drei traten zögernd näher.

Die Flamme am Ende des Stabes konnte die Finsternis in der Tiefe nicht erhellen, nur ein paar steinerne Stufen waren als graue Schemen zu erkennen.

»Ich hoffe, ihr seid satt und ausgeschlafen.« Salvestro schien es mit einem Mal sehr eilig zu haben. »Ich schlage vor, wir brechen unverzüglich auf.«

27

Die Treppe führte schnurgerade in die Tiefe und nahm kein Ende. Links von ihnen befand sich eine Wand aus glattem Gestein, ohne Fugen oder Vorsprünge, aus der die Stufen waagerecht hervorstachen, als wären sie aus dem Fels gewachsen. Rechts hingegen war nichts als dichte Schwärze. Dass es sich um einen Abgrund handelte, ließ sich nur erahnen, bis Junipa sagte:

»Da ist nur Leere. Nicht mal mit den Spiegelaugen kann ich draußen im Dunkeln irgendwas sehen. Falls es Licht gibt, ist da nichts, auf dem es sich brechen könnte. Nicht einmal Staub.«

»Das einzige Licht hier unten ist unseres«, sagte Salvestro. »Und dass mir ja keiner auf die Idee kommt, irgendwas runterzuwerfen.«

»Wir sind nicht dämlich«, sagte Merle.

»Aber ihr seid neugierig«, entgegnete Salvestro, ohne sich umzusehen. »Sonst wärt ihr nicht hier. Und da wir schon beim Offensichtlichen sind: Haltet euch ganz links auf den Stufen, nah an der Wand.«

Dieser Aufforderung hätte es nicht bedurft – die Treppe war keine anderthalb Meter breit und besaß auch auf der Seite des Abgrunds kein Geländer.

So stiegen sie hintereinander hinab, der Lampenentzünder mit seinem brennenden Stab vornweg, gefolgt von Serafin, Merle und Junipa. Cagliostra übernahm die Nachhut und glitt hinter Junipa lautlos von Stufe zu Stufe. Einmal meinte Merle, in der Finsternis sonderbare Laute zu hören, vielleicht sogar Rufe, aber Salvestro erklärte, dass das unmöglich sei.

»Wir benutzen eine Abkürzung«, sagte er. »Normalerweise müsste man viele Manifestationen durchqueren, um zu einer Schattenstadt zu gelangen, erst recht zur ältesten von allen. Wir aber nehmen einen Weg, der uns direkt dorthin führt.«

Natürlich, dachte Merle resigniert. Vor ihr warf Serafin einen Blick über die Schulter und zuckte die Achseln. Auch er hatte es offenbar aufgegeben, alles verstehen zu wollen, was der alte Mann von sich gab.

Von der Tiefe zu ihrer Rechten ging kaum merklich ein Sog aus, den Merle erst für eine Art Wind hielt, ehe ihr klarwurde, dass er nur in ihrem Kopf existierte. Etwas in ihr schien sie zu drängen, einen Schritt über die Kante zu machen, und das verstörte sie weit mehr als die ominösen Andeutungen des Lampenentzünders. Als Salvestro sie nach ihrem Vater fragte, war sie froh über die Ablenkung.

So erzählte sie ihm, wie Steven Burbridge ihre Mutter und sie im Stich gelassen hatte, um die Spiegelwelt zu erforschen; dass er dabei auf das Mysterium der Manifestierten Städte gestoßen war und viele seiner Erkenntnisse niedergeschrieben hatte, bevor er sich anscheinend in Luft aufgelöst hatte; dass Junipa und sie diese Unterlagen gefunden und gelesen hatten, während sie seinen Spuren gefolgt waren, von einem Venedig ins nächste.

Und sie berichtete von ihrem Großvater, der, vom selben Forscherdrang getrieben wie sein Sohn, schließlich in die Hölle vorgestoßen war, in das unermessliche Reich der Lilim im Inneren der Erde. Dort war er dem Steinernen Licht verfallen und zu Lord Licht geworden, den manche Menschen Luzifer nannten.

Salvestro hörte sich all das an, ohne sie ein einziges Mal zu unterbrechen, und auch danach stellte er keine Fragen. Er sagte nur: »Das ist eine interessante Geschichte, Merle, und du führst ein interessantes Leben.«

Ja, dachte sie erschöpft, so konnte man das wohl auch sehen.

Sie waren schon eine lange Zeit unterwegs, als Salvestro mit einem Mal anhielt. Vor ihm endeten die Stufen in makelloser Finsternis.

»Sind wir unten angekommen?«, fragte Serafin.

Junipa fröstelte. »Nein, hinter der letzten Stufe ist nur Leere.«

Merle fürchtete schon, dass der ganze Abstieg umsonst gewesen war und sie umkehren mussten, doch Salvestro hob seinen Stab und enthüllte in seinem Schein eine Lampe, die eine Armlänge über ihm aus der Wand ragte. Es handelte sich um eine jener unscheinbaren Laternen, die es in Venedig an vielen Straßenecken gab, ein Kasten aus Glas und Metall, der an diesem Ort völlig deplatziert wirkte.

Mit dem flammenden Stab öffnete Salvestro die Glasklappe der Laterne und entzündete den Docht im Inneren. Merle hatte die vage Vermutung, dass er die

Lampe in gewisser Weise *mitgebracht* hatte – womöglich war auch das eine seiner Fähigkeiten.

Sobald die Laterne Helligkeit verbreitete, erschienen vor ihnen weitere Stufen, so als hätten sie bislang in tiefstem Schatten gelegen. Tatsächlich aber war Merle sicher, dass sie bis vor wenigen Sekunden gar nicht existiert hatten und erst das Licht des Lampenentzünders sie erschaffen hatte.

Das gleiche Prozedere wiederholte sich mehrere Male. Stets endete die Treppe im Nichts, und jedes Mal hing da plötzlich eine Laterne, wenn sie den Blick hoben. Sobald Salvestro sie entzündete, schälten sich neue Stufen aus der Schwärze, und sie konnten ihren Weg fortsetzen. Anfangs war Merle unwohl, wenn sie die Füße auf Stein setzte, der gerade eben noch Luft gewesen war, aber mit der Zeit gewöhnte sie sich auch daran.

Sie hatten bereits vier Laternen passiert, als sie meinte, hinter sich auf der Treppe etwas zu hören. Nicht Junipa oder Cagliostra, sondern sehr viel weiter entfernt. Abrupt blieb sie stehen.

»Ich war gerade so angenehm im Trott«, klagte Cagliostra.

»Da ist irgendwer«, sagte Merle. »Oder irgendwas.«

»Der Kartograph?«, fragte Serafin.

»Unmöglich«, sagte Salvestro. »Er müsste euren Spuren folgen können.«

»Spuren?«, fragte Serafin verdutzt. »Hier gibt es doch nur die eine Treppe.«

»Es mag aussehen wie eine Treppe, aber natürlich

ist es keine.« Der Lampenentzünder schien sich einmal mehr in seiner Geheimniskrämerei zu gefallen. »Und selbstverständlich gibt es noch andere Wege, obgleich sie alle geradewegs in den Tod führen. Jemand müsste in der Lage sein, genau diesen hier zu finden und zu benutzen.«

Merle bekam eine Gänsehaut, aber dann sah sie verstohlen zu Junipa und verdrehte die Augen. Ihre Freundin grinste, und das tat ihnen beiden gut.

»Nur jemand, der einem von euch sehr nahesteht, wäre in der Lage, eure Fährte aufzuspüren«, fuhr Salvestro unbeirrt fort. »*Sehr* nahe. Blut von eurem Blut.«

»Meine Mutter ist meine einzige Verwandte«, sagte Serafin. »Und sie ist verletzt. Sie könnte uns nicht folgen, selbst wenn sie wollte.«

Salvestro musterte die Mädchen. »Dein Vater, Merle, wird schwerlich hinter uns sein, sonst könnten wir uns den Weg dort hinunter sparen. Und ich nehme an, unsere Freundin auf vier Pfoten hat auch keine unliebsame Verwandtschaft, die uns auf den Fersen ist.«

»Hoffentlich kein rolliger Kater«, sagte Junipa.

Cagliostras Katzenaugen sprühten Gift. »Das Wort rollig sollten gewisse Personen nicht in den Mund nehmen, ohne sich an die eigene Nase zu fassen.«

»Heh«, ermahnte Serafin sie.

Merle winkte ab. »Seid mal alle still!«

Wieder horchten sie, aber diesmal vernahm auch sie keinen Laut mehr.

»Lasst uns weitergehen«, sagte Salvestro ungeduldig.

»Venedigs Lampen werden morgen Nacht nicht von selbst brennen.«

So setzten sie ihren Weg fort, während Merle stärker auf der Hut war als zuvor und auch Serafin und Junipa keinen Hehl aus ihrer Anspannung machten. Cagliostra ließ sich ein paar Stufen zurückfallen und blieb mehrmals kurz stehen, lauschte mit aufgestellten Ohren und gesträubtem Fell in die Finsternis.

Drei Laternen und zahllose Stufen später hielt Salvestro plötzlich inne. Sie alle waren mittlerweile außer Atem, und Merle wollte gar nicht erst an den Aufstieg denken, so es denn je einen geben würde.

»Das also nennst du eine Abkürzung«, sagte Serafin und stützte sich an der Wand ab.

Salvestro lächelte verschmitzt. »Du bist den *langen* Weg noch nicht gegangen.«

»Du etwa?«, fragte Junipa keuchend.

»Warum sollte ich? Ich kenne ja die Abkürzung.« Merkwürdigerweise klang der alte Mann überhaupt nicht erschöpft. »Tatsächlich kommt euch die Strecke viel länger vor, als sie ist. Alles eine Frage der persönlichen Empfindung und Erfahrung. In Wahrheit ist es nur ein Katzensprung – was kein Kalauer auf Kosten einer der Anwesenden sein soll.«

»Hah«, machte Cagliostra humorlos.

»Übrigens sind wir da«, sagte Salvestro schmunzelnd. »Schaut euch mal um.«

Auf den ersten Blick waren da immer noch die Wand auf der linken Seite und die Finsternis rechts von ihnen. Die Treppe endete abermals, doch je länger Merle hinsah, desto deutlicher erkannte sie festen Boden unterhalb der letzten Stufe, grauschwarz wie Asche. Allmählich schälten sich aus der Dunkelheit kantige Umrisse.

Salvestro trat von der Treppe auf den soliden Untergrund und schwenkte den Stab in einem Halbkreis. Die Flamme loderte höher, war jetzt länger als Merles Hand und wurde fast weiß. Ihr Schein schuf ein helles Rund von mehreren Metern Durchmesser um die Gruppe.

»Merle.« Junipa deutete nach links zur Wand.

Aus der vormals glatten Fläche war grobverfugtes Mauerwerk geworden, eine unverputzte Ziegelwand. Als Merle alarmiert nach hinten blickte, verloren sich die Stufen, die sie gerade erst herabgestiegen waren, in waberndem Dunkel.

Cagliostra spreizte die Flügel und erhob sich in die Luft, wenn auch nicht besonders hoch. Auf die Nähe der Menschen wollte sie wohl nicht verzichten.

»Die Namenlose«, sagte Salvestro. »Die älteste aller Manifestierten Städte, vergessen schon vor Hunderten von Generationen. Ihre Geschichte ist von Tyrannen und Usurpatoren systematisch ausgelöscht worden, wurde von Papyrusrollen geschabt und von Steintafeln getilgt. Menschen, die sich an sie erinnerten, wurden getötet, jedes Wort über sie unter Todesstrafe gestellt. Es hat Jahrhunderte gedauert, bis eine der berühmtesten Städte ihrer Zeit in völlige Vergessenheit geraten ist. Kaum jemand weiß noch, dass sie je existiert hat.«

»Und nicht einmal du kennst ihren Namen?«, fragte Merle.

»Schon seit langer Zeit weiß niemand mehr, wie sie einmal hieß«, sagte der alte Mann. »Nicht nur ihr Name wurde getilgt, auch ihre Lage, ihre Geschichte, alles. Gäbe es die Schattenstadt nicht, zu der ihre Manifestationen kollabiert sind, wüsste auch ich nichts mehr davon.«

»Und andere, die wie du sind?«, fragte Merle. Sie war sich nicht sicher, ob Salvestro überhaupt ein gewöhnlicher Mensch war. Vielleicht war er das einmal gewesen – doch was war er heute? Und was bedeutete das für Serafin?

»Die gibt es in den anderen Städten«, antwortete der Lampenentzünder. »Wir begegnen uns so gut wie nie, und es würde mich wundern, wenn sie mehr darüber wüssten. Das Fabularium ist zu groß, es gibt darin zu viele Geschichten, zu viele Orte, zu viele Gesetze.« Wachsam blickte er sich um. »Wir müssen weiter!«

Sie verließen die Treppe und bewegten sich zögernd vorwärts, bis die Mauer neben ihnen endete. Merle lugte um die Ecke und entdeckte dort nur noch mehr schwarze Silhouetten von Ruinen vor einem sternenlosen, nachtdunklen Himmel. Auch auf der rechten Seite erhoben sich die finsteren Umrisse, keiner höher als zwei Stockwerke. Je mehr sie von der Umgebung erkannte, desto deutlicher lösten sich die Silhouetten voneinander wie die Ebenen einer Theaterkulisse. Die namenlose Stadt gewann an Tiefe, Ruinen standen vor Ruinen, Trümmer bildeten Irrgärten.

»Hier entlang.« Salvestro ging geradeaus. »Bleibt nah bei mir und verlasst auf keinen Fall den Lichtschein des Zündstabs.«

»Lebt hier noch jemand?«, fragte Serafin.

Der Lampenentzünder marschierte zügig voraus. »Die Schatten der alten Geschichten. Solange wir das Licht bei uns tragen, sind sie ungefährlich, wie ferne Echos, nur dass man sie nicht hören, sondern sehen kann, wenn man genau hinschaut. Aber ich würde euch davon abraten. Wer sie zu lange ansieht, dem drohen Verwirrung und Wahnsinn.«

Junipa fluchte leise vor sich hin.

»Ja, mein Kind«, sagte Salvestro. »Und Wahnsinn ist die gnädige Variante, weil du selbst ihn nicht wahrnimmst. Aber es gibt Abstufungen, und die möchtest du lieber nicht erleben.«

Die Mädchen wechselten einen Blick, während Serafins Miene zunehmend düsterer wurde. »Tut mir leid«, sagte er leise zu ihnen. »Ich hätte ihm nicht trauen dürfen.«

Salvestro stieß ein kurzes Lachen aus. »Deshalb seid ihr doch zu mir gekommen. Damit ich euch helfe, oder? Also lasst euch helfen und tuschelt nicht. Die Schatten sind nicht taub, und ich bin es auch nicht.«

Serafin machte ein Gesicht, das fast schmerzverzerrt wirkte, dann wandte er den Blick widerstrebend nach vorn. Auch Merle sah sich im Gehen wachsam um.

Sie folgten einer breiten Schneise zwischen den Ruinen, die wohl einmal eine Straße mitten durch die namenlose Stadt gewesen war. Der Boden vibrierte leicht, während schwarzer Staub unter ihren Sohlen emporwölkte wie Rauch. Die Umgebung rund um ihre Lichtblase ließ sich nur erahnen, Schichten aus Mauerresten, die sich in Schwärze verloren. Der Staub, den Merle für Asche gehalten hatte, roch nach nichts und haftete auch nicht an ihren Fingerspitzen, als sie sich danach bückte. Ebenso wenig setzte er sich auf ihrer Kleidung fest. Es dauerte eine Weile, ehe ihr klarwurde, dass es sich nicht um Schmutz handelte, sondern um lose Fragmente der Wirklichkeit, die an diesem Ort allmählich zerstäubte.

»Müsste die Stadt nicht solider werden, je mehr Leute davon wissen?«, fragte Merle Salvestro.

Der lachte wieder, klang aber durchaus anerkennend, als er sagte: »Wenn es so leicht wäre. Das alles hier ist schon viel zu lange in Vergessenheit geraten, als dass sich der Zustand noch ändern könnte. Der Schaden ist angerichtet, andere Städte haben den Platz von dieser hier im Fabularium eingenommen.«

»Was ist dieses Fabularium, von dem du immer redest?«, fragte Serafin.

»Das Universum der erzählten Geschichten. Jede Geschichte hat darin ihren eigenen Platz, wird zu ihrer eigenen Welt, solange sich nur Menschen an sie erinnern. Manche Erzählungen hängen wie Ketten aneinander, verbunden durch ihren gemeinsamen Ursprung – das sind die sogenannten Korridore –, andere existieren ganz für sich allein. Die Geschichten der Manifestierten Städte stammen alle aus unterschiedlichen Quellen, und doch kreuzen und verknoten sich in ihnen die verschiedenen Korridore, deshalb können manche Menschen von einer Stadt in die andere überwechseln. Im Falle Venedigs geschieht das durch die Spiegelwelt, in anderen Städten gibt es andere Übergänge. Im Fabularium existieren viele solcher Phänomene, zu viele, als dass ein Mensch allein sie alle kennen könnte.«

Als er die Verwirrung in ihren Gesichtern bemerkte, schien er das genauer erklären zu wollen, hielt aber plötzlich inne. Mit gerunzelter Stirn schaute er zurück.

»Ihr hattet recht«, sagte er unheilschwanger. »Wir werden tatsächlich verfolgt.«

»Schon seit einer ganzen Weile«, bestätigte Cagliostra. »Ich hab das im Blick. Bisher kommt er nicht näher.«

»Er?«, fragte Junipa.

»Oder sie. Oder es. Was weiß denn ich. Ich bin eine Katze, eine *sie* in der einen Sprache, ein *er* in der anderen. Als ob das eine Rolle spielt, wenn man gerade durch eine Stadt läuft, die es gar nicht mehr gibt.«

Dem konnte keiner ernsthaft widersprechen.

Während alle den Weg zurückblickten, den sie gekommen waren, nahm Merle etwas aus dem Augenwinkel wahr und schaute wieder nach vorn. Sie hatte die meiste Zeit nach rechts und links gesehen, weil ihr von den nahen Ruinen die größte Bedrohung auszugehen schien. Nun aber sah sie in einiger Entfernung einen schwachen Lichtschein, der zwischen den Überresten der namenlosen Stadt emporleuchtete. Nicht allzu weit links von der schnurgeraden Schneise.

»Salvestro«, sagte sie leise, »was ist das da vorn?«

Er folgte ihrem Blick. »Unser Ziel. Der Riss im Gefüge der Schattenstadt. Was dort hindurchschimmert, ist das Herz der Stadt. Oder die Öffnung, durch die ihr es erreichen könnt.«

»*Jetzt* kommt er näher«, sagte Cagliostra und stieg ein wenig höher. »Sogar ziemlich schnell.«

»Ach, zum Teufel!« Salvestro ließ den Zündstab herumwirbeln und deutete auf den fernen Fächer aus Helligkeit. »Dorthin, schnell!«

Cagliostra flog einen Kreis über ihren Köpfen. »Es sind mehrere.«

»Bist du sicher?« Serafin bemühte sich mit verkniffenem Blick, etwas zu erkennen. In seiner Hand war sein Messer aufgetaucht wie das Ass aus dem Ärmel eines Falschspielers.

»Auf der Treppe war es nur einer«, erwiderte die Katze. »Nun höre ich mindestens vier.«

»Sechs«, sagte Junipa. »Ich kann sie jetzt sehen.« Offenbar waren ihre Spiegelaugen hier nicht ganz so verlässlich wie in Venedig, erkannten aber im Dunkeln noch immer mehr als die der anderen. »Ich glaube, es sind Kartographen.«

»Lauft!«, befahl Salvestro. »Und bleibt nur ja immer im Licht!«

»Wie ist das möglich?« Merle rannte gemeinsam mit den anderen los. »Sie sind zwischen den Spiegeln gefangen, und von uns hat keiner einen Durchgang geöffnet.«

»Ich sagte doch, die Schattenstädte sind porös und durchlässig«, gab Salvestro zurück. »Aber oben auf der Treppe hätten sie gar nicht erst unsere Spur finden dürfen.« Die Spitze seines Stabes wippte im Laufen auf und nieder, während die weiße Flamme starr nach vorn loderte. »Man kann eine Schattenstadt auf verschiedenen Wegen betreten. Deinem Vater, so er denn hier ist, ist das vielleicht sogar von der Spiegelwelt aus gelungen.«

Mein Vater, hallte es benommen in ihr nach. Vielleicht war sie ihm gerade näher als in all den Jahren seit seinem Verschwinden. Sie vermochte nicht zu sagen, ob das Beben in ihrem Inneren daher rührte oder von der Bedrohung durch die Kartographen.

»Sie holen auf«, meldete Cagliostra, die wieder die Nachhut bildete und so hoch flog, dass auch ein Kartograph nicht nach ihr greifen konnte. Allerdings schien sie sich zu scheuen, noch weiter aufzusteigen. Möglicherweise sah sie dort oben im Dunkeln Dinge, die den anderen verborgen blieben.

Vor ihnen kam der Lichtschein immer näher. Von weitem hätte es ein Feuer zwischen den Ruinen sein können, das die umliegenden Mauerkränze erhellte. Doch nun war deutlich zu sehen, wie statisch die Helligkeit war, ohne jedes Zucken oder Flackern.

»Hier entlang!« Salvestro bog nach links in eine Kerbe zwischen den Ruinen. Der Staub wogte um seine Beine, bildete beidseits des Weges eine Gischt aus abgestorbener Wirklichkeit.

Bald wandte er sich wieder nach rechts. Damit liefen sie parallel zu der breiten Straße und genau auf die Helligkeit zu.

Ein schreckliches Heulen erklang. Dann war neben ihnen Bewegung, hinter einer niedrigen Mauer. Das mochte ein Kartograph sein oder aber einer der Schatten, von denen Salvestro gesprochen hatte. Schatten der vergessenen Geschichten, die in diesen Trümmern umgingen und ihnen wahrscheinlich seit ihrer Ankunft auf Schritt und Tritt folgten.

Noch hundert Meter, schätzte Merle und fragte sich zugleich, ob gewöhnliche Maße an diesem Ort überhaupt von Bedeutung waren. Sie dachte an Salvestros Abkürzungen und dass sie gerade durch die Ruinen von verschollenen Überlieferungen rannten. Konnte der Lampenentzünder eine Strecke verkürzen, indem er sie *übersprang*, so wie man eine Passage in einer Erzählung ausließ? Funktionierten seine mysteriösen Abkürzungen wie das Überblättern von Seiten in einem Buch?

Sie stöhnte vor Anstrengung, während ihre Füße tiefer im Schattenstaub einsanken, so als verlöre die Stadt rund um den Riss immer stärker an Substanz. Serafin hatte Junipas Hand ergriffen, als wollte er sie mit sich ziehen, dabei rannte sie aus eigener Kraft genauso schnell wie er. Merle wurde erneut bewusst, dass ihre Freundin die Gefahr viel deutlicher ausmachen konnte als sie selbst oder Serafin, vielleicht sogar als Salvestro.

»Es ist der Kartograph aus Venedig«, rief Junipa.

»Hat er eine neue Maske?« Merle dachte an die Bruchstücke in ihrer Tasche.

»Nein«, entgegnete Junipa. »Er trägt keine Maske mehr.«

Merle blickte zur Seite und entdeckte wieder den Schemen, der nahezu auf einer Höhe mit ihnen lief. Cagliostra war über ihn hinweggeflogen und schoss in diesem Augenblick von hinten auf ihn zu, offenbar in der Hoffnung, dieselbe List anwenden zu können wie am Fenster von Serafins Wohnung. Nur dass es hier keinen Abgrund gab, in den sie ihn hätte reißen können.

Die Silhouette in den wehenden Gewändern griff während des Laufs über sich und packte die Katze genau in jenem Augenblick am Bein, als die ihre Krallen in die Kapuze schlagen wollte.

»Cagliostra!« Serafin warf sich herum und stürmte auf die beiden zu.

Der Kartograph riss die kreischende Katze aus der Luft, holte aus und wollte sie an einer Mauer zerschmettern. Serafin schrie wutentbrannt auf, während auch Merle und Junipa ihre Richtung änderten, um Cagliostra zu Hilfe zu eilen.

Salvestro stieß einen Fluch aus, dann flammte ein Licht unmittelbar vor dem Kartographen auf. Der zuckte zurück und ließ die Katze los. Cagliostra wurde vom Schwung nach vorn getragen, bekam ihren Flug gerade noch unter Kontrolle und konnte dem Aufprall die größte Wucht nehmen. Trotzdem fiel sie in einem Wirrwarr aus Beinen und Flügeln zu Boden, wo sie vorerst aus Merles Sichtfeld verschwand.

Stattdessen sah Merle den Kartographen im Schein

von Salvestros Zündstab, sah den Lampenentzünder selbst mit einem Mal dort stehen, wo gerade noch der Lichtblitz gewesen war. Im Hintergrund kamen die anderen Kapuzengestalten näher, mit unversehrten Masken, auf denen sich der Lichtschein der Flamme brach, und vielleicht auch die Helligkeit aus dem nahen Herz der Stadt.

Ihr ursprünglicher Verfolger trug tatsächlich keine Maske mehr, und so kroch das Licht der Flamme unter die Kapuze und legte einen knochenweißen Schimmer über seine Züge.

Im ersten Moment glaubte Merle, sie stünde Lord Licht gegenüber, dem Gebieter der Lilim und Herrscher der Hölle – ihrem Großvater Professor Burbridge. Das Gesicht unter der Kapuze ähnelte dem seinen auf so verblüffende Weise, dass es kaum einen anderen Schluss zuließ. Ebenso schmal, aber eher zäh statt hager; ausgezehrt von jahrelangen Strapazen und der Besessenheit eines Forschers, der jeden Preis für seine Entdeckungen in Kauf nahm.

Das Gesicht eines Burbridge, ganz ohne Zweifel. Doch deutlich jünger als das des Professors.

»Vater?«, flüsterte Merle.

Wortlos ging der Kartograph zum Angriff über.

28

»Lauft weiter!«, schrie Salvestro. »Lauft ins Licht!«

Er stieß den Zündstab nach vorn, hart vor die Brust des Kartographen. Das Gesicht, das Merle so bekannt vorkam, verzerrte sich vor Schmerz, und aus dem Mund drang wieder jenes schreckliche Heulen, das weder nach Mensch noch nach Tier klang. Der Kartograph riss den Kopf herum und taumelte zur Seite, während sein Gewand in weiße Flammen aufging.

»Merle!« Serafins Stimme, irgendwo weit entfernt – dann an ihrem Arm Junipas Hand, die sie weiterzerrte.

»Wir müssen hier weg!«, rief Junipa. »Die anderen sind gleich da!«

Merle hörte sie, aber die Worte verklangen, bevor sie ihre ganze Bedeutung erfassen konnte.

»Das ist mein Vater«, brachte sie stockend hervor. Der Kartograph brannte jetzt lichterloh, und trotzdem war er noch auf den Beinen. »Junipa … das ist *mein Vater*!«

Ihr war bewusst, dass sie ihn nie gesehen hatte; sie war schon als Neugeborenes von ihrer Mutter ausgesetzt worden. Aber die Ähnlichkeit mit Burbridge war so verblüffend, dass gar keine andere Erklärung in Frage kam. Die ganze Zeit über war er es gewesen, in der Spiegelwelt, dann in Serafins Wohnung und nun hier.

Salvestro stellte sich den anderen Kartographen in den Weg, aber es waren mindestens fünf, wenn nicht gar mehr, und er konnte sie unmöglich alle aufhalten. Weitere Lichtblitze zuckten, und ihre Helligkeit überlagerte die Schatten und huschenden Bewegungen.

»Ich bleibe bei ihm«, rief Serafin entschlossen.

»Nein!« Junipas Stimme klang hoch und verzweifelt.

»Wenn ich wirklich werden soll, was er ist, dann muss ich von ihm lernen.«

»Du hilfst ihm nicht, wenn sie dich umbringen!«

Einen Moment lang schien keiner von ihnen den Weg ins Herz der Stadt nehmen zu wollen. Serafin wollte Salvestro beistehen, Junipa Serafin nicht aufgeben und Merle mochte bei der Suche nach ihrem Vater bereits ans Ziel gelangt sein. Lodernd taumelte der Kartograph zwischen den Ruinen umher, schlug mit den brennenden Armen um sich und steckte dabei einen zweiten in Brand, der ihm zu nahe kam.

Salvestro rief etwas, vielleicht eine Beschwörung, womöglich auch eine Warnung, dann zuckten verästelte Blitze aus seinem Stab wie eine Hand aus reinem Feuer. Zwei Kartographen wurden davon getroffen, von den anderen schienen die Lichtfinger abzuprallen, als wäre dem Angriff auf der letzten Handbreit die Kraft ausgegangen. Einem der beiden schlug der Blitz genau ins Gesicht und zerbrach seine Maske.

»Was –« Merle blieben die Worte im Hals stecken.

Unter den Bruchstücken kam das gleiche Gesicht zum Vorschein, ein perfektes Ebenbild des ersten Kartographen.

»Nun lauft schon!«, brüllte Salvestro, fuchtelte mit

seiner Waffe und beobachtete entsetzt, wie die Flamme am Ende seines Stabes erlosch.

»Er hat recht!«, rief Serafin den Mädchen zu. »Lauft weiter!«

Damit rannte er zu Salvestro, der im Schein der brennenden Kartographen auf den Gegenschlag der Übrigen wartete. In wenigen Herzschlägen würden sie ihn erreichen. Serafin stieß einen zornigen Schrei aus – und sah im nächsten Augenblick voller Verblüffung, dass seine rechte Hand in Flammen stand. Schmerzen schien er keine zu haben. Noch im Laufen streckte er den Arm aus, als trüge er das Feuer vor sich her, hinüber zu dem alten Lampenentzünder.

Wieder fühlte sich Merle gepackt, und diesmal sah sie in Junipas Spiegelaugen. Das Gesicht ihrer Freundin war wie erstarrt, so als versuchte sie mit aller Kraft, nicht zu zeigen, was in ihr vorging. Merle wusste es auch so.

»Jetzt komm endlich!«, sagte Junipa eindringlich.

»Das ist alles falsch«, brachte Merle mühsam hervor. Die Schattenstadt schien zu wanken und zu vibrieren, als wollte nun auch der letzte Rest der Namenlosen kollabieren und sie alle mit ins Vergessen reißen. »Warum sehen die aus wie –«

»Weiß ich nicht.« Junipa klang nur mäßig interessiert an der Antwort, während sie Merle mit sich zog. Die folgte ihr stolpernd in die Richtung des Risses, gleich hinter der nächsten Mauer. Weißes Licht strahlte dort empor wie ein Fächer aus glitzerndem Eis. »Vielleicht ging es ihnen in Wahrheit um dich, nicht um meine

Augen«, rief Junipa. »Wir sind immer so selbstverständlich davon ausgegangen, dass sie die Spiegelwelt verlassen wollen, aber möglicherweise ist ja alles ganz anders.«

Merle war nicht mehr in der Lage, das Wirrwarr ihrer Gedanken zu sortieren. Sahen alle Kartographen so aus wie die beiden, die sie demaskiert hatten?

Sie schaute über die Schulter. Zwei waren ihnen dicht auf den Fersen. Die Gewänder flatterten um sie wie gewebte Schatten, während Lichtreflexe über ihre Masken flackerten und Grimassen schufen, die nur in Merles Vorstellung existierten.

Über Serafin und Salvestro schwebte Cagliostra mit hektischem Flügelschlag.

»Da ist es!« Junipas Stimme lenkte Merles Aufmerksamkeit zurück nach vorn. Sie hatten die letzte Wand passiert, die sich aus der Nähe als poröser Wall aus Staub entpuppte. Alles in der Nähe des Risses hatte die Konsistenz von gepresster Asche, die der leichteste Luftzug auseinanderwirbelte. Auch der Untergrund war nachgiebig, bis es Merle vorkam, als liefen sie durch Treibsand.

Der Riss klaffte nicht im Boden, wie sie erwartet hatte, sondern stand aufrecht wie ein erstarrter Blitz. Rundum schien alles zu einer schwarzweißen Fläche geworden zu sein, einer Leinwand, in die jemand mit einem Messer einen vertikalen Spalt geschlagen hatte. Daraus ergoss sich das weiße Licht in die Umgebung, stieg hinauf bis in den schwarzen Himmel.

Ihre beiden Verfolger kamen mit ausgestreckten Händen näher. Ihre blanken Maskengesichter waren Merle zugewandt, nicht Junipa.

Es ist wahr, durchzuckte es Merle. Sie wollen mich. Am Ende wollten sie immer nur mich.

Junipa zögerte, nur wenige Schritte vor dem strahlenden Spalt. Sie konnte unmöglich wissen, ob sie ihn ebenso leicht passieren würde wie einen Spiegel, und erst recht nicht, was dahinterlag. Doch schon setzte sie sich wieder in Bewegung, Merle stolperte ihr nach und dachte verzweifelt: Sie tut es nur meinetwegen. Wegen mir wird sie sterben.

Sie wollte anhalten, das alles beenden, indem sie sich den Kartographen stellte, dasselbe Opfer brachte wie einst Serafin, aber Junipa ließ das nicht zu und zog Merle durch den Riss in das gleißende Herz der Stadt.

29

Die Flammen, die wie Elmsfeuer über Serafins Finger tanzten, gaben keine Hitze ab. Er ballte die Hand zur Faust und schürte sie damit, ließ sie zum Doppelten ihrer Größe anwachsen und so hell erstrahlen, dass er die Haut darunter nicht mehr sehen konnte.

Brennende Gestalten stolperten auf Salvestro zu. Serafin erreichte den alten Mann kurz vor ihren Gegnern und packte den erloschenen Zündstab mit neuer Entschlossenheit. Die zuckenden Lichtzungen sprangen von seinen Fingern auf den Schaft über, tanzten zu seinem Ende empor und vereinten sich dort zu einer armlangen Flamme.

Salvestro riss den Kopf herum und sah ihm in die Augen, nur für einen Herzschlag, doch es fühlte sich so viel länger an. Dann zog er seine Hand zurück und überließ Serafin den Stab.

Der Kartograph, der noch nicht vom Feuer des Lampenentzünders erfasst worden war, erreichte sie als Erster. Während die Übrigen flammenumhüllt auf sie zustolperten, einer gar auf halbem Weg zusammenbrach, prallte der unversehrte mit der Wucht eines Rammbocks gegen die beiden Männer. Serafin hatte den Stab gesenkt, doch die Spitze stach über die Schulter des Kartographen hinweg. Zugleich spürte Serafin einen furchtbaren Schmerz, sah eine kurze, gebogene Klinge blitzen, eine

Spiegelscherbe, fühlte, wie die Schneide ihn streifte und etwas zerschnitt, seine Kleidung, seine Haut.

Er ließ sich nach hinten fallen, riss den Stab dabei nach unten, schlug ihn zur Seite und entzündete mit der Flamme die Kapuze seines Feindes. Innerhalb eines Atemzugs brannte das Wesen, wollte trotzdem weiterkämpfen, griff lodernd und kreischend nach Serafin – und wurde von ihm fortgerissen, flog flackernd durch die Dunkelheit und prallte gegen eine Mauer.

Salvestro fluchte und lachte zugleich, als wäre dies alles ein gewaltiger Spaß, auf den er viel zu lange hatte verzichten müssen.

Überall war jetzt Bewegung, waren Fauchen und Schreie. Überall war Feuer, das nicht nur die Kartographen verzehrte, sondern auch die Schatten, die jenseits der Flammen tobten, während Fontänen aus schwarzem Staub gen Himmel stoben, überall dort, wo brennende Körper gegen Trümmer stießen.

Und dann brannte mit einem Mal auch Salvestro. Teile seines Haars gingen in eisblauen Flammen auf, vielleicht auch seine Schulter, und alles, was Serafin tun konnte, war, ihn zu Boden zu stoßen und ihn über die staubigen Fragmente der Schattenstadt zu rollen. Der alte Mann selbst schlug nach den magischen Flammen und versuchte, sie zu löschen – dann war ein weiterer Kartograph heran, wie aus dem Nichts, als ob er einen Spiegelfächer benutzt hatte wie Junipa im Canal Grande. Plötzlich stand er vor Serafin und schlug mit einer Scherbenklinge nach ihm, groß wie ein Sarazenensäbel.

Der Hieb ging um Haaresbreite fehl, prallte gegen den Stab und stanzte eine tiefe Kerbe ins Holz – die erste überhaupt. Serafin fürchtete, das Werkzeug des Lampenentzünders zu verlieren, und das machte ihn so zornig, dass er die Attacke erwiderte, blindwütig zuschlug und gleich darauf vor einer Wand aus Flammen stand, weiß und blendend, als hätte sich ein weiterer Riss in der Schattenstadt aufgetan. Doch es war nur der Kartograph und hinter ihm ein zweiter, und beide verschwanden in den kalten Flammen des Zündstabs, die irgendwie auch Serafins Flammen waren, heraufbeschworen aus seiner Hand, so viel größer und grausamer als alles, was er vorher zuwege gebracht hatte.

Da stand Salvestro wieder neben ihm, kohlschwarz an der einen Schulter, aber fest auf den Beinen, als spürte er nichts vom Schmerz der Verbrennung oder den anderen Blessuren, die er beim Kampf davongetragen hatte.

»Was zur Hölle tun wir hier?«, rief Serafin über das Fauchen der Flammen und das Kreischen der Kartographen hinweg.

»Wir verschaffen den Mädchen eine Chance«, gab der alte Mann zurück. Seine Stimme klang trotz allem derart entschieden, dass Serafin gar nicht anders konnte, als ihn zu bewundern und zu hoffen, dass er ihm eines Tages gerecht werden konnte und dass er dann nicht allein sein würde wie Salvestro, sondern jemanden an seiner Seite hätte, ein Mädchen mit Spiegelaugen und weißblondem Haar und diesem Lächeln, das er jedes Mal vor sich sah, sobald er nur blinzelte.

»Da sind noch mehr«, murmelte Salvestro und deutete ins Dunkel jenseits der Flammen. Serafin erkannte dort nichts als einen Wall aus Schwärze, vor dem vier brennende Kartographen am Boden lagen, von denen nur einer sich noch regte, die Hand nach ihnen ausstreckte, vielleicht flehend, vielleicht in einem letzten, aussichtslosen Versuch eines Angriffs.

»Sollen sie nur kommen«, sagte Serafin grimmig und hielt Salvestro den lodernden Stab hin.

Der alte Mann schüttelte den Kopf. »Wir nehmen eine Abkürzung«, sagte er mit bitterem Lächeln. »Heute wirst du zum neuen Lampenentzünder.«

Serafin wollte widersprechen, sah nun aber ihre Feinde näher kommen, immer noch mehr von ihnen, und er fragte sich, wie durchlässig die Grenzen an diesem Ort wohl sein mussten, wenn der Übergang zwischen Spiegelwelt und Schattenstadt so fließend war.

Er blickte Salvestro an, dann die Flamme am Ende des Zündstabs, und er dachte, dass ihre Chancen nicht gut standen, während sich die Horde der Kartographen aus der Finsternis löste und zu ihnen ins Licht schob.

30

Gleißende Helligkeit.

Dann ein scharfer, salziger Wind.

Der Übergang aus den Schatten ins Herz der Stadt war wie der Schritt durch eine Membran aus Licht. Dahinter schälten sich Formen aus dem Weiß, verwirrende Konturen, die verblassten und zum Schein einer einzelnen Laterne wurden.

Nein, keine Laterne. Ein Feuer. Weit weg, deshalb sah es auf den ersten Blick so winzig aus.

Merle und Junipa stolperten aus dem blendenden Licht des Übergangs ins Freie, in eine graue, wolkenverhangene Dämmerung über einer flachen Landschaft aus Gras und Schlamm und Sand. Der morastige Boden gab unter Merles Füßen nach, die Entkräftung holte sie ein, und so fiel sie nach vorn auf die Knie. Wasser spritzte auf, als der Untergrund Nässe abgab wie ein Schwamm. Auch Junipa taumelte, fand im kniehohen Gras keinen Halt und stürzte.

Ein Vogelschwarm zog über sie hinweg, hoch am Himmel, und irgendwo schrien Möwen. Ganz in der Nähe rauschte das Meer, oder war das der Wind im hohen Gras?

Merle schmeckte Salz. »Was zum Henker –«, brachte sie hervor, ehe sie erst ihre Stimme, dann auch ihren Körper unter Kontrolle bekam. Als sie über ihre Schulter schaute, stand der Riss gleich hinter ihnen wie ein weißglühender Draht. Sehr schmal und nahezu drei Meter hoch.

Sie rappelte sich auf und half ihrer Freundin auf die Beine.

»Hier … ist keine Stadt«, raunte Junipa.

Merle wollte beklommen zustimmen, als sie in der Ferne wieder das Feuer sah. Es war das einzige Anzeichen von Leben in der tristen Weite, die sich glatt in alle Richtungen erstreckte. Das schilfige Gras wurde vom Wind zu Boden gedrückt. Die Böen erfassten Junipas helles Haar und ließen es waagerecht über ihren Schultern tanzen.

»Ich glaube, ich weiß, wo wir sind«, sagte Merle.

»Das Herz der Stadt hab ich mir anders vorgestellt«, entgegnete Junipa fahrig, in Gedanken wohl noch bei Serafin.

Merle machte einige Schritte, der Grund unter ihren Sohlen federte. »Das hier ist der Boden, auf dem die Stadt irgendwann mal stehen wird.«

»Das ist die Lagune? *Bevor* Venedig entstanden ist?«

Merle nickte. »Unsere und jede andere Manifestation von Venedig. Die allererste und auch alle späteren. Irgendwann mal war die Lagune nur … das hier. Sumpfland im Flussdelta, an der Grenze von Süß- und Salzwasser.«

»Also ist das Herz der Stadt gar kein Mittelpunkt«, sagte Junipa, »sondern so was wie ihr Ursprung?«

Merle hatte darauf keine Antwort. Sie beschattete

ihre Augen mit der Hand, um in die Ferne zu blicken, ehe ihr bewusstwurde, dass das in der Dämmerung unsinnig war. Sie hatte lange keinen so weiten, leeren Horizont mehr vor sich gesehen, Land und Wasser bildeten eine endlose Ebene. Vermutlich befanden sie sich auf der Hauptinsel, wo einst all die Paläste und Plätze entstehen würden. Vielleicht war sie damals größer gewesen, womöglich gab es sogar noch Landverbindungen zwischen den Inseln.

»Das Feuer«, sagte Merle. »Wir müssen dorthin.«

Junipas Nicken kam zögernd, so als gäbe es irgendeine Alternative.

Sie brachen auf und ertappten einander dabei, wie sie Blicke zurück zum glühenden Riss warfen, so als könnte er sich in Luft auflösen, sobald sie sich davon entfernten. Aber er stand weiterhin da, nur ein feiner Strich und doch deutlich sichtbar. Obwohl es Merle widerstrebte, sich vom Übergang zur Schattenstadt zu entfernen, wurde sie mit jedem Schritt schneller.

Junipa blieb mit ihr gleichauf. »Ich hab Angst um Serafin.«

»Salvestro ist bei ihm. Zusammen schaffen sie das schon.«

»So hat es nicht ausgesehen.«

»Und das Feuer aus Serafins Hand? In ihm steckt mehr, als er uns verraten hat. Oder als er selbst gewusst hat.«

Auf dem morastigen Untergrund kamen sie nur schwer voran. Immer wieder mussten sie Sumpflöchern ausweichen, die im Halbdunkel kaum zu sehen waren, und dann und wann fiel eine von ihnen hin, wenn ihr Fuß plötzlich ins Leere trat. Doch Schritt um Schritt kamen sie dem Feuer näher und erkannten schließlich, dass sich dahinter ein klobiger Umriss erhob, eine Hütte oder ein Zelt.

Und dann sahen sie ihn dasitzen, eine gebeugte Gestalt auf einem Schemel oder Stein neben den Flammen. Sein Kopf ruckte nach oben, als er sie bemerkte. Er trug eine Brille, die das Feuer reflektierte, und so schien es von weitem, als glühten seine Augen wie die eines Ungeheuers in der Dämmerung. Langsam erhob er sich.

»Ist er das?«, fragte Junipa leise.

»Ich weiß es nicht.« Merle dachte an die beiden Kartographen ohne Masken, und sie redete sich ein, dass keiner von ihnen ihr Vater gewesen sein konnte. Vielleicht waren es Doppelgänger, so wie die andere Merle, die auf dem Dachboden gestorben war, oder, ja, so wie Serafin.

Aber wie es nur einen Serafin gab, den *sie* geliebt hatte, so konnte es nur einen Steven Burbridge geben, der ihr Vater war.

»Wer seid ihr?«, wehte es über das sumpfige Marschland zu ihnen herüber. Die Stimme klang rau, als wäre sie lange nicht benutzt worden. »Wie kommt ihr hierher?«

»Gibt es denn mehr als einen Weg?«, rief Merle.

Etwa dreißig Meter lagen noch zwischen ihnen. Die Hütte ruhte auf hüfthohen Stelzenbeinen wie ein primitiver Vorläufer jener Palazzi und Kirchen, die hier eines Tages auf einem komplizierten System aus Pfählen und Mauerwerk stehen würden. Die Behausung war klein und wirkte windschief. Falls er sie nicht so vorgefunden hatte, musste er sie selbst aus dem wenigen Holz gebaut haben, das es hier gab. Möglich, dass irgendwo ein paar verkrüppelte Bäume standen, die Merle in der Düsternis nicht sah. Vielleicht hatte er auch alle abgeholzt. Mit irgendwas musste er sein Lagerfeuer füttern, und sie nahm nicht an, dass es sich um Planken gestrandeter Schiffe handelte. Sie war ziemlich sicher, dass es hier niemals Schiffe oder Menschen gegeben hatte.

»Ich wüsste gern, wie weit wir uns in der Vergangenheit befinden«, raunte Junipa ihr zu.

»Ich glaube nicht, dass es wirklich *die* Vergangenheit ist«, erwiderte Merle leise. »Eher so was wie eine Erinnerung daran, die im Herz der Stadt erhalten geblieben ist.«

Der Mann blieb neben seinem Feuer stehen und blickte ihnen entgegen. »Ihr seid durch den Spalt gekommen? Aus der Schattenstadt?«

»Ja«, antwortete Merle. Noch zwanzig Meter.

»Wie habt ihr ihn geöffnet?« Er klang fast fiebrig vor Neugier. »Von hier aus ist das unmöglich.«

»Dann sind wir also hier gefangen?«, fragte Junipa.

»Nun, ich bin es jedenfalls«, entgegnete der Mann.

Junipa klang misstrauisch. »Seit wann sind Sie hier?«

»Viele Jahre. Ich habe es aufgegeben, die Tage zu zählen.«

Merle musste tief Luft holen, weil sie das Gefühl

hatte, es würde sie besonders viel Kraft kosten, seinen Namen auszusprechen. »Steven Burbridge?«

Eine Weile lang schwieg er, während sie weiter auf ihn zugingen und genau beobachteten, was er tat. Er bewegte sich nicht, stand vollkommen starr, während gleich neben ihm die Flammen des Lagerfeuers vom Wind zur Seite gepeitscht wurden. Seine Augen glühten so viel heller als die tanzenden Lichter, die von den Flammen auf seinen Körper projiziert wurden.

»Ja«, sagte er schließlich, »das ist mein Name.« Mit einem Mal klang er zurückhaltender, als zweifelte er, dass die beiden tatsächlich da waren und nicht nur Illusionen, die sein Gehirn schuf, um die Einsamkeit erträglicher zu machen. »Wie heißt ihr?«

»Merle und Junipa.«

Ihr Name war Merle erst im Waisenhaus gegeben worden, nach dem Verschwinden ihres Vaters in der Spiegelwelt, und so erwartete sie nicht, dass er ihn mit der neugeborenen Tochter in Verbindung brachte, die er damals zurückgelassen hatte.

»Kommt ans Feuer«, lud er sie ein, »es ist das einzige, das ihr hier finden werdet.«

Sie konnten das Flackern und Fauchen sogar über den scharfen Wind hinweg hören.

»Gibt es hier keine anderen Menschen?«, fragte Junipa.

»Nein.«

»Aber das hier *ist* das Herz der Stadt, oder?«

»Davon wisst ihr also.« Er hatte zotteliges, angegrautes Haar und einen wuchernden Bart. Merle musste unwillkürlich an einen Schiffbrüchigen auf einer abgelegenen Insel denken. »Das Herz der Stadt ist eher so was wie die *Wurzel* der Stadt«, sagte er. »Ihr Ursprung. Der Ort, an dem einmal die Saat aufgehen wird, aus der all die Häuser und Gassen und Plätze wachsen. Falls ihr nach dem Herz der Stadt gesucht habt und etwas ganz Besonderes erwartet habt, dann muss ich euch enttäuschen. Kaum etwas könnte weniger besonders sein als diese gottverdammte Einöde.«

Warum hatte ihn das Alleinsein ohne Aussicht auf Rettung nicht in den Wahnsinn getrieben? Er klang so vernünftig und abgeklärt, als wäre er erst vor ein paar Tagen auf einen Abstecher vorbeigekommen. Dann erinnerte sich Merle daran, wie viele Jahrzehnte ihr Großvater es bereits in der Hölle aushielt, und sie fragte sich insgeheim, was schlimmer war: die Einsamkeit in der vorzeitlichen Lagune oder die Notwendigkeit, Herrscher über eine Welt zu sein, die von Millionen monströser Kreaturen bevölkert wurde.

»O nein.« Junipa blieb stehen, ehe sie das Feuer erreichten.

Merle hielt inne. »Was ist?«

Der Wind ließ die Holzhütte knirschen, irgendwo weit weg schrie ein Tier. Auf einem Spieß über dem Feuer steckte ein großer Fisch, Fett tropfte zischend in die Flammen.

»Seine Augen«, flüsterte Junipa.

Nun erkannte Merle es auch. Steven Burbridge trug

keine Brille. Das Feuer reflektierte nicht auf gewöhnlichem Glas.

Spiegelaugen. Genau wie die von Junipa.

»Nicht erschrecken«, sagte er. »Ich weiß, kein schöner Anblick.«

Sah er denn nicht, dass Junipa die gleichen Augen hatte?

»Spiegelglas«, sagte er. »Ich nehme an, ihr beiden habt ein besseres Hilfsmittel für den Übergang gefunden.«

Merle warf Junipa einen ratlosen Blick zu, aber die setzte sich wieder in Bewegung und durchdrang mit ihren Augen die Düsternis. »Sie sind beschädigt«, sagte sie, als sie fast vor ihm standen. »Ihr Glas … es ist gesplittert.«

Netze feiner Risse überzogen seine Spiegel. Sie sahen aus wie die Facettenaugen eines Insekts.

»Ich kann euch sehen«, sagte er, »aber nur verschwommen. Anfangs konnte ich noch die Hütte bauen und sogar Kaninchen jagen, aber dann ist es schlimmer geworden.«

»Konnten Sie deshalb nicht wieder durch den Spalt zurück in die Schattenstadt?«, fragte Junipa.

Er nickte. »Es war schwer genug, mit den beschädigten Augen hierherzugelangen. In der feuchten Witterung sind die Scherben immer blinder geworden.«

»Wie sind sie zerbrochen?«

Merle musterte seine Kleidung. Die Jacke, die er trug, war aus Kaninchenfell zusammengenäht, während er die Hose vor zehn Jahren mit hergebracht haben mochte; sie hatte Löcher und war fadenscheinig an den Knien. Unter dem Bart und den feuchten Haarsträhnen waren die wettergegerbten Züge eines Mannes um die fünfzig zu erkennen – das Gesicht der Kartographen, daran gab es keinen Zweifel.

»Ich bin angegriffen worden«, sagte er. »Nicht hier, sondern drüben in der Schattenstadt, von den Schatten selbst. Ihr müsst ein mächtiges Licht dabeigehabt haben, um sie euch vom Leib zu halten.«

»Ein Lampenentzünder hat uns begleitet«, sagte Junipa.

»Eigentlich sogar zwei«, ergänzte Merle.

»Zwei auf einmal? Das ist ungewöhnlich.« Er runzelte die Stirn. »Haben sie den Spalt für euch geöffnet?«

»Nein«, entgegnete Junipa. »Das war ich. Ich habe Spiegelaugen wie Sie.«

»Oh.« Für eine Weile war das alles, was er über die Lippen brachte. Dann: »Das bedeutet, du kannst den Spalt auch von hier aus öffnen.«

»Das hoffe ich«, sagte Junipa.

Es hätte Merle nicht überrascht, wenn er sofort losgelaufen wäre, um seine Chance zu ergreifen. Stattdessen atmete er scharf aus, als entwiche alle Luft aus seinem Körper, und sank mit einem Ächzen auf den Schemel neben dem Feuer.

»Wir sind hier, um dich zu holen«, sagte Merle.

Dass sie ihn duzte, schien er nicht wahrzunehmen. Womöglich war es ihm egal. Er blickte ins Feuer und schüttelte den Kopf. »Selbst wenn ihr den Spalt öffnen könnt und selbst wenn eure Lampenentzünder die Gefahren der Schattenstadt fernhalten … Das ist nicht alles, wisst ihr. Es gibt noch andere, die Jagd auf mich machen. Hierher können sie nicht gelangen, aber sobald ich durch den Riss gehe, zurück in die Manifestierten Städte …« Er brach ab, fasste sich an den Bart und sah einen Moment lang so angespannt aus, als wollte er ihn sich ausreißen. »Meine Feinde würden nicht nur mich töten, sondern auch euch.«

»Die Kartographen?«, fragte Merle. »Wir haben sie so genannt. Sie verfolgen Junipa und mich schon lange. Ich hab mich immer gefragt, ob es Zufall war, dass wir ihnen in der Spiegelwelt begegnet sind, aber jetzt glaube ich das nicht mehr.« Sie machte eine kurze Pause, während er langsam den Kopf in ihre Richtung hob. »Ich denke, sie haben mich erkannt«, sagte sie. »Sie haben etwas *von dir* in mir erkannt.« Noch einmal hielt sie inne, dann fügte sie hinzu: »Ein Teil von mir stammt von Lalapeja, der andere von dir.«

Seine Hand fiel herab und baumelte wie abgestorben neben seinem Körper. Wieder atmete er lauter, stieß mehrfach kräftig die Luft aus, und obwohl der Groschen gefallen sein musste, starrte er sie mit leerer Miene an und rührte sich nicht.

Erst nach einer halben Ewigkeit fragte er leise: »Du bist Lalapejas Tochter?«

»Ja«, sagte sie. »Und deine.«

Seine Lippen bewegten sich, doch der Wind riss sein Raunen mit sich fort.

»Wir nehmen dich mit«, sagte sie. »Falls du es verdienst.« Die Worte kamen aus ihrem Mund, bevor sie darüber nachdenken konnte. Das klang hart, sogar für sie selbst. Aber er hatte sie damals zurückgelassen, hatte sie und ihre Mutter einfach aufgegeben. Für das hier.

Die Nähe zum Feuer reichte nicht aus, um sie zu wärmen, weil sie für den schneidend kalten Wind nicht ausreichend gekleidet waren. Junipas Lippen färbten sich bereits blau. Ihre eigenen sahen vermutlich nicht besser aus.

Ihr Vater zog die Kaninchenfelljacke aus, stand auf und kam um das Feuer herum zu ihnen.

»Hier«, sagte er und hielt sie Merle hin. »Ich habe noch eine. Wartet.«

Nach kurzem Zögern nahm sie sie entgegen und reichte sie an Junipa weiter. Er verschwand in der Hütte und kam einen Moment später mit einer zweiten Jacke zurück, lang wie ein Mantel.

»Für dich«, sagte er zu Merle und hielt das Kleidungsstück auf, damit sie hineinschlüpfen konnte.

Es war ein seltsames Gefühl, ihm den Rücken zuzukehren, und als er ihr die Jacke um die Schultern legte, war sie viel schwerer, als sie erwartet hatte. Das Fell hielt den Wind von ihr fern, und sogleich wurde ihr wärmer. Das machte den Tiergeruch etwas erträglicher.

Sie drehte sich wieder zu ihm um und sah ihn im Feuerschein vor sich stehen, in eine Art Hemd aus Leder gekleidet, das ihm zu weit war. Ohne die dicke Felljacke wirkte er erschreckend mager und verletzlich.

Sie kannte ihn nicht, und sie hatte nie erwartet, dass bei ihrer Begegnung schlagartig alles gut sein würde zwischen ihnen. Die Zuneigung eines Kindes für seinen Vater ließen sich nicht aus dem Nichts abrufen.

Und umgekehrt? Von seinen gesplitterten Spiegelaugen ließ sich nicht ablesen, was er empfand. Doch seine Miene sprach Bände.

»Es tut mir leid«, sagte er. »Wirklich sehr leid.«

»Merle«, sagte Junipa, »wir müssen zurück zu den anderen. Wer weiß, wie lange sie durchhalten.«

Merle hatte das nicht vergessen. Aber sie war noch nicht bereit, ihn einfach bei der Hand zu nehmen und in ihr Leben zu führen. Das hier war kompliziert und schwierig und etwas, das für sie vollkommen neu war. Das stärkste Gefühl, dem sie sich je hatte stellen müssen, war die Trauer um Serafin gewesen. Das hier hätte dem auf andere Weise gleichkommen müssen. Stattdessen war da nur eine gespannte Erwartung. Immerhin keine Leere.

»Wir haben eine Menge nachzuholen«, sagte er.

»Mag sein.« Das klang kälter als beabsichtigt. Eigentlich wollte sie ihn umarmen oder von ihm in die Arme genommen werden und war doch nicht bereit dazu. Dieser Mann war ein Fremder, ganz gleich, was ihr Verstand ihr sagte.

Die Stelzen der Hütte knirschten wieder, so als fürchtete das windschiefe Bauwerk, dass es bald nicht mehr gebraucht werden würde. Vielleicht war es all die Jahre nur vom Überlebenswillen seines Erbauers zusammengehalten worden.

»Merle.« Junipas Stimme klang eindringlicher. »Wir müssen los!«

Sie nickte, wenn auch erst nach einem erneuten Zögern, das ihm nicht entgehen konnte.

»Du glaubst, ich hätte euch im Stich gelassen«, sagte er. »Dass ich kein Interesse an dir und deiner Mutter hatte.«

Sie hob die Schultern. »Spielt das noch eine Rolle?«

Doch so einfach schien er es ihnen beiden nicht machen zu wollen. »Es stimmt, dass ich Hals über Kopf zu dieser Expedition aufgebrochen bin. Und dass das rücksichtslos war, weil ich nicht wusste, wie lange ich fort sein würde. Ein paar Wochen, dachte ich. Bestimmt nicht länger als zwei Monate. Lalapeja wollte das nicht glauben, sie hat mir auf den Kopf zugesagt, dass ich nicht mehr zurückkehre. Aber ich war ganz sicher … und so überzeugt von mir. Ich habe ihr geschworen, dass ich wiederkäme, schon bald, und dass wir dich gemeinsam großziehen würden.«

Merle blickte ihm in die Augen, und obgleich sie selbst nichts in seinen sah, hoffte sie, dass es umgekehrt anders war. »Sie hat mich ausgesetzt«, sagte sie, »in einem Weidenkorb. Auf einem Kanal in der Nähe eines Waisenhauses.«

Der Feuerschein flackerte über seine Züge und erfüllte sie mit Bewegungen, wo vielleicht keine waren. Der Schrecken aber war ihm deutlich anzuhören. »Das habe ich nicht gewusst.«

»Wahrscheinlich hat sie dafür gesorgt, dass ich gefunden werde. Sie hat Mittel und Wege …« Kurz brach ihre Stimme, dann fügte sie gefestigter hinzu: »Sie hätte mich nicht ertrinken lassen, das weiß ich. Aber nachdem du fort warst, hat sie beschlossen, dass ich anderswo … bei Menschen … dass ich dort besser aufgehoben wäre.« Und vielleicht, fügte sie in Gedanken hinzu, war das sogar richtig. Was auf den ersten Blick so verantwortungslos erschien, war womöglich das Verantwortungsvollste, was Lalapeja hatte tun können.

Aber wenn sie ihrer Mutter nicht übelnahm, dass sie sie aufgegeben hatte, warum dann ihrem Vater? Weil Lalapeja eine Sphinx war und nicht dazu geschaffen, ein kleines Mädchen großzuziehen. Welche Entschuldigung hatte er? Genau das fragte sie ihn.

Neben ihr wurde Junipa immer unruhiger.

»Ich war besessen davon, das Herz der Stadt zu finden«, sagte er, während der Wind sein strähniges Haar zerzauste. »Besessen von dem hier … In einem anderen Venedig habe ich mir die Spiegelaugen einsetzen lassen, um mich frei in der Spiegelwelt bewegen zu können, ohne fremde Führer. Ich begann, sie zu kartographieren. Es war wie eine Sucht. Noch eine Abzweigung, noch ein Blick durch einen Spiegel, noch ein fremdes Venedig. Es gibt so viele davon … Und dann fand ich den Weg in die Schattenstadt, schaffte es gerade so bis zum Spalt und kam mit letzter Kraft hierher. Die Schatten hätten mich verschlungen, wenn ich es nicht getan hätte, und dann wurde mir klar, dass es keinen Weg zurück gab. Zwei, drei Mal habe ich es versucht, aber sie waren immer da und haben auf mich gewartet. Die Spiegelscherben hatten bereits Risse und schließlich wurden sie trüb. Ich war gefangen. Jahre vergingen, in denen ich an jedem verdammten Tag aufgeben wollte. Ich träumte davon, zu Lalapeja und dir zurückzukehren, und ich fing an, mit euch zu sprechen. Mit einem Stock schrieb ich Briefe an euch in den Schlamm, nur um zuzusehen, wie das Wasser anstieg und sie verschwinden ließ.« Seine Schultern sackten nach unten, ehe er mit einem Nicken zwischen den Mädchen hindurch zum glühenden Riss in der Ferne wies. »Die ganze Zeit über konnte ich den Spalt sehen, verschwommen, nur eine vage Ahnung vor dem Horizont … Aber ich wusste, dass er da war. Ich hielt mich davon fern und brachte es trotzdem nicht über mich, meine Hütte noch weiter weg zu bauen. Und ich habe gehofft, dass eines Tages jemand kommen würde.«

»Warum sehen die Kartographen aus wie du?« Mit dieser Frage wollte Merle sich selbst von ihrem inneren Gefühlschaos ablenken. »Wer sind sie? Doppelgänger aus einem anderen Venedig?«

Er schüttelte den Kopf. »Meine Spiegelbilder. Ich habe es erst herausgefunden, als es zu spät war. Wenn man sich zu lange in der Spiegelwelt aufhält – bei mir waren es Wochen am Stück, weil ich doch Karten zeichnete und mich irgendwann nicht mehr entscheiden konnte, welches Venedig ich eigentlich betreten wollte –, wenn man zu lange dort bleibt, dann saugen dir die Spiegelbilder die Kraft aus und erwachen zum Leben. Erst war es nur eines, dann immer mehr. Sie sehen aus wie Menschen, aber sie sind keine. Sie verhüllen sich von Kopf bis Fuß, um sich selbst nicht in den Spiegeln sehen zu müssen. Sie hassen, was sie sind, aber am meisten hassen sie mich. Ich weiß nicht, ob das auch bei euren Spiegelbildern so wäre oder ob sie nur das sichtbar machen, was ohnehin schon in einem steckt … das, was einen am meisten bewegt. Und ich *habe* mich selbst gehasst, aus tiefstem Herzen. Vielleicht wollen sie mich deshalb vernichten … Manche sind entstanden, bevor ich die Spiegelaugen hatte, andere erst später. Bei ihnen funktionieren sie nicht so wie bei deiner Freundin und mir, vermutlich, weil sie selbst nur Abbilder sind. In meiner Überheblichkeit dachte ich, dass sie mir nicht gefährlich werden können, wenn ich nur vorsichtig genug bin. Aber wenn sie jetzt hinter dir her sind, Merle, dann heißt das wohl, dass sie nie aufgegeben haben. Dass sie mich in dir wiedererkennen und nicht vergessen haben.«

»Merle«, sagte Junipa drängend. »Wir gehen jetzt! Wir alle drei! Das hier hat Zeit bis später.«

Merles Blick hing noch immer an seinen Augen, als würde zwischen ihnen gerade noch sehr viel mehr gesagt, stumm, eher ein Ertasten als ein Reden, ein Erforschen von Gefühlen, den eigenen und denen des anderen. Und auch wenn vieles offenblieb und manche Frage womöglich immer unbeantwortet sein würde, war da eine Verbindung zwischen ihnen, etwas, auf dem sich irgendwann aufbauen ließe.

»Komm«, sagte sie schließlich und nahm seine große, schmutzige Hand in ihre. »Verschwinden wir von hier.«

31

Serafin schwenkte den lodernden Zündstab in einem Halbkreis um sich und Salvestro, und während ein weiterer Kartograph Feuer fing und die anderen mit hasserfülltem Zischen zurückwichen, überkam ihn ein Anflug von Triumph, der wie ein Feuerwerk seine wahren Gefühlen überstrahlte: die Angst um Junipa und die Sorge um Salvestro, der zusehends schwächer wurde.

»Du bist verletzt.« Serafin war heiser, und manchmal vergaß er das Atmen, so sehr musste er sich auf den Stab konzentrieren, um die Flamme am Leben zu halten. Vorhin war sie fast erloschen, und Salvestro hatte ihn ermahnt, dass ihm das kein zweites Mal passieren durfte.

»Kümmer dich nicht um mich«, brachte der Lampenentzünder hervor. »Du musst den Mädchen mehr Zeit verschaffen.«

»Was, wenn sie den Weg zurück nicht finden?«

Salvestro verzog schmerzerfüllt das Gesicht. »Für Junipa ist das hier nur eine Tür … Ihre Augen helfen ihr dabei, sie zu öffnen und zu schließen.«

Sie standen mit den Rücken zu dem weißglühenden Riss in der Finsternis. Er konnte die Kartographen in einigen Metern Entfernung vor sich sehen, außerdem seitlich von ihnen, und er vermutete, dass sie bald versuchen würden, auch an dem Spalt vorbei von hinten über sie herzufallen. Das Licht aus dem Riss hielt die formlosen Schatten fern, und noch schien es auch die Kartographen abzuschrecken. Doch spätestens, wenn der Zündstab erlosch, würde sich der Kreis um sie zusammenziehen.

»Serafin!« Cagliostras Ruf ertönte in seinen Gedanken. *»Irgendwas tut sich da!«*

Erst glaubte er, sie meinte den nächsten Vorstoß ihrer Gegner, eine weitere Attacke mit Klingen aus Spiegelscherben und bloßen Händen. Doch Cagliostra hatte den Spalt hinter ihm im Auge behalten.

»Sie hat recht«, sagte Salvestro.

Serafin wagte nur einen kurzen Blick über die Schulter. Der Riss weitete sich, und die Dunkelheit teilte sich wie zwei Vorhanghälften. Das grelle Weiß wurde zu festen Formen, zu schmalen Schultern, einem Kopf mit weißblondem Haar. Junipa kehrte zurück in die Schattenstadt, führte Merle an der Hand, ließ sie neben Salvestro stehen und verschwand wieder im Licht.

Serafin hörte sich ihren Namen rufen, während er den nächsten Angriff eines Kartographen abwehrte. Silbern blitzte die Klinge im Schein seiner Flamme, hieb in den Stab und glitt davon ab, so als steckte in dem Holz ein stählerner Kern. Serafin versuchte, die Flamme in die Richtung des Angreifers lodern zu lassen, doch der war zu schnell fort. Immer wieder gelangen den Geschöpfen solche Nadelstiche, Hiebe gegen den rettenden Stab, Schnitte durch die Kleidung und die Haut von Salvestro und Serafin.

Cagliostra verschaffte ihm eine Atempause, als sie

kreischend auf einen zweiten Kartographen niederstieß. Mehr als eine Ablenkung war das nicht, gegen die Klingen käme sie nicht an; trotzdem genügte es, um Serafin einen Flammenstoß zu ermöglichen. Ein Gegner taumelte lodernd davon, ließ Mauerreste zu Staub zerplatzen und schlug am Boden auf, wo er halb versank und weiterbrannte. Der weiche Untergrund schien ihn aufzusaugen. Auch Serafin hatte das Gefühl, dass er mit jeder Bewegung tiefer einsank.

Hinter ihm erklangen Stimmen, erst die von Merle, dann – Gott sei Dank! – auch die von Junipa. Schließlich die eines Fremden. Noch einmal gelang es Serafin, sich umzuschauen. Junipa schenkte ihm ein Lächeln, das ihm mehr Kraft verlieh als jede Pause im Ansturm ihrer Gegner. Der Mann war eine zottelige Gestalt mit Bart, langem Haar – und Spiegelaugen wie Junipa. Sie alle trugen grobe Kleidung aus Fell und Leder wie Goldgräber auf ihrem Treck in die Wildnis.

Der Mann trat neben Serafin, nickte ihm wortlos zu und blickte verbissen in den Pulk der schwarzen Kapuzengestalten. Trotz des Bartes erkannte Serafin sein Gesicht – er hatte es schon mehrfach gesehen, hinter berstenden Masken, verzerrt von Hass und Zorn. Der Mann aber wirkte ruhig, fast kaltblütig, als er ihre Feinde musterte.

In den Reihen der Kartographen erhob sich lautes, wutentbranntes Heulen, und Serafin hoffte inständig, dass Junipa und Merle wussten, auf welcher Seite der Fremde stand.

»Los!«, rief Salvestro mit rauer Stimme. »Zurück zur Treppe!«

Serafin zog Junipa heran und gab ihr einen festen Kuss auf die Lippen, den sie heftig erwiderte. Aus was auch immer ihr Herz gemacht war: aus Stein ganz bestimmt nicht. Als Serafin sich von ihr löste, fühlte er sich für einen Augenblick, als könnten ihm selbst die Kartographen nichts mehr anhaben.

Während er wieder mit dem flammenden Zündstab auf ihre Gegner losging, kamen ihm all die Fluchten in den Neumondnächten und die Kämpfe mit anderen Schlammsammlern zugute. Er stieß einen zornigen Schrei aus, als er auf die Kartographen zustürmte, und der Stab reagierte sofort. Die lodernde Flamme wuchs schlagartig auf das Dreifache an und festigte sich wie eine Klinge am oberen Ende des Stabes. Während Serafin sie in einem weiten Bogen führte, ganz so wie bei den Stockkämpfen in den Gassen, hinterließ sie glühende Spuren in der Dunkelheit, ein Netzwerk aus weißgelber Glut, das er mit seinen Hieben wie einen Schild voranschob. Fauchend wichen die Kartographen vor ihm zurück, einige stießen gegeneinander und gingen in Flammen auf.

Er sah nicht, wie viele es waren, nicht einmal, wie viele brannten, als er die Gruppe durch die Finsternis zurück auf den Hauptweg führte und seine Gegner vor sich hertrieb. Junipa und Merle waren gleich hinter ihm, während der Mann, der Steven Burbridge sein musste, den verwundeten Salvestro stützte.

Cagliostra bildete die Nachhut und warnte sie, wenn Kartographen sich von hinten anzuschleichen versuchten oder die Schatten in ihrem Rücken zu den Silhouetten titanischer, stampfender Leiber wurden. Dann war es Salvestro, der in der Dunkelheit Lampen entstehen ließ, die genau wie die in Venedig aussahen, nur dass sie hier aus dem Nichts emporwuchsen, eiserne Masten mit Glaskäfigen, in denen lebende Flammen tanzten und die Schatten zurück in die Dunkelheit trieben.

Es war ein langer, unwirklicher Weg zur Treppe, und einige Male geriet Serafins Selbstsicherheit ins Wanken. Dann wurde der Kampf mit den Kartographen zu einem Kampf um seine Überzeugung, die anderen retten zu können, und er zweifelte daran, dass Salvestros Wahl auf den Richtigen gefallen war.

Mindestens ein halbes dutzend Kartographen huschte noch immer am Rand des Lichtscheins umher und konzentrierte die Angriffe vermehrt auf Burbridge. Der verwandte all seine Kraft darauf, den verletzten Salvestro zur Treppe zu schleppen. Zugleich rief er Merle und Junipa Warnungen zu, wenn ihnen eine der Kapuzengestalten zu nahe kam, und fluchte lautstark über die Tatsache, dass er selbst keine Waffe besaß und nicht besser sehen konnte.

Serafin tat sein Bestes, sie alle eng beieinander im Zentrum des Lichtscheins zu halten und mit der Flamme überall zugleich zu sein. Seine Kleidung war schweißgetränkt, und sein Atem raste. Jeder Muskel in seinem Körper schien zu schmerzen, und sosehr er sich auch wünschte, die Treppe endlich vor sich zu sehen, so sehr graute es ihm vor dem Aufstieg.

»Da vorn!«, rief Merle.

Auf den ersten Blick war es eine Ruine wie alle anderen, ein wenig höher, eine Seitenwand besser erhalten. Beim Näherkommen wurden Stufen sichtbar, die an der Mauer emporführten, scheinbar ins Nichts hinauf, wo sie sich nach einigen Metern im Dunkeln verloren. Hinter den Trümmern zitterten und vibrierten gewaltige Umrisse, als wären dort die Ruinen selbst zum Leben erwacht. Noch einmal versammelten sich die Schatten der vergessenen Geschichten, um in hilfloser Wut mitanzusehen, wie die Eindringlinge sich zum Ausgang aus ihrem Reich bewegten.

Salvestro entfuhr ein Stöhnen, während er seine letzten Kräfte aktivierte und dort, wo gerade noch die Bruchkante der Ziegelmauer gewesen war, eine Laterne erscheinen ließ. Als die Gefährten den Fuß der Wand erreichten, waren im Lichtschein weitere Stufen sichtbar geworden, und die Mauer, kurz zuvor keine zwei Stockwerke hoch, setzte sich nach oben fort, bis sie mit der Schwärze verschmolz.

Noch einmal griffen zwei Kartographen gleichzeitig an, aber Serafin trieb sie zurück ins Dunkel, bis der Weg nach oben frei war. Cagliostra eilte den Mädchen voraus. Hinter ihnen hielt Burbridge mühsam den alten Lampenentzünder auf den Beinen, während Serafin ihnen die nachfolgenden Kartographen vom Hals hielt. Immerhin kamen keine neuen mehr dazu, die letzten sechs folgten ihnen auf die Treppe, während hinter ihnen die Schatten zusammenströmten wie ein Wolfsrudel und auf ihrem Weg die Feuer der brennenden Körper erstickten. Von einer Sekunde zur nächsten war der Boden nicht mehr zu sehen, alles versank in einem Meer aus Schwarz.

Längst hatten die Mädchen die dicken Felljacken abgestreift. Sie alle waren kurz vor der völligen Erschöpfung, immer wieder stolperte jemand, fing sich nur knapp oder wurde von anderen festgehalten. Serafin bewegte sich rückwärts die Stufen hinauf, die Kartographen nur fünf, sechs Meter entfernt.

»Sie werden nicht einfach aufgeben«, sagte Burbridge verbissen.

Und sie haben dazugelernt, dachte Serafin verzweifelt. Statt blindlings in die Flamme zu laufen, getrieben von purer Wut, stiegen sie jetzt in derselben Geschwindigkeit wie Serafin die Treppe hinauf. Im Gegensatz zu ihm schienen sie nicht zu ermüden und mussten nur abwarten, bis er schließlich beim Rückwärtsgehen ins Stolpern geriet.

»Können sie uns nach Venedig folgen?«, rief er über die Schulter.

»Solange die Tür offen steht, ja.« Salvestros Stimme klang so dünn wie das Atemholen eines Sterbenden, und Serafin überkam panische Angst, den alten Mann auf halbem Weg zu verlieren.

Vor ihnen wurden weitere Laternen sichtbar, eine ganze Kette von Lichtern, die nach oben hin immer kleiner wurden. Gleichzeitig erschienen neue Stufen, eine endlose Diagonale steinerner Rechtecke, die aus der glatten Wand ragten. Die Schatten waren zurückgeblieben, aber die Kartographen folgten ihnen unverdrossen. Es waren nach wie vor sechs, und immer wenn Serafin dachte, sie müssten sich mit ihren wallenden Gewändern gegenseitig behindern, traten sie durch die langen Bahnen wie durch Nebelschwaden.

Merles Vater fluchte. Als Serafin sich zu Burbridge umsah, kämpfte der um sein Gleichgewicht und versuchte gleichzeitig, Salvestro festzuhalten. Merle konnte ihn auf den schmalen Stufen nur an der Kleidung packen. Das bewahrte ihn vor einem Sturz in den Abgrund, ließ ihm aber keine Wahl, als den Lampenentzünder loszulassen. Salvestro wich seinen Händen aus und schob sich mit heiserem Keuchen neben Serafin. Der alte Mann presste seine Hand auf den Bauch, Blut rann zwischen seinen Fingern hervor.

»Lauft weiter«, befahl Salvestro keuchend. »Wenn ich an letzter Stelle bleibe, kann ich vielleicht eine weitere Abkürzung erschaffen.«

Serafin schüttelte energisch den Kopf. Ihm gefiel die Müdigkeit in Salvestros Augen nicht. »Die werden dich zu packen bekommen.« Er zeigte mit dem Stab auf den vorderen Kartographen und ließ ihm die Flamme entgegenzüngeln. Das Geschöpf fauchte ihn an, blieb aber stehen und hielt dabei die anderen auf.

»Mach dir … keine Sorgen«, flüsterte Salvestro. »Wenn ich das … nicht tue … werden wir es nicht schaffen.«

Widerstrebend gab Serafin den anderen ein Zeichen weiterzugehen. Er selbst machte einige Schritt an Salvestro vorbei und sah sich zu ihm um.

Der Lampenentzünder bewegte sich nicht. Genau über ihm brannte eine der Laternen, die er beim Abstieg erschaffen hatte. Die Kartographen kamen näher, jetzt schneller, weil der Abstand zu Serafin und dem Zündstab größer geworden war. Da lachte Salvestro laut auf und stieß ihnen aus bloßen Händen eine Flamme entgegen, die auf den vorderen übergriff, jedoch gleich wieder erlosch und kaum Schaden anrichtete. Trotzdem hielten die Kartographen erneut inne, und genau in diesem Moment sank Salvestro auf die Stufe und blieb sitzen.

Serafin wollte ihn am Arm packen und weiterziehen. Hinter sich hörte er Burbridge, der zu Hilfe eilte.

»Lass ihn«, erklang da Cagliostras Stimme in Serafins Gedanken. *»Er will es so.«*

»Was?«

»Geht weiter. Er hat seine Entscheidung getroffen.«

»Auf keinen Fall!«

»Serafin!« Jetzt klang die Katze beschwörend. *»Der alte Mann hat recht. Ihr werdet müde – sie nicht. Sie müssen sich nicht mal beeilen, um euch irgendwann einzuholen.«*

»Aber die Abkürzung –«

Salvestro sah zu ihm auf und lächelte. »Leb wohl, Serafin. Pass gut auf die anderen auf. Besonders auf Junipa.«

Und damit nahm er die blutige Hand vom Bauch,

hob sie über seinen Kopf und schnippte mit den Fingern.

Die Laterne erlosch.

Unterhalb von Serafins Stufe versank die Treppe in Schwärze.

»Nein!«

Unmittelbar vor ihm war die Finsternis auf einen Schlag undurchdringlich, und so sah er niemanden stürzen, weder Salvestro noch ihre Verfolger. Aber die Kartographen kreischten und brüllten, und ihre Schreie wurden rasch leiser. Zugleich erklang Salvestros Ruf aus großer Tiefe zu ihm herauf:

»Entzünde die Lampen, Serafin, lass keine Nacht aus! Und lerne von dem Stab, er wird dir die Wege zeigen, die du gehen musst!« Dann verklang die Stimme des alten Mannes in der Ferne, verhallte wie das Gebrüll der Kartographen weit unten in diesem Abgrund zwischen Schatten und Wirklichkeit.

Serafin stand reglos auf der letzten Stufe und starrte hinab ins Dunkel, schwankend und doch furchtlos, weil sein Entsetzen über Salvestros Verlust so viel größer war als die Angst um sein eigenes Leben.

»Du hast ihn gehört, Junge.« Burbridge legte eine Hand auf seine Schulter. »Wir müssen weiter.«

»Serafin!« Das war Junipa, gleich hinter ihm, viel zu nah an der Tiefe, und dann tastete ihre Hand nach seiner. »Du kannst nichts mehr für ihn tun.«

Mit Tränen in den Augen wandte er sich um und sah sie neben Burbridge stehen, Merle gleich hinter den beiden. Darüber schwebte Cagliostra mit gleichmäßigem Flügelschlag – das erste Mal überhaupt, dass sie so sicher in der Luft stand wie einer der Falken, denen sie immer nachgeeifert hatte.

»Gehen wir«, sagte Junipa und zog ihn sanft von der letzten Stufe fort, die Treppe hinauf an die Spitze der Gruppe. »Leuchte uns den Weg nach oben.«

32

Über ihnen zeichnete sich der Rand der Falltür als helles Quadrat ab. Da wurde Merle bewusst, dass sie das Ende der Treppe erreicht hatten. Das Dunkel über ihnen war kein schwarzes Nichts mehr, sondern die Unterseite von Salvestros Haus.

Merle hatte während des Aufstiegs jedes Zeitgefühl verloren. Vielleicht war eine Stunde vergangen, seit sie nicht mehr von den Kartographen verfolgt wurden, vielleicht waren es auch zwei oder drei. Falls Salvestro mit letzter Kraft eine weitere Abkürzung geschaffen hatte, um ihnen den Weg zu erleichtern, war der Unterschied zum Abstieg nicht wahrnehmbar. Schwärze hatte sie während der ganzen Zeit umgeben, durchbrochen von der Flamme am Ende des Zündstabs und dem Licht der vereinzelten Laternen über den Stufen, die hinter ihnen nach und nach erloschen waren.

Sie alle hatten den alten Mann kaum gekannt, doch sie trauerten um ihn wie um einen Freund. Es war das zweite Mal gewesen, dass sich ein Mensch für Merle geopfert hatte, und ihr war, als hätte eine Hand tief in ihr Innerstes gegriffen und etwas zurück ans Tageslicht gezerrt, das sie gerade erst außer Sichtweite verstaut hatte. An der Oberfläche war es Trauer um den Lampenentzünder, doch in Wahrheit empfand sie erneut, was sie schon einmal gefühlt hatte. Damit einher ging die Ahnung, dass es womöglich immer wieder geschehen würde, dass sie dieses Leid nie mehr abschütteln konnte. Es war und blieb ein Teil von ihr, und allmählich begann sie, das zu akzeptieren.

Und dann war da ihr Vater. Zwei Jahre lang hatte sie nach ihm gesucht, war seiner Spur durch Venedigs Manifestationen gefolgt, hatte nie aufgegeben, auch dank Junipa. Nun ging er hinter ihr auf der Treppe, sie spürte seine Blicke in ihrem Rücken, doch alles, was sie sich zu sagen hatten, musste warten. Das hier war kein Ort dafür, auch weil sie befürchtete, dass die allumfassende Finsternis auf ihre Stimmung und ihre Worte abfärbte.

Auf den Stufen unterhalb der Falltür senkte Serafin den Zündstab und drückte mit der anderen Hand gegen das Quadrat. Einen schrecklichen Augenblick lang fürchtete Merle, dass die Tür verriegelt und der Rückweg abgeschnitten sein könnte. Dann aber ließ die Klappe sich anheben, und Licht fiel durch einen Spalt, der rasch breiter wurde.

Serafin und Junipa stiegen als Erste an die Oberfläche. Danach wäre Merle an der Reihe gewesen, doch sie drückte sich eng an die Wand und suchte den Blickkontakt mit ihrem Vater.

»Geh du zuerst«, sagte sie und ließ ihm den Vortritt.

Kurz sah er besorgt aus. Sie schenkte ihm ein aufmunterndes Lächeln, und da trat er neben sie, beugte sich unverhofft zu ihr herab und gab ihr einen Kuss auf die Stirn. Sein wilder Bart kratzte auf eine Weise, die ihr sagte, dass sie es wirklich geschafft hatte, dass er *hier* war, bei ihr.

»Danke«, flüsterte er und sah sie mit seinen Spiegelaugen an. »Ich weiß nicht, was ich sonst sagen soll. Ich kann so vieles nie wieder gutmachen, und am wenigsten, dass du diesen Weg auf dich genommen hast, um mich da rauszuholen.«

Wärme erfüllte sie bei diesen Worten, aber sie hatte noch immer Scheu davor, ihm ihr Vertrauen zu schenken. Auch das würde besser werden, sie spürte es. Sie brauchte nur Zeit, und ihm ging es vermutlich ebenso.

»Ich bin froh, dass wir dich gefunden haben.« Wie alles, was sie hätten sagen können, fühlte sich das zu schwach an. Wenn es wirklich Worte gab, die diesem Augenblick und ihren Empfindungen hätten gerecht werden können, dann fielen sie ihr gerade nicht ein. So war sie eben, und dass es ihm genauso erging, zeigte, wie ähnlich sie sich waren. Sie fand das schön, irgendwie. Es war etwas, das sie verband, obwohl sie einander nicht kannten.

Er schenkte ihr ein Lächeln, dann folgte er Junipa und Serafin zur Oberfläche.

Merle stand da, atmete tief durch und blickte hinaus in die Finsternis. Etwas berührte ihre linke Wade, und als sie an sich hinabsah, drückte sich Cagliostra im Vorüberhuschen an ihr Bein und schaute zu ihr auf.

»Ist nicht leicht, was?«, fragte die Katze.

»Was meinst du?«

»Wenn so unerwartet jemand auftaucht und einen Platz in deinem Leben einnimmt, dann ist das Gefühl gar nicht so anders, als ob du plötzlich jemanden verlierst. Erst ist es ein Schock, dann musst du dich daran gewöhnen. Auch an die guten Dinge.«

Merle musterte Cagliostras rätselhaftes Katzengesicht und das grüne Glühen in ihren Augen. »Woher weißt du so was?«

»Du meinst, weil ich eine Katze bin?«

»Ich weiß, dass du keine gewöhnliche Katze bist.«

»Gewöhnliche Katzen gibt es nicht. Flügel oder nicht machen da keinen Unterschied. Wir sehen so viele Dinge. Wir beobachten euch Menschen im Stillen, denken über euch nach, und vielleicht verstehen wir euch besser als ihr selbst.«

»Wenn das so ist, dann erklär mir, warum Salvestro sein Leben für uns geopfert hat. Er wusste so gut wie nichts über uns.«

Cagliostra huschte ein paar Stufen weiter nach oben, damit sie einander besser ansehen konnten. »Er hat das nicht für euch getan. Jedenfalls nicht *nur* für euch. Ich glaube, er hat schon lange voller Ungeduld darauf gewartet, dass Serafin bei ihm auftaucht, um seine Nachfolge anzutreten.«

Merle dachte kurz nach. »Hast du es die ganze Zeit über gewusst? Dass ihm das vorherbestimmt ist?«

Cagliostra schnurrte leise und klang dabei, als grinste sie. »Aber verrate es ihm nicht.«

»Deshalb bist du damals bei ihm geblieben.«

Wieder das Schnurren. »Zu ihm kein Wort darüber, hörst du?«

»Hat Bastet dir den Auftrag dazu gegeben? Oder jemand anderes?«

»Im Fabularium gibt es höhere Mächte als abgehalfterte Göttinnen.« Die Katze drehte sich mit einer grazilen Bewegung herum und huschte die letzten Stufen hinauf.

Merle sah ihr hinterher, dann folgte sie ihr und stieg durch die Falltür ins Haus des Lampenentzünders. Die anderen blickten ihr erwartungsvoll entgegen, und ihr Vater reichte ihr seine Hand, um ihr hinaufzuhelfen. Sie griff danach und sah, wie Cagliostra um die Beine von Serafin und Junipa strich, die einander erleichtert umarmten. Zum ersten Mal fühlte sich dieser Anblick für Merle vollkommen richtig an.

Sie zog die Falltür hinter sich zu und schob mit dem Fuß den Riegel vor.

»Sieht aus, als hätte ich jetzt ein Haus«, sagte Serafin und klang ein wenig verlegen. »Wie ich meine Mutter kenne, wird sie in ihre Wohnung zurückkehren wollen, sobald es ihr bessergeht. Aber vielleicht …« Er sah mit breitem Lächeln Junipa an. »Ich werde viel bei Nacht unterwegs sein, und dann wäre es schön, wenn jemand dabei ist, der im Dunklen sehen kann.«

Merle warf ihrem Vater einen Blick zu und ging hinüber zur Haustür. Sie legte ihre Hand auf die kühle Messingklinke, zögerte kurz und drückte sie nach unten. Der vertraute Geruch der Kanäle wehte ihr aus der

Gasse entgegen, sie schloss die Augen und atmete tief ein. Für einen Moment fühlte es sich an, als wäre jedes Venedig auch ihr Venedig.

Als sie die Augen wieder aufschlug, kam im Morgenlicht eine einsame Gestalt durch die Gasse auf sie zu. Ein weißhaariger Mann in einem Gehrock aus teurem Stoff, mit polierten Schuhen und mächtigem Backenbart. Trotz seiner feinen Kleidung hatte er breite, kräftige Finger. Seine Handrücken waren mit Brandnarben übersät. Merle war ihm nie zuvor begegnet und wusste trotzdem sofort, wer er war.

Die beiden Enden der Gasse waren leer, und das überraschte sie. Beim Anblick des Mannes hatte sie Gardisten erwartet, Männer mit Waffen, die auf sie zielten.

»Guten Morgen, Merle«, sagte der Mann.

Ihre Züge verhärteten sich, während sie versuchte, ganz ruhig weiterzuatmen. Mit großer Willensanstrengung nickte sie ihm zu.

»Nicodemus«, sagte sie leise.

33

Trotz des Backenbarts erkannte sie sein Gesicht wieder. Er war kein exaktes Ebenbild, nicht so wie ihre eigene Doppelgängerin – und doch war die Ähnlichkeit zu groß, um bloßer Zufall zu sein.

Er sah aus wie ihr Lehrmeister Arcimboldo.

»Darf ich eintreten?«, fragte er, während sie ihm noch immer den Weg ins Haus versperrte. Er stützte sich auf einen Gehstock mit silbernem Knauf.

»Ich weiß, was Sie wollen«, entgegnete sie. »Und Sie werden es nicht bekommen.«

»Ich will nur mit euch reden.« Er hatte ihren Blick die Gasse hinunter bemerkt. »Ich bin allein gekommen. Es gibt keine Schützen auf den Dächern oder sonst wen, der euch etwas antun würde.«

»Ich bin sicher, dass Sie allein gefährlich genug sind.«

In ihrem Rücken kamen ihr Vater und die anderen näher. Die Flamme an Serafins Stab fauchte leise in der Nähe ihres Ohrs.

»Wisst ihr, dass Salvestro und ich einmal Freunde waren?« Nicodemus deutete an Merle vorbei auf Serafin. »Du trägst seinen Stab. Wir sollten uns unterhalten.«

»Wenn Sie Junipa auch nur –«, begann Merle, doch ihre Freundin berührte sie an der Schulter.

»Lass ihn rein«, sagte Junipa leise. »Wenn ich hierbleiben will, müssen wir das klären.«

Merles erster Impuls war, sie für verrückt zu erklären. Aber dann erinnerte sie sich an das, was Salvestro erzählt hatte. Er und Nicodemus hatten sich arrangiert. Jeder von ihnen glaubte, auf seine Weise das Richtige für Venedig zu tun. Was sie unterschied, war die Wahl ihrer Mittel.

Sie konnte gar nicht anders, als auch darin ein vages Spiegelbild zu ihrem Venedig zu entdecken. Mit einem Mal war es so offensichtlich. Während Merles Zeit am Kanal der Ausgestoßenen hatten Junipa und sie Arcimboldos Widersacher Umberto nie zu sehen bekommen, obwohl sein Haus nur einen Steinwurf weit entfernt gewesen war. Womöglich sah er aus wie Salvestro. Auch Umberto hatte einst einen Jungen namens Serafin als Lehrling angenommen.

»Bitte«, sagte Nicodemus. »Ich möchte nur reden.«

Widerwillig trat Merle beiseite. Ihr Vater beobachtete die Szene stumm und wurde seinerseits von Nicodemus gemustert, so als wollte der Glasbrenner abschätzen, welche Gefahr von dem verwilderten Fremden ausging. Auch die gesplitterten Spiegelaugen mussten seine Aufmerksamkeit erregen. Er betrat das Haus und schaute sich aufmerksam im Zimmer um.

Cagliostra stand auf dem Tisch, machte einen Buckel und folgte argwöhnisch jeder seiner Bewegungen.

»Es ist lange her«, sagte er und klang ein wenig melancholisch.

»Ihren Stock«, verlangte Merle und streckte die Hand aus.

Er reichte ihn ihr mit einem Lächeln und wandte sich den Bücherregalen und den losen Papieren auf dem Klavier zu. Merle wollte den Stock erst neben dem Eingang an die Wand lehnen, weit außerhalb seiner Reichweite, behielt ihn dann aber sicherheitshalber in der Hand.

Sie beobachteten den Glasbrennermeister, während der sich viel Zeit nahm, um den Raum auf sich wirken zu lassen. Schließlich drehte er sich zu ihnen um. »Entschuldigt. Salvestro und ich waren wirklich einmal gute Freunde. Er ist tot, nicht wahr?«

»Ja«, sagte Serafin kühl, »und vorher schien er keine große Sehnsucht nach Ihnen zu haben.« Er hielt den Zündstab nicht mehr in Nicodemus' Richtung, aber dass er auf der Hut war, konnte auch dem Gildenmeister nicht entgehen.

»Erst waren wir Freunde, dann wurden wir Gegner«, sagte Nicodemus mit erschlagender Offenheit. »Und schließlich, nach vielen Jahren, haben wir einander verstanden. Da wurde aus unserer Feindschaft ein tiefer Respekt.«

»Was wollen Sie?« Auch Merles Vater machte keinen Hehl aus seiner Abneigung.

Nicodemus betrachtete ihn erneut, dann wandte er sich an Serafin. »Salvestro hätte seinen Stab nicht einfach irgendwem überlassen. Tatsächlich hat er mir einmal von dir erzählt.« Die finsteren Blicke aller schienen ihn nicht zu bekümmern. Vielleicht weil sein wahrer Kummer ein viel größerer war. »Gelegentlich haben wir miteinander gesprochen. Nicht hier, auch nicht auf Murano. Aber hin und wieder sind wir uns nachts begegnet, wenn er die Lampen entzündet hat. Im Dunkeln wandere ich manchmal durch die Gassen, um mir in Erinnerung zu rufen, warum ich tue, was eben getan werden muss.«

Merle wollte etwas sagen, aber er bat sie mit einer Geste, fortfahren zu dürfen.

»Du denkst, es wäre reiner Eigennutz. Weil du in mir den Schurken sehen willst, der dir deine Doppelgängerin auf den Hals gehetzt hat. Tatsächlich war sie selbst ganz erpicht darauf, dir zu folgen, und womöglich war es ein Fehler, ihr ihren Willen zu lassen. Ganz sicher war es unbedacht, sie mit diesem Geschöpf aus dem Spiegel losziehen zu lassen. Nun, wie auch immer, Venedig braucht einen Lampenentzünder. Einen Hüter seiner Lichter. Und Salvestro hat seine Wahl getroffen. Wir beide« – er sah Serafin in die Augen – »werden miteinander auskommen müssen. Ich bin recht zuversichtlich, dass uns das gelingen wird.«

Serafin atmete tief durch, und ganz kurz befürchtete Merle, er würde den Glasbrennermeister hinauswerfen. Doch dann sagte er nur: »Sie hatten es auf Junipa und ihre Augen abgesehen.«

Nicodemus nickte. »*Nur* auf ihre Augen, nicht auf sie – nichts für ungut«, fügte er in ihre Richtung hinzu. »Und dann ist diese Kreatur aufgetaucht und ich habe gesehen, was hinter den Spiegeln umherstreift. Jetzt glaube ich, dass es unklug wäre, den Durchgang dauerhaft für etwas zu öffnen, das dieser Stadt Schaden zufügen könnte.«

Vielleicht nahm er seine Aufgabe, Unheil von Venedig abzuhalten, sehr viel ernster, als Merle angenommen hatte. Sie war weit davon entfernt, ihm zu trauen, aber die Dinge, die er sagte, klangen nachvollziehbar und ehrlich.

»Ich werde nicht ewig leben«, sagte er ohne jede Wehmut. »So wie der Junge Salvestros Nachfolger geworden ist, werden andere mir nachfolgen. Wer immer das sein wird – sie oder er wird den Pakt respektieren, den Salvestro und ich geschlossen haben. Wir haben beide erkannt, dass wir dieser Stadt dienen. Und unsere Erben werden das ebenfalls tun. Venedig ist einzigartig, zumindest auf dieser Seite der Spiegel, und jeder von uns trägt Verantwortung dafür, dass es bewahrt wird.«

Junipa nickte stumm, und Nicodemus schenkte ihr nun seine Aufmerksamkeit.

»Du hast hier nichts mehr zu befürchten«, sagte er, »darauf gebe ich dir mein Wort.« Er ließ den Satz kurz nachwirken, dann wandte er sich an Merle und ihren Vater. »Ihr könnt bleiben oder gehen, wohin es euch beliebt.« Zuletzt sah er Serafin an. »Und du, bring dieser Stadt das Licht und nimm der Nacht ihre Schrecken, so wie Salvestro es getan hat. Ich will nichts von dir außer deinem Versprechen, dass alles, was du tust, zum Besten Venedigs sein wird.«

Serafin blickte am Stab entlang zu der kleinen Flamme. »Mein Versprechen haben Sie.«

Nicodemus betrachtete ihn prüfend, als könnte er Serafins Absichten von seinem Gesicht ablesen. Schließlich sog er zufrieden die Luft ein, ignorierte Cagliostras feindseliges Fauchen und ging zurück zur Tür. Niemand hielt ihn auf, als er sich von Merle den Stock aushändigen ließ und hinaus auf die Gasse trat.

»So lebt denn wohl«, sagte er, wandte sich nach rechts und ging davon.

Merle wartete nicht, bis alle die Sprache wiederfanden. Unverzüglich eilte sie hinter ihm her. Ihr Vater wollte sie zurückhalten, doch Junipa legte eine Hand auf seinen Arm und schüttelte den Kopf. »Sie weiß schon, was sie tut.«

Vor einer fensterlosen Ziegelwand holte Merle Nicodemus ein. »Warten Sie.«

Er blieb stehen, drehte sich zu ihr um. »Du hast Fragen«, sagte er. »Natürlich.«

»Sie schulden mir Antworten für das, was Sie getan haben.«

»Wir werden sehen.«

»Das Mädchen, das aussah wie ich … sie hatte sogar denselben Namen.«

»Ja«, sagte er. »Merle.«

»Sie wissen, was mit ihr passiert ist?«

»Man hat ihren Leichnam gefunden.«

»Dass sie tot ist … das war ein Unfall«, sagte Merle. »Sie wollte mich umbringen, aber dann brach dieser Balken aus der Verankerung und … Ich hätte sie gerettet, wenn ich gekonnt hätte.«

»Für dich hätte sie das ganz sicher nicht getan.«

»Ich weiß. Aber darum geht es mir gar nicht.« Sie versuchte, die Erinnerung an den zerschmetterten Körper zu verdrängen. »Wer war sie? Ich meine, abgesehen davon, dass sie ausgesehen hat wie ich und ein ziemliches Miststück war.«

»Ein Waisenmädchen«, sagte Nicodemus. »Jemand hat sie als Neugeborene in einem Korb auf den Kanälen ausgesetzt. Sie wurde gefunden und in ein Waisenhaus gebracht. Meine Leute schauen sich dort regelmäßig nach Lehrlingen um. Sie war noch sehr jung, als sie zu uns kam, fünf oder sechs. Und es hat sich bald herausgestellt, dass sie nicht besonders begabt war für die Glasbrennerei – wohl aber für andere Dinge. Sie war überaus verbissen, ließ sich anfangs von niemandem etwas sagen, hatte Schwierigkeiten damit, Anweisungen zu befolgen. Wir haben Leute, die sich auf besondere Weise um die Interessen der Gilde kümmern, und die nahmen sie unter ihre Fittiche. Sie haben keinen anderen Menschen aus ihr gemacht, aber sie haben ihre … speziellen Eigenschaften in gewisse Bahnen gelenkt. Ihr neue Ziele gegeben.«

Während er sprach, sah er Merle in die Augen, und sie erkannte bei allem Bedrohlichen, das er verkörperte, auch etwas von Arcimboldo in ihm, das über die äußere Ähnlichkeit hinausging. Eine Spur vom Wissen und der Weisheit des Zauberspiegelmachers; das Bewusstsein, dass manche Dinge getan werden mussten, ob sie einem nun gefielen oder nicht.

Und sie fragte sich, ob sie selbst zu dieser anderen Merle geworden wäre, wenn ihr eigener Lehrmeister eben nicht ein Mann voller Güte und Freundlichkeit gewesen wäre. In Merle selbst hatten ähnliche Anlagen gesteckt wie in ihrer Doppelgängerin – ganz sicher Verbissenheit und Aufsässigkeit –, und doch war sie nicht wie sie geworden.

Mit einem Mal lächelte Nicodemus. »Wenn auch du einmal eine Aufgabe brauchst, dann komm zu mir.«

Sie hielt dem Blick seiner stechenden Augen stand. »Nein«, sagte sie, »ich glaube nicht.«

Sein Lächeln wurde eine Spur breiter, dann nickte er ihr höflich zu, wandte sich ab und ließ sie allein auf der Gasse zurück.

34

Merles Abschied von Serafin war kurz und herzlich und auch ein wenig ungelenk, weil es sich gegen jedes bessere Wissen seltsam anfühlte, ihm in die Augen zu blicken – Augen, die sie viel zu gut kannte – und darin einen anderen zu entdecken. Sie würden sich wiedersehen, davon war sie überzeugt, und sie war sicher, dass es ihr von Mal zu Mal leichter fallen würde.

Auf dem Dachboden von Salvestros Haus hatten sie unter einem eingestaubten Tuch einen großen Spiegel gefunden, zwischen Kisten mit Laternen in allen Formen und Größen, und während Merle und Serafin ein paar verlegene Worte wechselten, kehrte Junipa zu ihnen zurück. Sie war nicht lange fort gewesen, keine halbe Stunde, und sie lächelte zufrieden, als sie aus dem Spiegel trat. Sie hatte Merles Vater zurück in sein Venedig gebracht.

»Ich schätze, man sollte ihn nicht allzu lange allein lassen«, sagte Junipa. »Es kann nicht schaden, wenn du dabei bist, während er ein paar Dinge richtigstellt.«

Merle war nervös, auch weil sie seit zwei Jahren nicht mehr dort gewesen war. Schließlich aber umarmte sie Serafin, kraulte Cagliostra zwischen den Flügeln und ergriff Junipas Hand. Sie schloss die Augen, als ihre Freundin das Gläserne Wort flüsterte und mit ihr durch den Spiegel trat.

Gleich darauf waren der Dachboden, Serafin und Cagliostra verschwunden. Einmal mehr schimmerte und glitzerte um die Mädchen das Labyrinth aus Spiegelglas. In den letzten beiden Jahren hatten Junipa und Merle diesen Irrgarten viele Male durchquert, anfangs unbefangen, bis die Kartographen aufgetaucht waren. Danach waren ihre Aufenthalte zwischen den Spiegeln immer kürzer geworden, stets hatten sie nach dem schnellsten Weg hindurch gesucht.

»Ich glaube, es gibt hier keine Kartographen mehr«, sagte Junipa, als Merle sich nach Verfolgern umschaute. »Alle, die übrig waren, sind mit Salvestro verschwunden. Solange sich niemand von uns länger als nötig hier rumtreibt, wird das wahrscheinlich auch so bleiben.«

Merle nickte gedankenverloren. Die Spiegelbilder ihres Vaters waren zum Leben erwacht, weil er sich zu lange in der Spiegelwelt aufgehalten hatte. Womöglich wäre mit Merles und Junipas Abbildern dasselbe geschehen, hätten sie ihre Suche nach ihm fortgesetzt. Es war verlockend, sich in den Spiegeln zu verlieren, weil die Auswahl an Ausgängen schier endlos war. Immer gab es noch ein weiteres, verheißungsvolleres Ziel. Je mehr Möglichkeiten sich boten, desto schwerer fiel es, sich für eine zu entscheiden. Darum war es umso wichtiger, irgendwann innezuhalten, durchzuatmen und zu sagen: Hier will ich bleiben. Hier werde ich finden, was ich suche.

Das Auftauchen der Kartographen war eine Mahnung gewesen, und so nahm Junipa auch jetzt den kürzesten Weg, während sie Merle nach Hause führte. Schon bald blieb sie vor einem unscheinbaren Spiegel stehen. Merle unterdrückte ein Schaudern, als sie ihr Ebenbild im Glas betrachtete: Zum ersten Mal sah sie darin eine Gefangene, die nur darauf wartete, befreit zu werden und mit Spiegelscherben Jagd auf sie zu machen.

»Dahinter ist es?«, fragte sie.

Junipa nickte. »Lalapejas Haus.«

Merle legte die Fingerspitzen an das kühle Glas und versuchte sich vorzustellen, was gerade auf der anderen Seite geschah. Wie würde ihre Mutter auf das Wiedersehen mit ihrem Vater reagieren? Lalapeja war eine Sphinx, Steven der Sohn einer Lilim. Da prallten zwei völlig unterschiedliche Temperamente aufeinander. Junipa hatte recht: Bevor die beiden sich unter vier Augen besprachen, konnte es nicht schaden, wenn Merle ein paar Dinge erklärte. Trotzdem blieb es letzten Endes die Aufgabe ihres Vaters, und wenn sie ihn richtig einschätzte, wollte er es auch gar nicht anders.

»Das dürfte interessant werden«, sagte sie.

»Ich kann nicht bleiben, um es mir anzusehen«, entgegnete Junipa bedauernd. Der Einfluss des Steinernen Lichts auf sie war ein zu großes Risiko.

»Ich weiß.«

»Aber ich komm dich abholen. Schon bald. Dann besuchst du uns, solange du magst.«

»Versprochen?«

Junipa umarmte sie. »Versprochen.«

Eine Weile lang standen sie so da, fest umschlungen,

und Merle begann bereits, sie zu vermissen, ehe sie getrennt waren. Es war kein Lebewohl für immer, und doch war es ihr erster Abschied seit über zwei Jahren. Sie hatten so vieles zusammen durchgemacht, so vieles erlebt, und für einen Moment wurden die Erinnerungen daran beinahe zur Last.

Als sie die Umarmung schließlich lösten, hielten sie sich noch ein wenig länger an den Händen, und in Junipas Spiegelaugen stand ein neues, glückliches Leuchten, das mehr und mehr auf Merle übersprang.

»Bereit?«, fragte Junipa.

Merle drückte sanft ihre Finger. »Ja«, sagte sie mit einem Lächeln. »Zeit, zu gehen.«

35

Einen Monat später verließen Serafin und Junipa einmal mehr das Haus in der verborgenen Gasse, um Venedigs Lichter zu entzünden und die Schrecken der Dunkelheit zu vertreiben.

Seine neue Aufgabe – so viel besser als die Suche nach einer Klinge, die es wohl nie gegeben hatte – fiel Serafin von Nacht zu Nacht leichter. Wie Salvestro es vorausgesagt hatte, wies der Zündstab ihm die Wege zu den geheimen Abkürzungen durch die Dunkelheit, den Stein und das Wasser.

Anfangs war er verwirrt gewesen, verstört sogar von den wenigen Schritten von einer Lampe zur nächsten, doch bald hatte er begonnen, sich daran zu gewöhnen. Sein neues Leben war so anders als das alte, vieles war ihm fremd, nicht weniges gab ihm Rätsel auf. Manchmal schien der Stab zu ihm zu sprechen, nicht mit einer Stimme wie ein Mensch, und dennoch klar und deutlich. Nur Serafin hörte, was er sagte, während Junipa sich ungerührt in Salvestros Bücher vertiefte. Sie verschlang eines nach dem anderen, und immer öfter war sie diejenige, die Serafins Fragen beantwortete, so als spräche der Stab auch durch sie.

Seine Mutter war nach zwei Wochen in Bastets Obhut in ihre Wohnung zurückgekehrt. Die Geheimtür, durch die der Kartograph mit der zweiten Merle eingedrungen war, hatte Serafin mit Balken zugenagelt; anschließend hatte er den schweren Schrank davorgeschoben. Er war nicht sicher, ob noch mehr versteckte Zugänge existierten – vielleicht gab es sie in jeder Wand, in jedem Haus –, und wahrscheinlich wäre diese hier nie wieder von irgendwem benutzt worden. Trotzdem fühlte er sich besser, nachdem die Tür verbarrikadiert war, und am liebsten hätte er eigenhändig eine zweite Wand vor die erste gemauert.

Das Augenlicht seiner Mutter war zum größten Teil wiederhergestellt. Bastet und Nanini hatten getan, was sie konnten, und das war eine Menge. Er hatte seine Mutter seit Jahren nicht so glücklich erlebt, doch das Angebot, zu ihnen ins Haus des Lampenentzünders zu ziehen, hatte sie ausgeschlagen. Das sei nichts für sie, hatte sie gesagt, sie sei nur ein Mensch wie jeder andere. Sie respektierte Serafins Entscheidung und hatte einen Narren an Junipa gefressen, aber sie genoss ihr neues Leben viel zu sehr – die Gänge zum Markt, die Gespräche mit den Frauen am Kanal, das bunte Tohuwabohu in den Gassen –, um sich an einen Ort zurückzuziehen, an dem keiner sie besuchen konnte.

Junipa hingegen sagte, sie könne gar nicht glücklicher sein als in diesem Haus, das zwar ein Teil dieser Welt war, aber auf der Grenze zu anderen lag. Serafin war aufgefallen, dass sie immer wieder von ihren Büchern aufblickte und die Falltür betrachtete. Sie habe keine Furcht davor, hatte sie gesagt, sie sei nur neugierig. Die Abenteuerlust brannte in ihr, der Wunsch, neue Pfade zu beschreiten, selbst wenn sie in das unergründliche Dunkel führten. Seither wusste Serafin, dass sie ihn auf allen Wegen begleiten würde, auch solchen, die niemand sonst betreten konnte.

Einen davon wollte er ihr in dieser Nacht zeigen. Cagliostra schwebte über ihnen am Himmel und suchte nach Gardisten und Handlangern der Glasbrenner. Doch Nicodemus schien Wort zu halten. Sie waren nicht wieder behelligt worden, weder bei Nacht noch am Tag. Allmählich begann Serafin zu verstehen, warum Salvestro und der Gildenmeister einander respektiert hatten.

Mit dem Stab in der Hand führte er Junipa durch die Gassen zum Ufer, wo der Canal Grande in das weite Gewässer der Lagune mündete. Unterwegs hatten sie Trauben von Menschen gesehen, die tuschelnd an den Kanälen standen. Bald blieben die hohen Häuser zurück, und vor ihnen öffnete sich das Panorama der Lagune. Der Nachthimmel hätte schwarz sein müssen, stattdessen wölbte er sich in sattem Blau und Türkis über die Stadt und die See dort draußen.

Die Silhouetten der gegenüberliegenden Gebäude am Ufer von Giudecca endeten ein Stück weiter links und wurden von der schimmernden Wasserlinie abgelöst. Über dem Horizont loderte ein goldenes Feuerrad vor den Sternen, ein perfekter Ring aus Glut. Sein Schein verlieh dem Himmel seine magische Färbung.

»Natürlich«, entfuhr es Junipa, »heute ist Neumond!«

In Nächten wie diesen stand der Mond vor der Sonne

und wandte Venedig seine Nachtseite zu. Für gewöhnlich blieb er dabei hinter dem Horizont verborgen.

»Aber warum sind die Kanäle nicht leer?«, fragte Junipa.

»Weil ich das Licht herbeigerufen habe.« Serafin deutete mit dem Stab auf den lodernden Flammenkreis aus Sonne und Mond. Der untere Rand berührte fast das Wasser und schien dort Funken zu schlagen, ein goldenes Flirren am Horizont, trotz der späten Stunde. »Ich wusste nicht, ob es funktionieren würde. Ich hab es einfach versucht.«

»Wie hast du das gemacht?«

»Indem ich es wollte.« Er hörte das Staunen in seiner eigenen Stimme. »Und plötzlich gingen Mond und Sonne über dem Meer auf, beide auf einer Linie.«

Junipa blickte ihn lange an, und er hätte verstanden, wenn sie dabei ängstlich ausgesehen hätte, wenigstens verunsichert. Doch sie musterte ihn nur mit ihren unergründlichen Spiegelaugen und wandte ihren Blick dann wieder dem Ring aus Sonnenlicht zu, wabernd auf Blau und Türkis.

»Solange der Neumond am Himmel steht, scheinen sich die Kanäle nicht zu leeren«, sagte Serafin. »Vielleicht kann ich es kontrollieren. Vielleicht kann ich es wirklich aufhalten. Wir werden sehen.«

»Warum hat Salvestro das nicht getan?«

»Möglich, dass er das gar nicht wollte. Oder nicht konnte.« Serafin war weit davon entfernt, das alles zu verstehen. Falls das hier ein Vorgeschmack seiner neuen

Macht war – was würde er als Nächstes herausfinden? Dass er Zugang zu Kräften hatte, die selbst Salvestro verwehrt geblieben waren?

Minutenlang schwiegen sie, während sie das Spektakel beobachteten, die Illusion von züngelnden Flammen, die einen gespenstischen Reigen in der Finsternis tanzten.

»Das ist noch nicht alles«, sagte er nach einer Weile.

Er ergriff ihre Hand und ging mit ihr zur Uferkante. Dahinter führten Stufen eng an der Mauer hinab zur Wasseroberfläche.

Sonnenlicht und Mondschatten warfen eine schnurgerade Bahn aus Glut über die Wellen, einen Pfad, der aus demselben Kalten Feuer gemacht schien, das in Junipas Spiegelaugen brannte.

»Du musst mir vertrauen«, sagte er.

Sie nickte, und bevor er vorausgehen konnte, setzte sie schon einen Fuß auf das Wasser. Das Licht trug sie wie ein gläserner Steg, schimmernd und glitzernd unter ihren Sohlen.

»Können wir bis zur Sonne und zum Mond gehen?«, fragte sie, als er neben sie trat.

»Wir können es jedenfalls versuchen.«

Die Reflexionen des Flammenrings in ihren Augen schienen aufzuglühen, als sie ihm ein glückliches Lächeln schenkte. Dann machten sie sich auf den Weg, gingen nebeneinander über das Wasser, folgten der Straße aus Licht durch die Lagune. Bis Mitternacht mussten sie zurück sein, um die Lampen zu entzünden, aber bis dahin war noch viel Zeit.

Sie würden sehen, wie weit sie kamen. Und wenn nicht in dieser Neumondnacht, dann eben in der nächsten. Oder der übernächsten.

Aus der Tiefe drangen die Gesänge der Meerjungfrauen herauf, und über ihnen in der Nacht erklang das sanfte Schlagen goldener Schwingen, während sie gemeinsam über die tanzenden Lichtsplitter schritten, Hand in Hand dem Mond entgegen.

Leseprobe aus Buch 1 des Merle-Zyklus

KAI MEYER

MERLE

Die Fließende Königin

Meerjungfrauen

Die Gondel mit den beiden Mädchen kam aus einem der Seitenkanäle. Sie mussten warten, bis die Rennboote auf dem Canal Grande vorüber waren, und selbst Minuten danach herrschte noch immer ein solches Durcheinander von Kähnen und Dampfbooten, dass der Gondoliere es vorzog, sich zu gedulden.

»Es geht gleich weiter«, rief er den Mädchen zu und umklammerte mit beiden Händen sein Ruder. »Ihr habt es nicht eilig, oder?«

»Nein«, antwortete Merle, die Ältere der beiden. Tatsächlich aber war sie aufgeregt wie noch nie in ihrem Leben.

Seit Tagen sprach man in Venedig von nichts anderem als der Bootsregatta auf dem Canal Grande. Die Veranstalter hatten angekündigt, nie zuvor seien die Boote von so vielen Meerjungfrauen auf einmal gezogen worden.

»Fischweiber« nannten manche die Meerjungfrauen abfällig. Das war nur eines von unzähligen Schimpfwörtern, mit denen man sie bedachte, vor allem seit behauptet wurde, sie paktierten mit den Ägyptern. Nicht, dass jemand ernsthaft solch einen Unsinn glaubte; schließlich hatten die Armeen des Pharaos zahllosen Meerjungfrauen im Mittelmeer den Garaus gemacht.

Bei der heutigen Regatta waren zehn Boote an den Start gegangen, am Südende des Canal Grande, auf Höhe der Casa Stecchini. Jedes wurde von zehn Meerjungfrauen gezogen.

Zehn Meerjungfrauen! Das war rekordverdächtig, nie da gewesen. La Serenissima, die Erhabene, wie die Venezianer ihre Stadt gern nannten, hatte dergleichen noch nicht erlebt.

Fächerförmig hatte man sie vor die Boote gespannt, an langen Tauen, die selbst den nadelspitzen Zähnen einer Meerjungfrau standhielten. Rechts und links des Kanals, dort, wo sein Ufer begehbar war, und natürlich auf allen Balkonen und an den Fenstern der Paläste hatte sich das Volk versammelt, um dem Schauspiel zuzusehen.

Merles Aufregung aber hatte nichts mit der Regatta zu tun. Sie hatte einen anderen Grund. Einen besseren, fand sie.

Der Gondoliere wartete weitere zwei, drei Minuten, ehe er die schlanke schwarze Gondel hinaus auf den Canal Grande lenkte, quer darüber hinweg und in eine gegenüberliegende Mündung. Beinahe wurden sie dabei von dem Boot einiger Wichtigtuer gerammt, die ihre eigenen Meerjungfrauen vor den Bug gespannt hatten und unter Gegröle versuchten, es den Teilnehmern der Regatta gleichzutun.

Merle strich ihr langes dunkles Haar zurück. Der Wind trieb ihr immer wieder Strähnen vor die Augen. Sie war vierzehn Jahre alt, nicht groß, nicht klein, allerdings ein wenig dünn geraten. Aber das waren fast alle Kinder im Waisenhaus, außer dem dicken Ruggero natürlich, doch der war krank – sagten zumindest die Aufseherinnen. Aber war es wirklich ein Zeichen von Krankheit, sich nachts in die Küche zu schleichen und den Nachtisch aller Bewohner aufzuessen?

Merle atmete tief durch. Der Anblick der gefangenen Meerjungfrauen machte sie traurig. Sie besaßen menschliche Oberkörper, mit heller, glatter Haut, um die gewiss so manche Dame allabendlich in ihren Gebeten flehte. Ihr Haar war lang, denn unter Meerweibern galt es als Schande, es abzuschneiden – sogar ihre menschlichen Meister respektierten diese Sitte.

Was die Meerjungfrauen von gewöhnlichen Frauen unterschied, war zum einen ihr mächtiger Fischschwanz. Selten kürzer als zwei Meter, entspross er auf Höhe ihrer Hüften. Er war so flink wie eine Peitsche, so stark wie eine Raubkatze und so silbern wie das Geschmeide in den Schatzkammern des Stadtrats.

Der zweite große Unterschied aber – und er war es, den die Menschen am meisten fürchteten – war das grässliche Maul, das ihre Gesichter spaltete wie eine klaffende Wunde. Mochte auch der Rest ihrer Züge menschlich sein, und wunderschön dazu – zahllose Gedichte waren über ihre Augen verfasst worden, und nicht wenige verliebte Jünglinge stiegen für sie freiwillig in ein nasses Grab –, so waren es doch ihre Mäuler, die viele überzeugten, es mit Tieren und nicht mit Menschen zu tun zu haben. Der Schlund einer

Meerjungfrau reicht von einem Ohr zum anderen, und wenn sie ihn öffnet, ist es, als klappe ihr gesamter Schädel entzwei. Aus den Kiefern ragen mehrere Reihen scharfer Zähne, so schmal und spitz wie Nägel aus Elfenbein. Wer behauptet, es gebe kein schlimmeres Gebiss als das eines Hais, der hat noch nie einer Meerjungfrau ins Maul geschaut.

Im Grunde wusste man wenig über sie. Fest stand, dass Meerjungfrauen die Menschen mieden. Für viele Bewohner der Stadt war das Grund genug, sie zu jagen. Junge Männer machten sich oft einen Spaß daraus, unerfahrene Meermädchen, die sich im Labyrinth der venezianischen Kanäle verirrt hatten, in die Enge zu treiben; wenn eines dabei zu Tode kam, fand man das schade, gewiss, doch niemand machte den Jägern einen Vorwurf.

Meist aber wurden die Meerjungfrauen gefangen und in Bassins im Arsenal gesperrt, bis sich ein Grund fand, sie durchzufüttern. Häufig waren dies Bootsrennen, seltener Fischsuppe – auch wenn der Geschmack ihrer langen Schuppenschwänze Legende war. Er übertraf gar Delikatessen wie Sirene und Leviathan.

»Sie tun mir leid«, sagte das zweite Mädchen, das neben Merle in der Gondel saß. Es war ebenso ausgehungert und noch knochiger. Sein hellblondes, fast weißes Haar fiel ihm weit über den Rücken. Merle wusste nichts über ihre Begleiterin, nur dass sie ebenfalls aus einem Waisenhaus stammte, wenn auch aus einem anderen Viertel Venedigs. Sie war ein Jahr jünger als Merle, dreizehn, hatte sie gesagt. Ihr Name war Junipa.

Junipa war blind.

»Die Meerjungfrauen tun dir leid?«, fragte Merle.

Das blinde Mädchen nickte. »Ich konnte vorhin ihre Stimmen hören.«

»Aber sie haben gar nichts gesagt.«

»Unter Wasser schon«, widersprach Junipa. »Sie haben gesungen, die ganze Zeit über. Ich hab ziemlich gute Ohren, weißt du. Viele Blinde haben das.«

Merle schaute Junipa entgeistert an, ehe ihr bewusst wurde, wie unhöflich das war, ganz gleich, ob das Mädchen es nun sehen konnte oder nicht.

»Ja«, sagte Merle schließlich, »mir geht's genauso. Ich finde, sie wirken immer ein wenig … ich weiß nicht, irgendwie wehmütig. So als hätten sie etwas verloren, das ihnen viel bedeutet hat.«

»Ihre Freiheit?«, schlug der Gondoliere vor.

»Mehr als das«, entgegnete Merle. Ihr fehlten die Worte, um zu beschreiben, was sie meinte. »Vielleicht die Fähigkeit, sich zu freuen.« Das traf es immer noch nicht ganz genau, kam dem aber nahe.

Sie war überzeugt, dass die Meerjungfrauen ebenso menschlich waren wie sie selbst. Sie waren intelligenter als manch einer, den sie im Waisenhaus kennengelernt hatte, und sie besaßen Gefühle. Sie waren anders, gewiss, aber das gab niemandem das Recht, sie wie Tiere zu halten, sie vor Boote zu spannen oder nach Belieben durch die Lagune zu scheuchen. Das Verhalten der Venezianer ihnen gegenüber war grausam und ganz und gar unmenschlich. Alles Dinge, die man eigentlich den Meerjungfrauen nachsagte.

Merle seufzte und blickte aufs Wasser. Der Bug der Gondel schnitt wie eine Messerklinge durch die smaragdgrüne Oberfläche. In den schmalen Seitenkanälen war das Wasser sehr ruhig, nur am Canal Grande kamen manchmal stärkere Wellen auf. Hier aber, drei, vier Ecken von Venedigs Hauptschlagader entfernt, herrschte völlige Stille.

Die Gondel glitt lautlos unter gewölbten Brücken hindurch. Manche waren mit grinsenden Steinfratzen verziert; auf ihren Köpfen wuchs buschiges Unkraut wie grüne Haarbüschel.

Zu beiden Seiten des Kanals reichten die Fassaden der Häuser geradewegs ins Wasser hinab. Keines war niedriger als vier Stockwerke. Vor ein paar hundert Jahren, als Venedig noch eine starke Handelsmacht gewesen war, hatte man von den Kanälen aus die Ware direkt in die Paläste der reichen Händlerfamilien verladen. Heute aber standen viele der alten Gemäuer leer, die meisten Fenster waren dunkel und die Holztore auf Höhe der Wasseroberfläche morsch und von Feuchtigkeit zerfressen – und das nicht erst, seit sich der Belagerungsring der ägyptischen Armee um die Stadt geschlossen hatte. Nicht an allem trugen der wiedergeborene Pharao und seine Sphinx-Kommandanten die Schuld.

»Löwen!«, entfuhr es Junipa.

Merle schaute am Ufer entlang zur nächsten Brücke. Sie entdeckte nirgends eine Menschenseele, geschweige denn die steinernen Löwen der Stadtgarde.

»Wo denn? Ich sehe keinen.«

»Ich kann sie riechen«, sagte Junipa. Sie schnupperte lautlos in die Luft, und Merle bemerkte aus dem Augenwinkel, wie der Gondoliere hinter ihnen den Kopf schüttelte.

Sie versuchte es Junipa gleichzutun, doch die Gondel musste fast fünfzig Meter weitergleiten, ehe Merles Nasenflügel etwas auffingen. Den Geruch von feuchtem Gestein, muffig und ein wenig modrig, so stark, dass er selbst den Odem der versinkenden Stadt überdeckte.

»Du hast recht.« Es war unzweifelhaft der Gestank der Steinlöwen, die von den venezianischen Stadtgardisten als Reittiere und Kampfgefährten eingesetzt wurden.

Im selben Augenblick trat eines der mächtigen Tiere vor ihnen auf eine Brücke. Es war aus Granit, eine der häufigsten Rassen unter den steinernen Löwen der Lagune. Es gab andere, stärkere, doch das machte letztlich keinen Unterschied. Wer einem Granitlöwen in die Klauen fiel, war so gut wie verloren. Die Löwen waren von alters her das Wahrzeichen der Stadt, schon zu der Zeit, als ein jeder von ihnen geflügelt und in der Lage gewesen war, sich in die Luft zu erheben. Heute gab es nur noch wenige, die das vermochten; eine streng regulierte Zahl von Einzeltieren, die zum persönlichen Schutz der Stadträte abgestellt waren. Allen anderen hatten die Zuchtmeister auf der Löweninsel, oben im Norden der Lagune, das Fliegen ausgetrieben. Sie kamen mit verkümmerten Schwingen zur Welt, die sie als traurige Anhängsel auf ihren Rücken trugen. Die Soldaten der Stadtgarde befestigten daran ihre Sättel.

Auch der Granitlöwe auf der Brücke war nur ein gewöhnliches Tier aus Stein. Sein Reiter trug die bunte Uniform der Gardisten. Ein Gewehr baumelte an einem Lederriemen über seiner Schulter, betont lässig, ein Zeichen militärischer Arroganz. Die Soldaten hatten die Stadt nicht vor dem Ägyptischen Imperium schützen können – das hatte die Fließende Königin an ihrer statt getan –, doch seit Ausrufung des Belagerungszustands vor über dreißig Jahren hatte die Garde beständig an Macht gewonnen. Mittlerweile wurde sie in ihrer Überheblichkeit nur noch von ihren Befehlsgebern, den Stadträten, übertroffen, die in der gebeutelten Stadt nach Gutdünken schalteten und walteten. Möglicherweise versuchten die Räte und ihre Soldaten, sich selbst etwas zu beweisen – schließlich wusste jeder, dass sie im Ernstfall nicht in der Lage waren, Venedig zu verteidigen. Doch solange die Fließende Königin die Feinde von der Lagune fernhielt, konnten sie sich selbst in ihrer Allmacht feiern.

Der Gardist auf der Brücke blickte mit einem Grinsen zur Gondel herab, zwinkerte Merle zu und gab dann dem Löwen die Sporen. Mit einem Schnauben schob das Tier sich vorwärts. Merle hörte überdeutlich das Scharren seiner steinernen Krallen auf dem Pflaster. Junipa hielt sich die Ohren zu. Die Brücke bebte und zitterte unter den Pranken der Raubkatze, und der Hall schien zwischen den hohen Fassaden umherzuhüpfen wie ein Springball. Sogar das stille Wasser geriet in Bewegung, und die Gondel schaukelte leicht.

Der Gondoliere wartete, bis der Soldat im Gewirr der Gassen verschwunden war, dann spuckte er ins Wasser und murmelte: »Hol dich der Uralte Verräter!«

Merle schaute sich zu ihm um, doch der Mann blickte mit starrer Miene über sie hinweg den Kanal entlang. Langsam ließ er die Gondel weitergleiten.

»Weißt du, wie weit es noch ist?«, erkundigte sich Junipa bei Merle.

Der Gondoliere kam ihr zuvor. »Wir sind gleich da. Da vorne, hinter der Ecke.« Dann wurde ihm bewusst, dass »da vorne« kein Hinweis war, mit dem das blinde Mädchen etwas anfangen konnte. Deshalb fügte er rasch hinzu: »Nur noch ein paar Minuten, dann sind wir am Kanal der Ausgestoßenen.«

Enge und Düsternis – das waren die beiden Eindrücke, die sich Merle am stärksten einprägten.

Der Kanal der Ausgestoßenen war von hohen Häusern flankiert, eines so finster wie das andere. Fast alle waren verlassen. Die Fensteröffnungen klafften leer und schwarz in den grauen Fassaden, viele Scheiben waren zersplittert, und die hölzernen Läden hingen schief in ihren Angeln wie Flügel an Vogelgerippen. Aus einer aufgebrochenen Tür drang das Kreischen kämpfender Kater, nichts Ungewöhnliches in einer Stadt mit zigtausend streunenden Katzen. Tauben gurrten auf den Fensterbänken, und die schmalen, geländerlosen Wege zu beiden Seiten des Wassers waren mit Moos und Vogelkot bedeckt.

Einzig zwei bewohnte Häuser hoben sich deutlich von den verfallenen Gemäuern ringsum ab. Sie lagen einander genau gegenüber und starrten sich über den Kanal hinweg an wie zwei Schachspieler mit zerfurchtem Gesicht und gerunzelter Stirn. Rund hundert Meter trennten sie von der Mündung des Kanals und seinem schattigen Sackgassenende. Jedes der Häuser besaß einen Balkon. Der linke war aus Stein, der rechte aus verschlungenem Metall gefertigt worden. Die Balustraden hoch über dem Wasser berührten sich fast.

Der Kanal maß eine Breite von drei Schritten. Das Wasser, eben noch leuchtend grün, wirkte hier dunkler und tiefer. Die Kluft zwischen den alten Häusern war so eng, dass kaum Tageslicht bis zur Wasseroberfläche drang. Auf den Wellen, die die Gondel verursachte, schaukelten träge ein paar Vogelfedern.

Merle hatte eine vage Vorstellung von dem, was sie erwartete. Man hatte es ihr im Waisenhaus erklärt und dabei immer wieder erwähnt, wie dankbar sie sich schätzen durfte, dass man sie hierher in die Lehre schickte. An diesem Kanal, in diesem Schacht aus grüngrauem Halblicht, würde sie die nächsten Jahre verbringen.

Die Gondel näherte sich den bewohnten Häusern. Merle lauschte angespannt, konnte aber nichts hören außer einem entfernten Rumoren unverständlicher Stimmen. Als sie zu Junipa hinüberschaute, sah sie, dass jeder Muskel im Körper des blinden Mädchens angespannt war; sie hatte die Augen geschlossen, ihre Lippen formten stumme Worte – vielleicht jene, die sie mit ihrem feinen Gehör aus dem Wirrwarr heraushörte. Wie die Bewegungen eines Teppichknüpfers, der mit spitzer Nadel gezielt einen einzigen Faden zwischen tausend anderen hervorfischt. Junipa war in der Tat ein ungewöhnliches Mädchen.

Das Gebäude zur Linken beherbergte die Weberei des berühmten Umberto. Es galt als gottlos, Kleidung zu tragen, die er und seine Schüler gefertigt hatten; zu schlecht war sein Ruf, zu bekannt sein Zwist mit der Kirche. Jene Damen aber, die sich heimlich Mieder und Kleider von ihm herstellen ließen, schworen hinter vorgehaltener Hand auf deren magische Wirkung. »Umbertos Kleider machen schlank«, erzählte man sich in Venedigs Salons und Gassen. Wirklich schlank. Denn wer sie trug, sah nicht nur dünner aus – er war es tatsächlich, so als zehrten die magischen Fäden des Webermeisters vom Fett all jener, die von ihnen umhüllt wurden. Die Priester in Venedigs Kirchen hatten mehr als einmal gegen das unheilige Treiben des Webers gewettert, so laut und hasserfüllt, dass die Handwerksgilde Umberto schließlich aus ihren Reihen verstieß.

Doch nicht allein Umberto hatte den Zorn der Gilde zu spüren bekommen. Gleiches galt für den Herrn des gegenüberliegenden Hauses. Auch darin war eine Werkstatt untergebracht, und auch sie stand auf ihre Art im Dienste der Schönheit. Allerdings wurden hier keine Kleider gewebt, und ihr Meister, der ehrenwerte Arcimboldo, hätte wohl lautstark protestiert, wäre er offen mit seinem Erzfeind Umberto verglichen worden.

Arcimboldos Götterglas stand in goldenen Lettern über der Tür, und gleich daneben hing ein Schild:

Zauberspiegel
für gute und böse Stiefmütter,
für schöne und hässliche Hexen
und jederlei lauteren Zweck

»Wir sind da«, sagte Merle zu Junipa, während ihr Blick zum zweiten Mal über die Worte strich. »Arcimboldos Zauberspiegelwerkstatt.«

»Wie sieht sie aus?«, fragte Junipa.

Merle zögerte. Es fiel ihr nicht ganz leicht, ihren ersten Eindruck zu schildern. Düster war das Haus, gewiss, wie der ganze Kanal und seine Umgebung, doch neben der Tür stand ein Kübel mit bunten Blumen, ein freundlicher Klecks im grauen Zwielicht.

Erst beim zweiten Hinsehen erkannte Merle, dass die Blüten aus Glas waren.

»Besser als das Waisenhaus«, sagte sie unentschlossen.

Die Stufen, die von der Wasseroberfläche zum Gehweg führten, waren glitschig. Der Gondoliere half ihnen beim Aussteigen. Sein Geld hatte er bereits erhalten, als er die Mädchen in Empfang genommen hatte. Ehe er mit seiner Gondel langsam davonglitt, wünschte er den beiden Glück.

Ein wenig verloren standen sie da, jede mit einem halbvollen Bündel in der Hand, gleich unter dem Schild, das Zauberspiegel für böse Stiefmütter feilbot. Merle war unschlüssig, ob sie dies für einen guten oder einen schlechten Auftakt ihrer Lehrzeit halten sollte. Vermutlich lag die Wahrheit irgendwo dazwischen. Hinter einem Fenster der Weberwerkstatt am anderen Ufer huschte ein Gesicht vorüber, dann ein zweites. Neugierige Lehrlinge, die einen Blick auf die Ankömmlinge warfen, vermutete Merle. Feindliche Lehrlinge, so man den Gerüchten Glauben schenkte. Arcimboldo und Umberto mochten sich nicht, das war kein Geheimnis, und auch ihr zeitgleicher Ausschluss aus der Handwerksgilde hatte daran nichts geändert. Ein jeder gab dem anderen die Schuld. »Was werft ihr mich heraus und nicht diesen verrückten Spiegelmacher?«, hatte Umberto Arcimboldo zufolge gefragt, während der Weber wiederum behauptete, Arcimboldo habe bei seinem Ausschluss gerufen: »Ich gehe, aber ihr tätet gut daran, wenn ihr auch diesem

Fadenflicker den Prozess machen würdet.« Was davon der Wahrheit entsprach, wusste niemand mit Gewissheit. Fest stand nur, dass man beide wegen verbotenen Umgangs mit Magie aus der Gilde geworfen hatte.

Ein Zauberer, durchfuhr es Merle. Seit Tagen dachte sie an kaum etwas anderes. Arcimboldo ist ein echter Zauberer!

Mit einem Knirschen wurde die Tür der Spiegelwerkstatt geöffnet, und eine wunderliche Frau erschien auf dem Gehweg. Ihr langes Haar war zu einem Knoten hochgesteckt. Sie trug lederne Hosen, die ihre schlanken Beine betonten. Darüber schlackerte eine weite Bluse, durchzogen von silbernen Fäden – ein solch feines Stück hätte Merle eher am gegenüberliegenden Kanalufer in der Weberwerkstatt erwartet, nicht aber im Hause Arcimboldos.

Das Ungewöhnlichste aber war die Maske, hinter der die Frau einen Teil ihres Gesichts verbarg. Der letzte Karneval von Venedig – früher weltberühmt – hatte vor fast vier Jahrzehnten stattgefunden. Das war 1854 gewesen, drei Jahre nachdem Pharao Amenophis in der Stufenpyramide von Amun-Ka-Re zu neuem Leben erwacht war. Heute, in Zeiten des Krieges, der Not und der Belagerung, gab es keinen Anlass zur Verkleidung.

Und dennoch trug die Frau eine Maske, geformt aus Papier, glasiert und kunstvoll verziert. Zweifellos die Arbeit eines venezianischen Künstlers. Sie bedeckte ihre untere Gesichtshälfte bis hinauf zum Nasenrücken. Ihre Oberfläche war schneeweiß und glänzte wie Porzellan. Der Maskenmacher hatte einen kleinen, fein geschwungenen Mund mit dunkelroten Lippen daraufgemalt.

»Unke«, sagte die Frau und fuhr mit fast unmerklichem Lispeln fort: »Das ist mein Name.«

»Merle. Und das ist Junipa. Wir sind die neuen Lehrlinge.«

»Natürlich, wer sonst?« Unkes Augen verrieten, dass sie lächelte. Merle überlegte, ob eine Krankheit das Gesicht der Frau entstellt haben könnte.

Unke ließ die Mädchen eintreten. Hinter der Tür lag eine weite Eingangshalle, wie in den meisten Häusern der Stadt. Sie war nur spärlich möbliert, die Wände verputzt und ohne Tapete – Vorsichtsmaßnahmen wegen des Hochwassers, das Venedig in manchen Wintern heimsuchte. Das häusliche Leben der Venezianer spielte sich im ersten und zweiten Stock ab, die Erdgeschosse blieben karg und ungemütlich.

»Es ist spät«, sagte Unke, als wäre ihr Blick auf eine Uhr gefallen. Doch Merle konnte nirgends eine entdecken. »Arcimboldo und die älteren Schüler sind um diese Zeit in der Werkstatt und dürfen nicht gestört werden. Ihr werdet sie morgen kennenlernen. Ich zeige euch euer Zimmer.«

Merle konnte ein Lächeln nicht unterdrücken. Sie hatte gehofft, dass sie und Junipa sich ein Zimmer teilen würden. Auch das blinde Mädchen freute sich über Unkes Worte.

Die maskierte Frau führte sie die Stufen einer geschwungenen Freitreppe empor. »Ich bin die Haushälterin der Werkstatt. Ich koche für euch und wasche eure Sachen. Vermutlich werdet ihr mir in den ersten Monaten dabei zur Hand gehen, das verlangt der Meister oft von den Neuankömmlingen – zumal ihr die einzigen Mädchen im Haus seid.«

Die einzigen Mädchen? Dass alle anderen Lehrlinge Jungen sein könnten, war Merle bislang nicht in den Sinn gekommen. Umso erleichterter war sie, dass sie ihre Lehrzeit gemeinsam mit Junipa begann.

Das blinde Mädchen war nicht allzu gesprächig, und Merle vermutete, dass sie es im Waisenhaus nicht leicht gehabt hatte. Merle hatte zu oft miterlebt, wie grausam Kinder sein können, vor allem zu jenen, die sie für schwächer halten. Junipas Blindheit war sicherlich nicht selten Anlass für gemeine Streiche gewesen.

Die Mädchen folgten Unke einen langen Gang hinunter. An den Wänden hingen zahllose Spiegel. Die meisten waren aufeinander gerichtet: Spiegel in Spiegeln in Spiegeln. Merle bezweifelte, dass es sich dabei um Arcimboldos berühmte Zauberspiegel handelte, denn sie konnte nichts Ungewöhnliches daran entdecken.

Nachdem Unke ihnen allerlei über Essenszeiten, Ausgang und Verhalten im Haus erklärt hatte, fragte Merle:

»Wer kauft eigentlich Arcimboldos Zauberspiegel?«

»Du bist neugierig«, stellte Unke fest und ließ offen, ob ihr diese Erkenntnis missfiel.

»Reiche Leute?«, hakte Junipa nach und strich sich gedankenverloren über das glatte Haar.

»Vielleicht«, sagte Unke. »Wer weiß?«

Damit ließ sie das Thema fallen, und die Mädchen bohrten nicht nach. Sie würden noch genug Zeit haben, alles Wichtige über die Werkstatt und ihre Kundschaft herauszufinden. Gute und böse Stiefmütter, wiederholte Merle in Gedanken. Schöne und hässliche Hexen. Das klang aufregend.

Das Zimmer, das Unke ihnen zuwies, war nicht groß. Es roch muffig, war aber erfreulich hell, da es im dritten Stock des Gebäudes lag. In Venedig bekommt man das Tageslicht, geschweige denn den Sonnenschein, erst ab der zweiten Etage zu Gesicht – wenn man Glück hat. Das Fenster dieses Zimmers jedoch blickte über ein Meer rotgelber Schindeln. Nachts würden sie den Sternenhimmel, tagsüber die Sonne sehen können – vorausgesetzt, ihre Arbeit ließ ihnen Zeit dafür.

Der Raum lag an der Rückseite der Werkstatt. Weit unter dem Fenster erkannte Merle einen kleinen Hof mit einer runden Zisterne. Die gegenüberliegenden Häuser schienen alle leer zu stehen. Zu Beginn des Kriegs mit dem Pharaonenreich hatten viele Venezianer die Stadt verlassen und waren aufs Festland geflohen – ein verhängnisvoller Fehler, wie sich später herausgestellt hatte.

Unke verließ die Mädchen mit dem Hinweis, dass

sie ihnen in einer Stunde etwas zu essen bringen würde. Anschließend sollten sich die beiden schlafen legen, damit sie an ihrem ersten Arbeitstag ausgeruht sein würden.

Junipa tastete sich am Bettpfosten entlang und ließ sich sanft auf der Matratze nieder. Vorsichtig strich sie mit beiden Händen über die Bettdecke.

»Hast du die Decke bemerkt? So flauschig!«

Merle setzte sich neben sie. »Sie muss teuer gewesen sein«, sagte sie versonnen. Im Waisenhaus waren die Decken dünn und kratzig, und es gab allerlei Ungeziefer, das einem im Schlaf die Haut zerbiss.

»Scheint so, als hätten wir Glück gehabt«, sagte Junipa.

»Noch haben wir Arcimboldo nicht getroffen.«

Junipa hob eine Augenbraue. »Wer ein blindes Mädchen aus einem Waisenhaus holt, um ihm etwas beizubringen, kann kein schlechter Mensch sein.«

Merle blieb argwöhnisch. »Arcimboldo ist bekannt dafür, dass er Waisen als Schüler annimmt. Welche Eltern würden ihr Kind auch schon an einem Ort in die Lehre schicken, der sich Kanal der Ausgestoßenen nennt?«

»Aber ich kann nicht sehen, Merle! Ich war mein ganzes Leben lang allen nur ein Klotz am Bein.«

»Haben sie dir das im Heim eingeredet?« Merle sah Junipa forschend an. Dann ergriff sie die schmale weiße Hand des Mädchens. »Ich bin jedenfalls froh, dass du hier bist.«

Junipa lächelte verlegen. »Meine Eltern haben mich ausgesetzt, als ich gerade ein Jahr alt war. Sie haben mir einen Brief ins Kleid gesteckt. Darin stand, dass sie keinen Krüppel großziehen wollen.«

»Das ist abscheulich.«

»Wie bist du ins Heim gekommen?«

Merle seufzte. »Ein Aufseher im Waisenhaus hat einmal erzählt, dass man mich in einem Weidenkorb gefunden hat, der auf dem großen Kanal trieb.« Sie zuckte mit den Schultern. »Klingt wie im Märchen, was?«

»Wie in einem traurigen.«

»Ich war damals erst ein paar Tage alt.«

»Wer wirft denn ein Kind in den Kanal?«

»Und wer setzt es aus, weil es nicht sehen kann?«

Die beiden lächelten sich an. Auch wenn Junipas weiße Augäpfel durch sie hindurchschauten, hatte Merle das Gefühl, dass ihre Blicke mehr als leere Gesten waren. Durch Horchen und Tasten nahm Junipa vermutlich mehr wahr als die meisten anderen Menschen.

»Deine Eltern wollten nicht, dass du ertrinkst«, stellte Junipa fest. »Sonst hätten sie sich nicht die Mühe gemacht, dich in einen Weidenkorb zu legen.«

Merle blickte zu Boden. »Sie haben noch etwas mit in den Korb gelegt. Willst du es –« Sie verstummte.

»Sehen?«, führte Junipa den Satz mit einem Grinsen zu Ende.

»Tut mir leid.«

»Das muss es nicht. Ich kann es ja anfassen. Hast du es dabei?«

»Immer, egal wohin ich gehe. Einmal hat ein Mädchen im Waisenhaus versucht, es zu stehlen. Ich hab ihr fast alle Haare ausgerissen.« Sie lachte ein wenig verschämt. »Na ja, damals war ich erst acht.«

Auch Junipa lachte. »Dann werde ich meine in der Nacht wohl lieber zu einem Knoten binden.«

Merle berührte sanft Junipas Haar. Es war dick und so hell wie das einer Schneekönigin.

»Also?«, fragte Junipa. »Was lag noch in deinem Weidenkorb?«

Merle stand auf, öffnete ihr Bündel und zog ihren kostbarsten Besitz hervor – genau genommen war es ihr einziger, abgesehen von dem schlichten, geflickten Kleid, das sie zum Wechseln dabeihatte.

Es war ein Handspiegel, ungefähr so groß wie ihr Gesicht, oval und mit einem kurzen Griff. Der Rahmen war aus einer dunklen Legierung gefertigt, die so mancher im Waisenhaus mit gierigen Augen für angelaufenes Gold gehalten hatte. In Wahrheit war es weder Gold noch ein anderes Metall, von dem irgendwer jemals gehört hatte, denn es war so hart wie Diamant.

Das Ungewöhnlichste an diesem Spiegel aber war seine Spiegelfläche. Sie bestand nicht aus Glas, sondern aus Wasser. Man konnte hineingreifen und kleine Wellen erzeugen, doch egal wie man den Spiegel drehte, nie lief auch nur ein einziger Tropfen heraus.

Merle legte Junipa den Griff in die offene Hand, und

sogleich schlossen sich die Finger des blinden Mädchens darum. Statt den Gegenstand zu betasten, führte sie ihn erst einmal ans Ohr.

»Es flüstert«, sagte sie leise.

Merle war überrascht. »Flüstert? Ich hab nie etwas gehört.«

»Du bist ja auch nicht blind.« Eine kleine, senkrechte Falte erschien auf Junipas Stirn. Sie konzentrierte sich. »Es sind mehrere. Ich kann die Worte nicht verstehen, es sind zu viele Stimmen, und sie sind zu weit entfernt. Aber sie flüstern miteinander.« Junipa senkte den Spiegel und fuhr mit ihrer Linken um den ovalen Rahmen. »Ist es ein Bild?«

»Ein Spiegel«, erwiderte Merle. »Aber erschrick nicht, er ist aus Wasser.«

Junipa verriet durch nichts ihr Erstaunen, so als sei dies etwas ganz Alltägliches. Erst als sie eine Fingerspitze ausstreckte und die Wasseroberfläche berührte, zuckte sie zusammen.

»Es ist kalt«, stellte sie fest.

»Nein, überhaupt nicht. Das Wasser im Spiegel ist immer warm. Und man kann etwas hineinstecken, aber wenn man es wieder herauszieht, ist es trocken.«

Junipa berührte das Wasser noch einmal. »Für mich fühlt es sich eiskalt an.«

Merle nahm ihr den Spiegel aus der Hand und streckte Zeige- und Mittelfinger hinein. »Warm«, sagte sie ein wenig trotzig. »Es war noch nie kalt, soweit ich mich zurückerinnern kann.«

»Hat es mal jemand außer dir berührt?«

»Noch keiner. Nur einmal wollte ich es einer Nonne erlauben, die zu uns ins Waisenhaus kam, aber sie hatte schreckliche Angst davor und hat gesagt, es sei ein Werk des Teufels.«

Junipa überlegte. »Vielleicht fühlt sich das Wasser für jeden außer der Besitzerin kalt an.«

Merle runzelte die Stirn. »Mag schon sein.« Sie schaute auf die Oberfläche, die noch immer in leichter Bewegung war. Verzerrt und zitternd blickte ihr Spiegelbild zurück.

»Hast du vor, ihn Arcimboldo zu zeigen?«, fragte Junipa. »Er kennt sich aus mit Zauberspiegeln.«

»Ich glaube, nicht. Zumindest nicht sofort. Vielleicht später mal.«

»Du hast Angst, dass er ihn dir abnimmt.«

»Hättest du das nicht?« Merle seufzte. »Es ist das Einzige, was mir von meinen Eltern geblieben ist.«

»Du bist ein Teil deiner Eltern, vergiss das nicht.«

Merle verstummte für einen Moment. Sie dachte nach, ob sie Junipa vertrauen konnte, ob sie dem blinden Mädchen die ganze Wahrheit sagen sollte. Schließlich schaute sie sich sichernd zur Tür um und flüsterte: »Das Wasser ist noch nicht alles.«

»Wie meinst du das?«

»Ich kann meinen ganzen Arm in den Spiegel stecken, und er kommt nicht auf der anderen Seite heraus.« Tatsächlich war die Rückseite des Ovals aus demselben harten Metall wie der Rahmen.

»Tust du es gerade?«, fragte Junipa staunend. »Ich meine, jetzt im Moment?«

»Wenn du möchtest.« Merle ließ erst ihre Finger in das Innere des Wasserspiegels gleiten, dann ihre Hand, schließlich den ganzen Arm. Es war, als wäre er völlig aus dieser Welt verschwunden.

Junipa streckte ihre Hand aus und tastete sich von Merles Schulter bis zum Spiegelrahmen. »Wie fühlt es sich an?«

»Sehr warm«, beschrieb Merle. »Angenehm, aber nicht heiß.« Sie senkte ihre Stimme. »Und manchmal spüre ich noch etwas anderes.«

»Was denn?«

»Eine Hand.«

»Eine … Hand?«

»Ja. Sie greift nach meiner, ganz sanft, und hält sie.«

»Sie hält dich fest?«

»Nicht fest. Einfach nur … na ja, sie hält eben meine Hand. So wie Freundinnen das tun. Oder –«

»Oder Eltern?« Junipa sah sie gespannt an. »Glaubst du, dass dein Vater oder deine Mutter da drinnen deine Hand hält?«

Merle war es unangenehm, darüber zu sprechen. Nach kurzem Zögern überwand sie ihre Scheu.

»Es wäre doch möglich, oder? Immerhin waren sie es, die mir den Spiegel in den Korb gelegt haben. Vielleicht haben sie das getan, um irgendwie Kontakt mit mir zu halten, damit ich weiß, dass sie noch da sind … irgendwo.«

Junipa nickte langsam, aber sie wirkte nicht überzeugt. Eher verständnisvoll. Ein wenig traurig sagte sie: »Ich hab mir lange Zeit vorgestellt, dass mein Vater ein Gondoliere ist. Ich weiß, dass die Gondolieri die schönsten Männer Venedigs sind … Ich meine, jeder weiß das … auch wenn ich sie nicht sehen kann.«

»Sie sind nicht alle schön«, wandte Merle ein.

Junipas Stimme klang verträumt. »Und ich hab mir ausgemalt, dass meine Mutter eine Wasserträgerin vom Festland ist.«

Von den Wasserträgerinnen, die auf den Straßen aus großen Krügen Trinkwasser verkauften, behauptete man, sie seien die anmutigsten Frauen weit und breit. Und wie im Fall der Gondolieri galt, dass auch diese Erzählungen einen wahren Kern besaßen.

Junipa fuhr fort: »Ich hab mir also vorgestellt, dass meine Eltern diese beiden wunderschönen Menschen sind, so als würde das irgendetwas über mich aussagen. Über mein wahres Ich. Ich habe sogar versucht, sie zu entschuldigen: Zwei so perfekte Geschöpfe, habe ich mir gesagt, können sich nicht mit einem kranken Kind sehen lassen. Ich hab mir eingeredet, dass es ihr gutes Recht war, mich auszusetzen.« Sie schüttelte den Kopf, so heftig, dass ihr weißblondes Haar wild umherflog. »Heute weiß ich, dass das alles Unsinn ist. Vielleicht sind meine Eltern schön, oder vielleicht sind sie hässlich. Vielleicht sind sie auch gar nicht mehr am Leben. Aber das hat nichts mit mir zu tun, verstehst du? Ich bin ich, das ist alles, was zählt. Und meine Eltern haben unrecht getan, weil sie ein hilfloses Kind einfach auf die Straße geworfen haben.«

Merle hörte betroffen zu. Sie wusste, was Junipa meinte, auch wenn sie nicht verstand, was das mit ihr und der Hand in ihrem Spiegel zu tun hatte.

»Du darfst dir nichts vormachen, Merle«, sagte das blinde Mädchen und klang dabei viel weiser, als sie es in Anbetracht ihrer Jugend hätte sein dürfen. »Deine Eltern wollten dich nicht. Deshalb haben sie dich in diesen Weidenkorb gelegt. Und wenn dir jemand in deinem Spiegel die Hand reicht, dann muss das nicht zwangsläufig deine Mutter oder dein Vater sein. Das, was du fühlst, ist magisch, Merle. Und mit Magie muss man vorsichtig sein.«

Einen kurzen Moment lang spürte Merle Wut in sich aufsteigen. Junipa stand es nicht zu, so etwas zu behaupten, sie ihrer Hoffnungen zu berauben, all der Träume, die sie hatte, wenn der oder die andere im Spiegel ihre Hand hielt. Doch dann verstand sie, dass Junipa nur ehrlich war und dass Ehrlichkeit das schönste Geschenk ist, das man einem anderen zu Beginn einer Freundschaft machen kann.

Merle schob den Spiegel unter ihr Kopfkissen. Sie wusste, dass er nicht zerbrechen würde und dass sich der Stoff in die Wasseroberfläche pressen konnte, ohne dabei nass zu werden oder die Flüssigkeit aufzusaugen. Dann setzte sie sich zurück zu Junipa und legte den Arm um sie. Das blinde Mädchen erwiderte die Umarmung, und so hielten sie einander wie Schwestern, wie zwei Menschen, die keine Geheimnisse voreinander haben. Es war ein so überwältigendes Gefühl der Nähe und des Einverständnisses, dass es für eine Weile sogar die Wärme der Hand im Spiegel übertraf, ihre Ruhe und Stärke, mit der sie Merles Vertrauen gewonnen hatte.

Als die Mädchen sich voneinander lösten, sagte Merle: »Du kannst ihn einmal ausprobieren, wenn du magst.«

»Den Spiegel?« Junipa schüttelte den Kopf. »Es ist deiner. Würde er wollen, dass ich meine Hand hineinstecke, würde das Wasser auch für mich warm sein.«

Merle spürte, dass Junipa recht hatte. Ob es nun eine Hand ihrer Eltern war, die sie dort drinnen berührte, oder die Finger von jemand völlig anderem – fest stand, sie akzeptierten nur Merle. Es mochte sogar gefährlich sein, wenn ein anderer so tief in den Raum hinter dem Spiegel vordrang.

Die Mädchen saßen noch zusammen auf dem Bett, als die Tür aufging und Unke eintrat. Auf einem Holztablett brachte sie das Abendessen, deftige Brühe mit Gemüse und Basilikum, dazu weißes Brot und einen Krug mit Wasser aus der Zisterne im Hof.

»Geht schlafen, wenn ihr ausgepackt habt«, lispelte die Frau hinter der Maske, bevor sie das Zimmer verließ. »Ihr habt noch alle Zeit der Welt, um miteinander zu reden.«

Ob Unke sie belauscht hatte und von dem Spiegel unter Merles Kissen wusste? Doch Merle sagte sich, dass sie keinen Grund hatte, der Haushälterin zu misstrauen, ja, dass Unke bisher doch sehr freundlich und großzügig gewesen war. Allein die Tatsache, dass sie die Hälfte ihres Gesichts hinter einer Maske verbarg, machte sie nicht zu einem üblen Menschen.

Sie dachte noch an Unkes Maske, als sie einschlief, und im Halbschlaf fragte sie sich, ob nicht jedermann bisweilen eine Maske trug.

Eine Maske der Freude, eine Maske der Trauer, eine Maske der Gleichgültigkeit.

Eine Maske aus Ihr-seht-mich-nicht.